# 어서 오세요, 휴남동 서점입니다

# ようこそ、ヒュナム洞書店へ

ファン・ボルム
牧野美加 訳

황보름

集英社

ようこそ、ヒュナム洞書店へ

本屋のない町は、町ではない。
町だと名乗ることはできるだろうが
魂まで欺くことはできないことを、自身も知っているはずだ。

――ニール・ゲイマン（小説家）

CONTENTS

## ヒュナム洞書店に集う人々

**ヨンジュ**　ヒュナム洞書店の店主

**ミンジュン**　ヒュナム洞書店のバリスタ

**ジミ**　コーヒー豆の焙煎業を営む女性

**ミンチョル**　男子高校生

**ミンチョルオンマ**　ミンチョルの母。本名はヒジュ

**ウシク**　会社員の男性

**ジョンソ**　編み物が趣味の女性

**スンウ**　兼業作家の男性

**サンス**　読書好きの男性

**ソンチョル**　ミンジュンの大学時代の友人

文中の註は、著者による註を［］、訳者註を〔〕で表記しております。
なお、実在する書籍の本文につきましては、
本書の訳者が新たに訳出いたしました。

# 書店はどんな姿であるべきか？

開店時間を間違えて来たとおぼしき客が書店の前をうろうろしていた。やがて腰をかがめ、手でひさしを作って店内の様子をうかがう。ヨンジュは週に二、三度、仕事帰りにスーツ姿でやってくるその客を、すぐに認識した。

「こんにちは」

いきなり背後から声をかけられて驚いた男性は、姿勢はそのままに顔だけを声のほうに向けた。ヨンジュの顔を見ると慌てて手を下ろし、腰を伸ばして照れくさそうに笑った。

「いつも夕方ばかりで、この時間には初めて来てみました」

ヨンジュが黙って微笑《ほほえ》むと、男性は言った。

「ほかのことはともかく、お昼に出勤っていうのは実にうらやましいですね」

彼女はくすっと笑って答えた。

「よく言われます」
ピ、ピ、ピ、ピ、ピ。ヨンジュがドアの暗証番号を押しているあいだ、わざと視線をそらしていた男性は、ドアの開く音に振り向いた。ドアのすき間から店内をのぞき込むその表情がふわりと緩む。彼女はドアを全開にして、男性に言った。

「夜のあいだに少し匂いがこもっていると思います。夜の匂いと本の匂い。それでもよろしければ、どうぞ中に入ってご覧ください」

それを聞いた男性は両手を軽く振りながら後ずさった。

「いえいえ。やっぱり勤務外の時間にお邪魔してはいけませんから。あとでまた来ます。それにしても今日はほんとに暑いですね」

ヨンジュは腕に降り注ぐ熱い日差しを感じながら、男性の気遣いに感謝を示すように軽く微笑んで、こう返した。

「六月なのに、もうこんなに暑いなんて」

男性の後ろ姿をしばし見送って、ヨンジュは中に入る。心地よい感覚。彼女の心が仕事場を喜んで迎え入れる。自分の身体《からだ》のすべてがこの場所に安らぎを得ていると感じる。彼女はもう、意志や情熱といった言葉に意味を求めないことにした。自分が頼るべきは、みずからを駆り立てるために繰り返し唱えてきたそういう言葉ではなく、身体の感覚だということを知ったからだ。いま、彼女がある空間を心地よいと感じるかどうかの基準はこうだ。身体がその空間を肯定しているか。その空間では自分自身として存在しているか。その空間では自分が自分を疎外していないか。その空間では自分が自分を大切にし、愛しているか。ここ、この書店は、ヨンジュにとってそういう空間だ。

それにしても本当に暑い。だが、エアコンをつける前にやるべきことがある。過去の空気を追い出し、新しい空気を取り込むこと。いつになったら過去から抜け出せるのだろうか。抜け出そうとすること自体、欲張りなのだろうか。習慣のように頭に浮かぶ思いがヨンジュの心を重くするけれど、彼女は習慣のようにその思いを意識的に追い出したあと、窓を一つずつ開けていった。

むっとした空気が一瞬で店内を埋める。ヨンジュは手で顔をあおぎながら店内をぐるりと見回した。もし自分が今日初めて来た客だとしたら、ここが気に入るだろうか。ここで紹介している本なら信頼して読めそうだと思うだろうか。客に信頼してもらうには、書店はどんな姿であるべきだろうか。

自分がもし初めて来た客だとしたら……やはりあの本棚が一番気に入りそうだ。広い壁一面を占める本棚、小説でぎっしり埋まった本棚。いや、気に入るのは、自分のように小説が好きな人だろう。本好きの中にも小説は読まないという人がけっこういることを、ヨンジュは書店を開いて初めて知った。小説が好きでない人は、あの本棚には近寄ろうともしないはず。

壁一面の本棚は、幼いころのロマンを実現させたものだ。読書の楽しさにすっかりはまっていた小学生時代、四面が本でいっぱいの部屋にしてくれと父親によくせがんだ。父は、いくら本でも欲張るのは良くないと娘をたしなめた。駄々をこねる癖を直そうと父がわざと厳しい表情をしていることは、幼いヨンジュにもわかった。それでもその顔が怖くてわんわん泣き、父の胸に抱かれてそのまま眠りに落ちることもあった。

陳列台にもたれて本棚を眺めていたヨンジュは、身を翻して窓のほうへ歩いていった。換気はこれくらいでよし。彼女はいつものとおり、一番右の窓から順に閉めていった。そしてエアコンをつけ、音源サイトでいつも聴いている音楽を流した。イギリスのグループ、Keane《キーン》のアルバム「Hopes And Fears」。二〇〇四年に出たこのアルバムを彼女は昨年になって初めて耳にし、聴いた途端にはまってほぼ毎日聴いている。ボーカルのアンニュイで幻想的な歌声が店内に広がる。今日一日が始まった。

## もう泣かなくてもいい

ヨンジュはカウンター横の机の前に座ってメールを開いた。オンラインでの注文がどれくらい入っているかだけ確認しておく。確認を終えると、ゆうべ書いておいたメモに目を通した。その日すべきことを優先順にメモする習慣は、高校生のときについた。昔は一日を完璧に管理するためにメモをしていたとしたら、今は気持ちを落ち着かせるためにメモをしている。やるべきことを優先順に読んでみると、今日も一日うまく過ごせそうだという自信が生まれる。

書店を開いて最初の数カ月は、メモをすることすら忘れていた。時間が止まっていた。なんとか一日一日を持ちこたえていた。書店を開く前は、何かに取りつかれたかのように気持ちが高ぶっていた。いや、正気ではなかった、という表現のほうが正しいだろう。ヨンジュは、書店を開くんだという一心で、それ以外の考えを頭から追い出した。幸い彼女は、集中する対象があれば力を発揮できるタイプだった。目標が彼女を動かした。場所を決め、建物を探し、インテリアを整え、本を仕入れる合間を縫って、バリスタの資格も取った。

ヒュナム洞の住宅街にヒュナム洞書店がオープンした。

オープンはしたものの、ヨンジュはほとんど何もしなかった。店は傷を負った動物のように息も絶え絶えで、力がなかった。はじめこそ書店の醸し出す落ち着いた雰囲気が町の住民たちを引き寄せたが、すぐに客足は減った。身体に血が一滴も残っていないかのような青白い顔で座っているヨンジュのせいだ。ドアを開けて店に入った住民たちは、まるで彼女のプライベートな空間に立ち入ったような気分になった。彼女は微笑んでいたけれど、それにつられて笑顔になる人は誰もいなかった。

それでも、彼女の微笑みが作り笑いでないことをわかってくれる人もいた。ミンチョルオンマ（子を持つ女性は「子の名前＋オンマ（お母さん）」で呼ばれることが多い）もその一人だ。

「店長がそんなふうに座っててお客さんが来ると思う？　本売るのだって商売なんだから、ちんと澄まして座ってるだけじゃダメでしょ？　金を稼ぐってそんな甘いもんじゃないわよ」

美人で、華やかなファッションが好きなミンチョルオンマは、週に二度、文化センターで中国語と絵画を習っている。レッスンが終わると、家に帰る途中、いつも書店に寄ってヨンジュの様子をうかがった。

「今日はちょっと元気？」

「わたし、いつも元気ですよ」

ミンチョルオンマの心配そうな声に、ヨンジュが軽く微笑んで答えた。

「まったく。町に本屋ができたって、みんなどんなに喜んでたか。それなのに、なんだか病人みたいなお嬢さんがどこか一本ネジでも緩んだみたいにへなへな座ってたんじゃ、入りたくても入れないでしょ」

ミンチョルオンマはそう言いながら、キラキラしたかばんからキラキラした財布を取り出した。

「わたしってネジが一本緩んだイメージですか？　それも悪くないですけど」

ヨンジュが冗談だとわかるように大げさに元気よく答えると、ミンチョルオンマはチッチッと舌を鳴らしたあと、ふっと笑った。

「アイスコーヒー一杯ちょうだい」

ヨンジュは会計をしながら、今度は真面目なふりをして言った。

「わたし、ほんとはすごく完璧な人間だから、わざと抜けてるように見せてるんです。まんまとだまされたみたいですね」

それを聞いたミンチョルオンマは、おもしろいこと言うわね、というように声のトーンを上げた。

「私が冗談のうまい人が好きだって、誰かから聞いたんじゃないわよね？」

ヨンジュが、さあどうでしょう、というように奥二重の目を見開いて口をきゅっと結ぶと、ミンチョルオンマは楽しそうに笑って、そんな彼女を横目で見やった。ヨンジュがコーヒーを淹れる様子を見ながら、ミンチョルオンマはカウンターにもたれて独り言のようにつぶやいた。

「考えてみたら、私にもそんなときがあった。果てしなく身体が沈んでいくの。気力もないし。ミンチョル産んでしばらくは病人みたいに過ごしてたと思う。まあ病人っていえば病人よね。身体のあちこちが具合悪かったんだから。でもさ、身体が調子悪いのは理解できるんだけど、なんで心まで調子悪いのかわからなかった。今思うと、うつ病だったんだろうね」

「コーヒー入りました」

ミンチョルオンマは、カップにふたをしようとするヨンジュの手を制し、ストローをさしてカフェテーブルの前に座った。ヨンジュもその向かいに腰を下ろした。

「病人なのに病人みたいに振る舞っちゃいけないから余計にしんどかったのよ。つらいって言えないのが悔しくて、毎晩泣いてた。もしあのころ、私もヨンジュ店長みたいにぼんやり座って過ごせてたらどうだったかなって思う。そしたら、もうちょっと早く涙とおさらばできてたんじゃないかな。私、ほんとに長いあいだ泣いてた。泣きたいときは泣かないと。心が泣いてるときは泣かないとダメなの。我慢してたらなかなか良くならない」

ヨンジュが黙って聞いていると、ミンチョルオンマは冷たいコーヒーを一気に吸い上げた。

「そう思うと、ヨンジュ店長がうらやましいわね。こういう時間が持てて」

ミンチョルオンマの言うように、最初の数カ月はしょっちゅう泣いていた。涙が出たら出るに任せておいた。泣いているときに客が入ってきたら、なんでもないように涙を拭いて出迎えた。客たちはヨンジュの涙を見て見ぬふりをした。どうして泣いているのかと聞きはしなかった。ただ、何か訳があるのだろうという顔をしていた。理由があるにはあった。彼女自身もわかっていた。そしてその理由は、長い時間、いや、もしかしたら一生涯ヨンジュにつきまとって、彼女を泣かせるのかもしれない。

涙の理由は過去のその場所にそのままあったけれど、ヨンジュはある日ふと、自分がもう泣いていないことに気がついた。もう泣かなくていいのだと思うと、心が軽くなった。ぼんやり座っている日も徐々に減っていった。朝起きると、前の日より力が湧いた。けれど、書店のために今すぐ何かやってみようという気にはならなかった。その代わり、猛烈に本を読んだ。読みたい本をそばに積み上げて、くすくす笑ったり、時には真剣な顔をしたりもしながら昼も夜もなく読みふけっていた幼いころのように。ご飯よ、と呼ぶ母親の声を聞き流し、空腹も忘れて夢中で読んでいたあの楽しさ。長いあいだ忘れていたあの楽しさを取り戻すことができたら、もしかしたらまた立ち上がれるかもしれないと思った。

中学を卒業するまで、ヨンジュは暇さえあれば本を読んでいた。忙しい両親は、家の中のどこかにこもってひたすら本を読んでいる彼女を好きにさせておいた。家にある小説を読み尽くしたあとは、図書館に通った。本を読むのが楽しかった。特に小説を読んでいるときは、別の世界にひょいと旅に出たようでとにかくわくわくした。別の世界を旅したあと現実の世界に戻ってくると、甘い夢からいきなり覚めたみたいでガッカリしたけれど、いつまでも落胆している必要はなかった。本を開けば、いつでもまた旅に出られるのだから。

客のいない店内で本を読んでいたヨンジュは、一〇代のころを思い出して笑みを浮かべた。もう本を読むのも楽ではない年齢になったと思いながら、しょぼしょぼする目を手のひらでそっと押さえた。そして何度かまばたきをすると、再び読み始めた。幼いころに離れ離れになった友人との関係を取り戻すかのように、心を込めて読んだ。朝起きてから夜眠るまで、友だち同士の二人はかたときも離れなかった。疎遠になっていた相手と寄り添うと、二人の関係もたちまち回復した。本はヨンジュを受け入れてくれ、さらには温かく抱きしめてくれ、彼女がどういう人間であろうと関係ないというように、ありのままに理解してくれた。ヨンジュは、一日三食を規則正しくとる人のように自分の心が健康になりつつあるのを感じた。健康になった心で顔を上げてみると、ようやく書店の客観的な状況が目に入ってきた。

これまで店のことをほったらかしにしてたのは確かね。

本棚は半分も埋まっていなかったので、ヨンジュはせっせと本で埋めていった。良い本の情報をあちこちから集めた。読んだ本には、自分なりの感想を書いたメモを挟んでおいた。まだ読んでいない本も、批評集や書評集、ネット書評を読んで、ほかの読者たちの感想を頭に入れておいた。自分の知らない本について客に聞かれたときは、あとからでもその本について調べてみた。来店客を増やすことよりも、まずはヒュナム洞書店を書店らしくすることに力を注いだ。するとだんだん、町の住民たちが訝《いぶか》しげな目を向けることも減っていった。敏感な人は、書店が変わりつつあることを感じ取った。来るたびに居心地が良くなっていて、通りがかりにふと入りたくなるような空間へと変わっていった。何より、ヨンジュの顔つきが変わった。涙をぽろぽろこぼして客を戸惑わせていたヨンジュは、もういなかった。

町の住民だけでなく、遠くからわざわざ書店を訪ねてくる人も現れ始めた。三、四人の客が本を読んでいるのを見て、ミンチョルオンマはうれしそうに聞いた。

「ここのこと、どうやって知ったって？」

「インスタグラムを見て来られたんですって」

「ヨンジュ店長がやってるの？」

「本に挟んであるメモがあるでしょう。あの内容をインスタにもアップしてるんです」

「それだけでここまで来るの？」

「いろいろアップしてるんです。出勤したら朝のあいさつ、読んでいる本があればその本の紹介、たまには大変だって愚痴をこぼしたりもするし、帰るときは退勤のあいさつもして」

「私、最近の若い人のこと全然わかんない。だからって、ここまで来る？　まあとにかく良かった。ただじーっと座ってるだけだと思ってたけど、何かやってはいたわけね」

ほったらかしにしていたときは特にやることもなかったのに、いざいろいろ気にかけ始めると、やるべきことが次から次へと出てきた。出勤してから退勤するまで、手と足をせっせと動かさなければならなかった。特に、書店のことをしているときにコーヒーの注文がいっぺんに入ったりすると、もうてんやわんやだった。手順がこんがらがって慌てふためくこと数日。ヨンジュは書店の近くに何カ所か、バリスタ募集の貼り紙をした。そして、すぐ翌日、ミンジュンという青年が訪ねてきた。ヨンジュは彼の淹れたコーヒーの味を見て、その日のうちに貼り紙を全部剝がした。ミンジュンは次の日から働き始めた。書店をオープンして一年になろうとしていたころだ。

それからさらに一年が過ぎた。ミンジュンはあと五分もすればドアを開けて入ってくるはずだ。そしてヨンジュは彼の淹れてくれたコーヒーを飲みながら本を読むのだ。開店時間の午後一時まで。

## 今日のコーヒーはどんな味ですか？

携帯扇風機の風を浴びて歩く男性をうらやましそうに見ながら、ミンジュンは書店に向かって歩いていた。暑いを通り越して、じりじりと焼けつくような日差しに、頭がもうろうとしてきた。去年はここまで暑くなかったと思うんだけど。違うか……。去年のこの時期の天候を思い出そうとしていたミンジュンは、この道を歩いていて偶然「バリスタ募集中です」という貼り紙を見かけたときのことも思い出した。

バリスタ募集中です。
一日八時間、週五日勤務です。
給与は面談でお知らせします。
おいしいコーヒーを淹れられる方ならどなたでも歓迎です。

何の仕事であれ、とにかく働き口を探していたところだったので、ミンジュンは翌日すぐに書店を訪ねた。コーヒーを淹れる仕事でも、物を運んだりトイレを掃除したりする仕事でも、はたまたハンバーガーを作ったり、荷物を配達したり、バーコードを読み取ったりする仕事でも、どのみち彼には関係なかった。お金さえくれればどんな仕事でもよかった。

なんとなく客が一番少なそうな午後三時に書店のドアを開けて中に入った。予想どおり客は一人もいなかった。店長とおぼしき女性がカフェスペースの四角いテーブルで、手のひら大のメモ用紙に何か書いているのが見えた。女性は、ミンジュンの入ってくる音に顔を上げると目礼をした。顔に広がる自然な微笑みがこう語りかけているようだった。ゆっくりご覧ください。わたしは邪魔しないでおきますから。

女性がまた何か書き始めたので、ミンジュンは急がないことにした。まず店内を見て回ろう。町の本屋にしてはかなり大きかった。ところどころに椅子も置いてあって、気兼ねなく本が読める雰囲気だ。右側の壁一面を占める本棚は、それに続く奥の壁の三分の一あたりまで延びている。ドアを挟んでその隣には、窓の高さに合わせた、収納を兼ねた陳列台が置いてある。ざっと見たところ、本は、特に何かの基準に従って並べられている感じではない。彼は目の前の陳列台から本を一冊手に取った。手のひら大のメモがしおりのように挟まれている。それを読んでみた。

「一人の人間というのは結局、一つの島なのではないでしょうか。島のように独りで、島のように孤独で。独りだから、孤独だから悪い、というわけではないとも思います。独りだから自由だったり、孤独だから深みが増したりすることもあるからです。わたしが好きなのは、登場人物たちが島のように描かれている小説です。そしてわたしが愛するのは、島のように生きていたそれぞれの人物がお互いを見つけ出す小説です。あれ、君、そこにいたの？　うん、私ここにいたんだ、というような小説。独りだから実はちょっと寂しかったんだけど、もうあんまり寂しい思いをしなくてもよさそう、君のおかげで、と考えることができたら、本当にうれしいですよね。この小説はわたしにそういう喜びを味わわせてくれました」

ミンジュンはメモを元に戻し、本のタイトルを確認した。『優雅なハリネズミ』と書いてある。彼は、トゲをめいっぱい逆立てたハリネズミが優雅に歩いていく姿を思い浮かべてみた。ハリネズミ？　独り？　孤独？　深み？　独りだから自由だったり、孤独だから深みが増したりすることもある、という言葉。ミンジュンは、独りだからどうとか、孤独だからどうとか、特に考えたことはなかった。そのため、あえて独りや孤独を避けようとはしなかった。だから確かに自由ではあった。でも、だからといって深みが増した？　よくわからない。

ミンジュンはそのメモが、店長とおぼしき女性が今テーブルでしている作業と関係しているようだと推測した。これを全部、一つひとつ手書きしているのか。本屋はただ本を並べて売ればいいだけだと思っていたが、そうではないらしい。

「あの……」

店内をひと通り見て回ったミンジュンは、最後にコーヒーマシーンを確認してから女性に声をかけた。

「はい、何かお探しですか？」

ヨンジュは手を止めて立ち上がり、ミンジュンを見た。

「アルバイトの貼り紙を見て来たんですけど。バリスタの」

「あ！　貼り紙！　どうぞこちらにお掛けください」

ヨンジュは、待ちわびていた人にようやく会えたというように、明るい表情でミンジュンを迎えた。彼を座らせると、カウンター横の机から紙を二枚持ってきてテーブルの上に載せた。そして彼の向かいに腰を下ろしながら尋ねた。

「この近くにお住まいですか」

「はい」

「コーヒーは淹れられますか」

「はい。コーヒーショップで何度かアルバイトしたことがあります」

「じゃあ、あのコーヒーマシーンも操作できそうですか」

ミンジュンはコーヒーマシーンのほうをちらりと振り向いた。

「はい、たぶん」

「じゃあ、一度淹れてみてくれますか」

「今ですか？」

「ええ。二杯淹れてください。それを飲みながらお話ししましょう」

二人はコーヒーを挟んで向かい合って座った。ヨンジュはミンジュンの淹れてくれたコーヒーを飲み、ミンジュンはその様子を見守っていた。コーヒーを淹れる前、彼は緊張していなかった。それなりにおいしいコーヒーを淹れるのは特に難しいことではなかったからだ。ところが、自分の淹れたコーヒーを黙って吟味しているヨンジュを見ていると、なぜか緊張してきた。彼女はゆっくりと二口《ふたくち》飲んだところで、やっとミンジュンを見た。

「どうして飲まないんですか？　飲んでみてください。おいしいですよ」

「はい」

二人は二〇分ほど話をした。おもにヨンジュが話し、ミンジュンはそれを聞いていた。ヨンジュは、コーヒーがとてもおいしい、すぐにでも働いてもらいたいと言い、ミンジュンは、すぐに働きたいと思っていたのでそうします、と簡潔に答えた。彼女が言うには、ミンジュンはこの書店でバリスタとしての役割さえ忠実に果たしてくれればいい、とのこと。自分がコーヒーに関することを一切気にしなくて済むようにさえしてくれたら、と言う。豆を選んで仕入れることまで任せられるかと、彼女はさらに尋ねた。ミンジュンは特に難しいことでもなかろうと、大丈夫です、とやはり簡潔に答えた。

「わたしが取引してる焙煎《ばいせん》業者があるの。そこの代表の方が良くしてくれると思います」

「はい」

「それぞれ自分の仕事をしっかりやればそれでいいです。で、相手が忙しそうだなと思ったら、補助として少し手伝ってあげる感じで」

「はい」

「わたしばかり手伝ってもらうわけじゃないですよ。ミンジュンさんが忙しいときはわたしも手伝いますから」

「はい」

ヨンジュはミンジュンに契約書を差し出した。内容に問題がなければサインをお願いしますと、ボールペンも渡した。そして契約書の内容を一つひとつ説明した。

「週五日勤務です。日曜日と月曜日がお休みで。お昼の一二時三〇分から夜八時三〇分まで。大丈夫ですか？」

「はい」

「店は週六日営業します。わたしは日曜日だけ休みます」

「あ、はい」

「残業をしてもらうことになったら、そういうことはほとんどないはずだけど、手当をお支払いします」

「はい」

「時給は一時間あたり一万二千ウォンです〔一ウォン≒〇・一円〕」

「一万二千ウォンですか？」

「週五日勤務となると、それくらいはお支払いすべきだと思うので」

ミンジュンは思わず店内を見回した。自分が店に入ってから客は一人も来ていないことに、ふと気がついた。彼女もそのことを知っているのだろうか。おそらくアルバイトを雇うのは初めてと思われるこの店長は、何も知らずにそんなことを言っているのではないかという気がした。涼しい顔で事もなげに座っている彼女が、どこかおぼつかなく見えた。それで、つい口を出してしまった。

「普通はそんなにたくさんくれませんけど」

顔を上げてミンジュンを見たヨンジュは、言いたいことはわかるというように、すぐにまた契約書に目を落として言った。

「でしょうね。大変だろうと思います。賃料が高いせいだと思うけど……。ミンジュンさん、うちは大丈夫です。ご心配なく」

そう言うとヨンジュは再び顔を上げて彼の目を見た。そっけなさそうに見えて、どこか温かさも感じられる目だった。それが気に入った。計り知れない眼差《まなざ》し。時間をかけて互いを知っていき、会話を交わしたくなる眼差し。彼の態度も気に入った。無理に取り繕おうとしない態度。自分を良く見せたいという気持ちがなさそうな態度。それでいて礼儀が身についている態度。

「働くには充分な休息が必要だし、休んでいるあいだも、ある程度のお金が入ってこないと生活できないでしょ」

ヨンジュの言葉を聞いて、ミンジュンはもう一度契約書を読んでみた。つまりこの店長は、アルバイトが充分に休みながら働けるよう、週五日、一日八時間という条件をまず設定し、そのうえで、ある程度のお金を得られるよう時給を一万二千ウォンに決めたということだ。新米店長の正義感だろうか、それともこの書店は見た目より儲《もう》かっているのだろうか。ミンジュンは彼女に言われたとおりサインをした。彼女もサインをした。ミンジュンは契約書を手に立ち上がった。

ヨンジュは見送りのためドアの外まで出て、自分に目礼するミンジュンに言った。

「ところで、この本屋、二年しか続けられないかもしれません。それでも大丈夫ですか」

いまどきアルバイトを二年以上続ける人がどこにいるのか。ミンジュンがこれまでに一番長く続けたアルバイトは六カ月だ。彼としては、もし急に来月で辞めてくれと言われても未練はなかった。だから簡潔に「はい」と答えた。

ヨンジュという人物を訝しく思いつつ「はい」と答えたのは、もう一年前のことだ。これまでヨンジュとミンジュンは、最初に約束したとおり、各自任された仕事を忠実にこなしてきた。ヨンジュは、新しいことを企画して客の反応を見る楽しさにはまったようだ。ミンジュンは黙々と豆を選び、仕入れ、コーヒーを淹れた。確かに彼女は、コーヒーの味さえ良ければ、それ以上ミンジュンに望むことはないらしかった。やることがなくてぼーっと座っている彼を見て、なんて顔してるのと吹き出すこともあった。普通、そういうときはジロリとにらんだりするものなのに……と思いながら、彼もつられて笑ったりした。

ミンジュンは髪を伝って落ちてくる汗を拭きながら、書店のドアを開けて中に入った。涼しいエアコンの風が心地よく身体を包んでくれる。

「こんにちは」

本を読んでいたヨンジュにあいさつした。

「ああ、ミンジュンさん。今日すごく暑いでしょ？」

「そうですね」

彼はカウンターの天板を持ち上げて、自分の持ち場に入った。カウンターの内側はミンジュン、外側はヨンジュの持ち場だ。

「今日の豆はどこ産なの？」

手を拭いているミンジュンにヨンジュが尋ねると、彼はいたずらっぽく答えた。

「あとで当ててみてください」

ヨンジュの読んでいる本の隣に、さっそく一杯のコーヒーが置かれた。ミンジュンは持ち場に戻って椅子に腰掛けると、コーヒーを飲む彼女の様子を見守った。彼女はカップを下ろし、少し間を置いてこう言った。

「昨日と似てるけど、フルーティーな香りがもう少し強い気がする。これ、ほんとにおいしいんだけど？」

ミンジュンは軽く微笑んでうなずいた。二人はいつものように二言三言交わしたあと、いつものようにそれぞれの時間へと戻っていった。開店時間まで、ヨンジュは本を読み、ミンジュンは今日使う豆を準備しつつ、合間に店内をあちこち掃除する。ゆうべヨンジュが片付けて帰ったとはいえ、それでもミンジュンにできることがまだあるはずだ。

# 去ってきた人たちの物語

開店時間までヨンジュは小説を読む。小説は、自分だけの感情から抜け出して他人の感情に寄り添えるところが良い。登場人物が嘆き悲しめばともに嘆き悲しみ、苦しんでいればともに苦しみ、奮い立てばヨンジュも一緒に奮い立つ。他人の感情をたっぷり受け止めたあと本を閉じれば、この世のすべての人を理解できそうな気分になる。

ヨンジュは何かを探すために本を読むことが多かった。だが毎回、自分の探しものが明確な状態で最初のページを開くわけではない。数十ページほど読んでようやく、ああ、わたしはこういう物語を探していたんだな、と気づくことも多かった。一方で、何を探しているのか明確な状態で読むこともあった。一年前から彼女が読んできた小説を分類すると、「去ってきた人たちの物語」と言える。元いた場所に数日で戻ることもあれば、一生涯戻らないこともある。それぞれ状況は違っても、去ってきたという事実は結局、彼らの人生を変える。

あのとき、みんなはヨンジュに言った。「おまえが理解できない」と。「どうして自分のことしか考えないのか」とも。

自分をなじった人たちの声は、忘れかけたころに幻聴のように聞こえてきた。減ってきたかに思えても、記憶の彼方《かなた》から一瞬でよみがえった。そのたびに、わずかながら心がくじけた。でも、もうこれ以上くじけたくなくて、「去ってきた人物」の登場する小説に没頭した。まるで、世界じゅうのそういう小説を一つ残らず集めようとしているかのように読みあさった。ヨンジュの身体のどこかには、去ってきた人たちが集まって暮らす場所がある。そこには、彼らに関するさまざまな情報があふれている。彼らが去ってきた理由、そのときの心情、そのとき必要だった勇気、去ってからの生活、時間が経《た》ったあとの感情の変化、彼らの幸せと不幸せと喜びと悲しみ。ヨンジュは、その場所に行きたいときはいつでも訪ねていき、彼らのそばに身を横たえた。そして彼らの話を聞いた。彼らは、みずからの人生を通して彼女を慰めてくれた。

ヨンジュは「おまえが理解できない」「どうして自分のことしか考えないのか」と言う人たちの声を、去ってきた人たちの声で覆った。自分の身体の中にある彼らの声に励まされ、今では勇気を出してこんなふうに自分自身に言えるようにもなった。

「あのときは、ああするしかなかった」

ここ数日ヨンジュが読んでいる小説は、モーニカ・マローンの『かなしい生きもの』だ。主人公はまさに、容赦なく「去ってきた女」だ。女は夫と娘のもとを去った。ある男と恋に落ちたからだ。人生で大切なものは愛以外にないと考えたからだ。女は、去るよりほかなかったので何の罪悪感も覚えなかった。そして、愛していたその男が去っていくと、彼との記憶を永遠に忘れないために、その後、自身の記憶を一切上書きしなかった。男を記憶するために、世のあらゆる「生き方」を放棄して数十年間一人で生きてきた彼女は、いまや一〇〇歳になった。あるいは九〇歳かもしれない。

ヨンジュにとって良い小説とは、期待以上のところまで自分を連れていってくれる物語だ。この小説は「愛のために去った女」の物語だと言える。ヨンジュの関心は当初、「去った女」のほうに向いていたが、今は、「愛のために」人間ができることについて考えている。女は、男が残していった眼鏡をかけているうちに視力を損なう。眼鏡をかけることとは、彼のそばにいられる最後の可能性だったのだ。

ヨンジュは、どうしたら人は一人の人間をそこまで愛せるのだろうと考えた。どうやって、五〇年前の愛、あるいは四〇年前かもしれない愛を記憶しながら、その長い年月を一人で過ごすことができたのだろうと考えた。どうやって後悔しないでいられたのだろう、どうやってその男が唯一の愛だと確信できたのだろうと考えた。ヨンジュには知る由もない。ただ、彼女がかっこいいと思った。女の選んだ生き方は強烈で、その生き様は熾烈《しれつ》だった。

ヨンジュは本から顔を上げ、人生で、手放して一番後悔するものは愛以外にない、という女の言葉を噛《か》みしめた。人生で、手放して一番後悔するものは、本当に愛だろうか。愛だけだろうか。愛は本当にそんなに偉大なものだろうか。ヨンジュは、愛自体は良いものだと思っていたが、かといってほかの何よりも偉大だとは思わなかった。誰かを愛さなくても生きられる人もいる。愛だけで生きられる人がいるように。ヨンジュは、自分なら誰かを愛さなくても充分生きていけるだろうと思った。

彼女がそんな思いにふけっているあいだ、ミンジュンはよく乾いた布巾でコーヒーカップを磨いていた。午後一時にセットしておいたアラームが鳴ると、布巾を元の場所に戻してドアのほうへ歩いていった。ドアの札を裏返して「ＯＰＥＮ」にするためだ。その物音にヨンジュも物思いから覚めた。彼女は、ドアを閉めて戻ってくるミンジュンに、愛についてどう思うか聞いてみたかった。だが、やめておくことにした。彼の反応は予想がついた。何か考えるような顔をして、結局は「さあ」と答えるはずだ。ヨンジュは、ミンジュンが口ごもっているとき頭にある考えを話してほしいと思っているが、彼は自分の考えをなかなか口にしない。

札を裏返して戻ってきたミンジュンは布巾を手にし、すでに磨いたカップをまた磨き始めた。彼の様子を見ながらヨンジュは、聞かなくて良かったと思った。どのみち正解は一つしかない。ヨンジュ自身の導き出した答えが、今この瞬間の正解だ。彼女は、正解を抱いて生きながら、時にぶつかり、実験するのが人生だということを知っている。やがて、それまで胸に抱いてきた正解が実は間違いだったことに気づく瞬間がやってくる。そうしたらまた別の正解を抱いて生きていく。それが、平凡なわたしたちの人生。ゆえに、人生の中で正解は変わりつづけるものなのだ。

ヨンジュは、まだカップを磨いているミンジュンに言った。

「ミンジュンさん、今日もよろしく」

## 良い本を推薦できるだろうか？

　書店を構える前、ヨンジュは、自分が書店主に適した人間かどうか悩みはしなかった。単純に考えていた。本好きの人間なら務まるんじゃないか？　けれどオープンしてほどなく、自分には、書店の代表としては致命的な欠点があることに気づいた。「おすすめの本ありますか？」「どの本がおもしろいですか？」と客に聞かれてもまともに答えられない間抜けな書店主。ある日、四〇代後半とおぼしき男性客にとんちんかんな本を薦めてしまったこともある。

「J・D・サリンジャーの『ライ麦畑でつかまえて』がすごくおもしろかったです。もう読まれましたか？」

「いえ」

　男性が頭を振った。

「わたし、五回以上は読んだと思います。実は、そんなにおもしろい本ではないんです。あ……おもしろいというのは、一般的な意味でのおもしろさです。あるじゃないですか、思わずくすくす笑ってしまうような、続きが気になって夜も眠れないような、そういう感じのおもしろさ。この本にはそういうのはないんですけど、でも、なんというか、いわゆる〝おもしろさ〟を超えるおもしろさが……あるんですよ。この本には……これといった事件とか事故とかは出てきません。ただ、ある少年の考えていることが描写されてるんですけど、それもたった数日間の。でもわたしにはこの本が……おもしろかったんですよ」

「少年がどんなことを考えるんですか？」

客が真剣な顔で聞いてきたので、ヨンジュは訳もなく緊張した。

「その子の目に映る世界についてです。学校、先生、友だち、親について……」

「でも、その本が私にもおもしろいですかね？」

真顔でそう聞かれ、彼女は言葉に詰まってしまった。そうよね、このお客さんにとってもおもしろいかな？　なんでいきなりこの本を薦めてしまったんだろう。当惑した表情を浮かべるヨンジュに男性は、推薦してくれてありがとうと言ったあと、あれこれ本を見て、結局『ユーラシア見聞』という歴史書を買っていった。この方、歴史の本がお好きなんだ。ヨンジュは、その日男性が最後に口にした言葉を覚えている。

「申し訳ない。変なことを聞いてしまいましたね。人によって好みは違うのに」

客が書店主に本を推薦してほしいと言ったことが「申し訳ない」だなんて。客に適切な本を推薦できない書店主こそ「申し訳ない」と謝らないといけないのに。書店主が自分の好きな本をやみくもに客に押し付けるのは正しくないとヨンジュは思った。これからは書店主として常に正しい行動をとりたかった。そのためにはどうすべきか。仕事の合間に考えを整理してみた。

——客観的な目

客観的な目で本を見てみよう。自分が「好きな本」ではなく、お客さんにとって「良い本」を推薦するには客観的な目が必要だ。

──質問

本を推薦する前に、まずお客さんに聞いてみよう。「最近読まれた中でおもしろいと思ったのはどんな本ですか?」「もっとも深く感銘を受けた本は?」「普段、おもにどんなジャンルの本を読まれますか?」「最近、関心のあることは?」「好きな作家は?」

けれど、そうやって質問を考えておいても頭の中が真っ白になる状況はあるものだ。たとえば、こんなリクエストをされた場合、どう対応すればいいのだろう。

「胸がスカッとする本、推薦してよ」

ミンチョルオンマが、今日は文化センターに行く気力もないのだと言って、アイスコーヒーを注文した。胸がスカッとする本、か……。それだけでは手がかりが少なすぎる。かといって、準備しておいた質問を手当たり次第にするわけにもいかない。けれど、質問はしなければならない。ヨンジュは聞いた。

「胸がモヤモヤするんですか?」

「ここ何日かずっと。きなこ餅が喉元までいっぱい詰まってる感じ」

「何かあったんですか?」

ヨンジュの質問に、ミンチョルオンマの表情が急に硬くなったかと思うと、まつ毛が震えた。アイスコーヒーを一気に半分以上飲んでも、目に力が入らなかった。

「ミンチョルのこと」

家族の問題だ。書店をオープンしてからヨンジュは、客のプライベートな話をよく耳にするようになった。いつだったか、作家はよくこんなことを経験する、という文章を読んだことがある。一番の親友にも理解してもらえなそうな気持ちを、作家ならわかってくれそうだからと人々が打ち明けてくるのだと。同様に、書店主に対しても、人々はわりと気軽に心の内を打ち明けた。書店の代表ともなれば、心の機微に精通していると思うのだろうか?

「ミンチョルくんがどうかしたんですか?」

ヨンジュは、以前見かけたミンチョルの顔を思い浮かべた。スラリとした、優しそうな高校生だ。母親譲りの色白の顔でにっこり笑う姿は素直そうな印象だった。

「ミンチョルが……生きるのがつまらないって」

「生きるのが、ですか?」

「うん」

「どうしてですか?」

「わかんない。あの子はただ何気なく言ったんだろうけど、それを聞いてから胸が……ほんとに苦しくて。なんにも手につかない」

ミンチョルオンマによると、彼は何に対しても関心がないのだという。勉強もつまらない、ゲームもつまらない、友だちと遊ぶのもつまらないのだと。かといって、それらをまったくやらないわけでもない。試験前には勉強するし、退屈なときはゲームもする、友人たちと一緒に遊んだりもする。けれど、人生に対する彼の態度は、基本的に「やる気なし」。学校が終わると家に直行し、べッドに寝転んでインターネットをして、あとは寝てばかりいるという。ミンチョルは無気力症候群になったようだ。一七歳という若さで。

「こんなときに読んだらいい本、ないかな?」

ミンチョルオンマが、氷のすき間に残っているコーヒーを吸い上げながら聞いた。

ミンチョルに推薦できそうな本なら何冊か思い浮かんだ。無気力症になったとか、自分だけの世界でさまよっているような主人公は、小説にはごまんといる。でも、無気力症の子をもつ母親には、どんな本を薦めればいいのだろう。いくら考えても思い浮かばなかった。母と子が主人公の小説も思い浮かばなかったし、子育ての方法に関する本も読んだことがない。冷や汗が出てきた。推薦する本が思い浮かばないからではない。この書店が、自分という「限界」のせいで偏狭な空間になっているように思えたからだ。自分の好み、自分の関心事、自分の読書力だけに合わせた空間。こんなちっぽけな空間が人々の役に立つのだろうか。ヨンジュは正直に話した。

「お母さんの胸をスカッとさせるような本、思いつかないんです」

「そう?　まあ、そういうこともあるわよ」

「……思い浮かんだ小説が一つ、あるにはあるんですけど、母と娘の関係を描いたものなので。『目覚めの季節――エイミーとイザベル』っていう本です。母娘が一緒に暮らしてるんですけど、ほら、あるじゃないですか、お互い、とことん愛すると同時にとことん憎みもする、っていう。親子だからって相手を完全に理解して、相手に合わせてあげるなんてできませんよね。わたしこの本を読んで、親と子も結局は、どういう意味であれ、別れないといけないんだって思ったんです」

それを聞いたミンチョルオンマは、良さそうな本だと言った。買っていくから本棚から取ってきてくれと言うので、とりあえず貸出ということにしてはどうかとヨンジュは提案したが、ミンチョルオンマはいいのいいのと断った。本を手に店をあとにするその姿を見ながら、ヨンジュは本の効能について考えてみた。誰かのモヤモヤした胸をたちどころにすっきりさせてくれるような本が、そもそもこの世に存在するのだろうか。一冊の本にそんなすごい力があるのだろうか。

ミンチョルオンマが本を買っていって一〇日ほど経ったころだ。彼女は、伝えたいことがあってちょっと寄ったのだと言った。

「ちょっと時間ないんだけどさ。あの本おもしろかったって、それだけ言いにきた。読みながらどんなに泣いたか。自分の母親とのことを思い出しちゃって。うちも、すごく衝突したのよ。エイミーとイザベルみたいに、あそこまで激しくってわけじゃないけど」

そこまで言って、しばし何か考えているような表情を浮かべていたミンチョルオンマは、うっすら赤くなった目でこう続けた。

「最後が特に良かった。母親が娘の名前を何度も呼ぶところ。あそこでわんわん泣いちゃった。自分もいつかミンチョルをこんなふうに恋しく思うんだろうなって。あの子だって、いつまでも私の腕の中にいるわけじゃないんだから。そろそろ子離れしないといけないんだろうね。ヨンジュ店長、ほんとにありがとう。次もまた良い本教えてよ。じゃ、行くね」

ミンチョルオンマは、ヨンジュがためらいがちに推薦した本を、当初の質問とは関係なく、おもしろかったと言ってくれた。胸がスカッとしたわけではないけれど、おかげで母親にも思いを馳《は》せることができたし、息子との関係もあらためて考えるきっかけになったという。結果的には、ヨンジュは適切な本を推薦したということだろうか。期待に沿うような内容でなかったとしても、それが良い本でありさえすれば、読者はそれを読む経験を楽しんでくれるものなのだろうか。

良い本とは、「それにもかかわらず」良い本、ということだろうか。

そうかもしれない。ヨンジュの推薦した本がたとえ客の好みには合わなくても、その人が「それでも良い本だ」と感じたなら、それで充分なのかもしれない。もちろん、歴史書の好きな成人男性に、文学史上もっとも有名な反社会的高校生が主人公の小説を推薦したら、その人は見向きもしないかもしれない。けれど、その男性がいつかその小説を読みたくなったとき、あるいは娘を、息子を理解したいと思ったとき、本棚にあるその本を取り出してみるかもしれない。そうやって読んだ本を好きになるかもしれない。何にでも言えることだが、読書にもタイミングというものがある。ならば良い本の基準とは何だろうか？　一個人の立場では、自分が読んでおもしろいと思った本だと言える。だが、ヨンジュは一個人の立場を超えて考えなければならない。

もう一度考えてみよう。ならば良い本の基準とは？


――人生について語っている本。ただ語るのではなく、深みのある視線で率直に語っている本。

ヨンジュは、ミンチョルオンマの赤くなった目を思い浮かべながら、もう一度その答えを考えてみた。

――人生を理解した作家の書いた本。人生を理解した作家が母と娘について書いた本、母と息子について書いた本、自分自身について書いた本、世の中について書いた本、人間について書いた本。作家の深い理解が読者の心を揺さぶるなら、そしてその揺さぶりが、読者が人生を理解するのに役立つなら、それが良い本ではないだろうか。

## 沈黙する時間、対話する時間

　客の対応をし、コーヒーを淹れ、仕入れた本の目録を作成し、と目まぐるしい時間を過ごしていても、そのうちふと気がつくと、やるべき業務もなく、客もおらず、コーヒーを淹れる必要もない、という状況になっている。店内にはヨンジュとミンジュンの二人だけだ。ヨンジュはその時間をめいっぱい活用し、なんとかして休憩時間を確保する。散らかった本が目に入っても、陳列台まで歩いていって片付ける代わりに、シンクまで歩いていって果物の皮をむく。皿に盛ってミンジュンのところに持っていくと、彼は待ってましたとばかりに淹れたてのコーヒーを差し出す。

　そのあとに流れる静寂。ヨンジュはいま、この静寂を心地よいと感じている。他人と一つの空間にいても無理に言葉を交わす必要はないという事実に、喜びさえ感じる。話したいこともないのに話すというのは、もちろん相手を気遣ってのことかもしれない。だが、相手を気遣うあまり、自分自身を気遣えなくなるケースも多い。どうでもいい話を無理に続けているうちに、いつしか心が虚《むな》しくなり、早くその場から逃れたいという気持ちになってくる。

　ヨンジュは、ミンジュンと一つの空間を使いながら、沈黙は自分と他人を同時に気遣う行為にもなり得るのだと学んだ。相手の顔色をうかがいつつ無理に話をする必要のない状態。その状態での自然な静寂に慣れていく方法も学んだ。

一〇分のことも、二〇分のことも、三〇分以上になることもある静寂の時間にミンジュンがすることといえば、いつも同じようなことだ。休憩時間にも彼は携帯電話を見ない。履歴書に電話番号は書いてあったが、ヨンジュはまだ彼と電話で話したことがない。たまに本を読んでいることもあるが、それほど読書が好きなようにも見えない。空いた時間には、どこかの実験室の研究員のように、ただコーヒー豆を使ってあれこれやってみるだけだ。手持ち無沙汰だからかと思いきや、コーヒーの味がだんだん良くなっているのを見ると、それなりに真剣に実験に取り組んでいるのは間違いなさそうだ。

「ミンジュンはいかに無口か」というテーマならヨンジュと一日じゅうおしゃべりしてもいい、と言う人がいる。ヒュナム洞書店に豆を卸している焙煎業者の代表ジミだ。コーヒーに関するヨンジュの知識は、すべてジミ仕込みだ。冗談を言うのが好きなヨンジュと、冗談を聞くのが好きなジミは、最初から馬が合った。一〇歳以上の年齢差は何の問題にもならなかった。

最初のうちはジミが書店に遊びにきていたが、しばらくするとヨンジュの家が二人のアジトになった。ヨンジュが店を閉めて帰宅すると、家の前でしゃがみ込んでいたジミがお尻を払って立ち上がる。彼女はいつも両手いっぱいに食べ物を持ってきた。二人は何でも気安く話せる間柄になった。いきなり関係ない話が始まっても、相手は自然にそれを受け入れた。ふと話が途切れても、いつの間にかまた始まっている。どちらかが話の主導権を長く握るというより、ピンポンのように短い言葉をやり取りする。

二人は、ヨンジュの家でビールを飲みながら「ミンジュンはいかに無口か」について語り合ったこともある。

「あの子、無口なのは無口よ。あたしなんて最初、あいさつｂｏｔかと思っちゃったわよ。あいさつしかしないから」

しばらくスルメを噛むのに集中していたジミが、再び口を開いた。

「でも不思議なのはさ、聞かれたことにはちゃんと答えるんだよね」

「あ、そうですよね！」

ヨンジュは、今気づいたというように、スルメにかじりついたまま激しくうなずいた。

「確かにミンジュンさん、ちゃんと答えてくれますよね。あー、だからか。ミンジュンさんと話をするとき、不思議と気詰まりな感じはしないんです。反応があるからだったのか」

「でも考えてみたら、あの子だけが特別無口ってわけじゃない」

ジミは、やはりスルメを噛みながら言った。

「男はみんなそう。結婚したら無口になる。俺は今この結婚生活に飽き飽きしてるんだ、って意味の沈黙」

ヨンジュは、倦怠感《けんたい》に沈黙で打ち勝とうとする夫たちの姿を思い浮かべてみた。そして、無口なミンジュンのせいでこんなことまで考えていたのだと打ち明けた。

「最初は、わたしのことが気に入らないからしゃべらないのかなって。わたし、そんなにひどいかなって、そこまで思ってたんですから」

「柄にもなく被害者意識？　なに、人に嫌われることが多かったとか？」

「うーん。というより……人と仲良くしてる暇がなかったっていうか。たとえるならこんな感じかな。ひとりヒールをカツカツ鳴らして前に向かって必死で歩いてたんだけど、ある日ふと周囲を見回してみたら、周りの人たちもわたしなんかには目もくれずガンガン通り過ぎていってたんです。わたしに、これ食べる?すごくおいしいよ!なんて言ってくれる人が一人もいない、みたいな。これって、嫌われてたんですかね?」

「嫌われてたね」

「あー、やっぱり!」

ヨンジュが大げさにため息をつくと、ジミはハッとしたように、噛んでいたスルメを慌てて口から出した。

「げ、そういうこと?」

「何がですか?」

「ミンジュンてさ、もしかしてあの子、あたしたちがアジュンマ〔親と同世代の女性、中年女性、既婚女性への呼称〕だからしゃべらないんじゃない?」

「まさか……。ミンジュンさんとわたし、そんなに歳《とし》も離れてないのに!」

ヨンジュはおどけたように両手を大きく広げてジミの顔の前に持っていき、両手の親指を折り曲げた。

「八歳?」

ジミは、手のひらを広げているヨンジュの愛嬌《あいきょう》ある姿に微笑んだ。

「じゃあミンジュンって三〇越えてんの?」

「うちに初めて来たときが二九でした」

「そうなんだ。だよね、八歳差ならアジュンマってことないわ。ところでミンジュンさ、ちょっと変わったように思うんだけど、感じない？」

「何がですか？」

「最近ちょっと口数が増えた」

「そうかな？」

「自分からなんやかんや聞いてきたりもするし」

「そうですか？」

「うちのスタッフたちとも楽しそうにワイワイやってるし」

「え、そうなんですか？」

「かわいいわ」

「かわいいですか？」

「かわいいじゃん、じーっと何かに没頭してる姿」

「何かに没頭……」

「何かに集中してる子たち見ると、ほんとにかわいいなって。かわいいから、良くしてあげたいと思うし」


ミンジュンは最初、どうしてヨンジュはこんなに毎日果物を出してくれるのだろうと思っていたが、今では黙って食べている。間食用のクッキーやパンのように、果物も、彼女なりに考えて用意してくれる従業員福祉の一環なのだろう。ところが、しょっちゅう食べているうちに、あまり好きではなかった果物も、一日でも食べないと物足りなく感じるようになった。休みの日にはわざわざ買いにまで行くほどだ。習慣というのはこうして作られていく。

ヨンジュが彼に果物を出すのは、その時間を休憩時間と捉えているという意味だ。たまに、準備万端整えてさあ休憩というときに客が来て、食べ損ねることもあるが、今日はもう二〇分ものんびりしている。こういうときヨンジュはゆっくり果物を食べながら、積んである本の中の一冊を読む。パーマっ気のない肩までの髪を耳にかけ、食い入るように読む。そして読んでいる途中で顔を上げ、ぼんやりした目で物思いにふける。一見、ただぼーっとしているようにも見えるが、どうやらそうでもないらしい。ぼーっとしていたかと思うと、いきなりミンジュンに何か聞くこともあるからだ。

「ミンジュンさんは、退屈な人生は捨てるべき人生だと思う？」

今日も彼女は頬杖《ほおづえ》をついたまま、ミンジュンのほうを見もしないで聞いた。当初は、独り言かと思ってあえて答えなかったのだが、今では、それが独り言でないことくらいは彼にもわかる。

「ほら、いるじゃない。ある日突然それまでの人生を捨てて、別の人生へと歩みだす人たち。着いた場所で、その人たちは幸せになるかな？」

今度はミンジュンのほうに顔を向けて聞いた。今日もまた答えづらい質問だ。どうして毎回こんな質問をするのだろう。あまり長く答えないでいるのも失礼な気がして、とりあえずこう答えてみる。

「さあ」

ヨンジュに何か聞かれたときのミンジュンの返事はたいてい「はい」か「さあ」のどちらかだ。どうしようもない。その人たちが着いた場所で幸せになるか不幸せになるか、いったい誰にわかるというのか。

「今読んでる小説でね、主人公は偶然、ある女性に会うの、橋の上で。どこか不思議な感じのする女性に。その出会いがきっかけとなって、スイスに住んでいた男性は列車でポルトガルへと発《た》つの。旅行じゃなくて、永遠に。ただ彼女のことが気になって。その男性は退屈な人生を送ってはいたけど、それでも、それなりの暮らしはしていたの。目立たないけどひそかにすごい人っているじゃない。世間的には認められていなくても、わかる人にはわかる、そういうすごさ。そういうのを持って不自由なく生きてたのよ。それなのに、まるで生涯その瞬間だけを待ちつづけてきたかのように、突然スイスを去るの。到着したポルトガルで彼は何を見つけるのか。そこで幸せになるのか」

普段はいたって現実的なヨンジュが、本を読んでいるときはなんだか、そう、本当になんだか夢見がちな人になるようで、ミンジュンはおもしろいと思った。まるで片目を開けたまま夢を見ている人のように、片方の目では現実を見て、もう片方の目では夢の世界を見ているかのようだ。この前はミンジュンに、人生の意味に関する質問をした。

「ミンジュンさんは人生に意味があると思う？」

「はい？」

「わたしはないと思う」

「……」

「ないから、自分で見つけないといけないの。で、一人の人間の人生は、その人の見つけた意味が何であるかによって変わってくるの」

「……はい」

「でも、わたしは見つけられそうにない」

「……何をですか？」

「意味を。どこに意味を見いだせばいいんだろう。わたしの人生の意味は愛にあるのか。それとも友情か。本か。本屋か。難しいね」

「……」

「見つけたいと思ったからって、すぐに見つかるものじゃないと思うの。そうよね？」

ミンジュンは何も答えずただヨンジュを見ているだけだったが、彼女はお構いなしに続けた。

「なんてったって自分の人生の意味を見つけようっていうのに、そんな簡単に見つかるはずないよね？　でも、絶対見つけたいんだけど……うーん……見つけられなかったら……やっぱり、わたしの人生には意味がない、ってことになるよね？」

何を言っているのだろう。

「……さあ」

どのみちヨンジュは彼に答えを求めているというより、頭の中でぐるぐる回っている考えを、質問することで整理しているようだった。だから、毎回適当に返事をしたとしても、とがめたりはしないはずだ。ときどき雲の中でぼんやりと物思いにふけっては、また現実的にたくましく生きていく、そのことが彼女の人生をより豊かにするのだということを、ミンジュンは少しずつ理解していった。

そんなヨンジュの隣で、ミンジュンもときどき彼女のように物思いにふけった。漠然とした夢のようなものにたどり着くこともあった。将来の希望や目標といった類の夢ではなく、本物の夢。男がポルトガル行きの列車に乗り込んだときに彼を突き動かしていた、そういう類の夢。ミンジュンは、到着した場所で男が幸せになったか、不幸せになったかはわからないと思った。だが確かなのは、昨日とはまったく違う人生を生きていくだろう、ということだ。誰かにとってはそれだけでも充分ではないだろうか。今日の人生とはまったく違う、明日の人生。そんな明日を日々夢見ている人間にとって、その男はまさに「夢を叶《かな》えた者」そのものではないだろうか。

## 書店主みずから司会を務めるトークイベント

路地のあちこちに「町の本屋」ができるのが一つのトレンドになったとしたら、本屋を、本のみならず文化生活を提供する空間へと拡張することもまた一つのトレンドになっていた。といっても、書店主たちはなにも好き好んでそういうトレンドを牽引《けんいん》したり、追ったりしているわけではない。一種の集客術とでもいおうか。まずは客を書店に呼び込むために。本を売るだけでは食べていけないから。

ヨンジュも最初は本を売るだけのつもりだった。けれどだんだん、本の販売だけでは採算が取れないことがわかってきた。一人だけとはいえ被雇用者への責任を負う雇用主という立場になったので、いっそう収支に気を配らねばならなくなった。そのため、まずは毎週金曜日の夕方、申し込みさえすれば誰でも自由に書店の空間を利用できるようにした。トークイベントに公演、展示、なんでも可能だ。空間を提供するだけなので、ヨンジュとミンジュンはいつもどおり仕事をしていればよい。

広報は手伝うことにした。店先の立て看板にポスターを貼ったり、ＳＮＳに申し込みフォームのリンクを張ったり。初めは、本を読みにくる客には迷惑だろうかと心配したが、むしろその逆だった。本を読もうと来店した客が、たまたま作家が朗読をしたり歌手が歌ったりしているのを目にして、ぜひ自分も参加したいと言ってくるケースが多かった。本を一冊購入するかドリンクを注文すれば、五千ウォンで飛び入り参加できるようにした。

毎月第二水曜日は書店主催のトークイベント、第四水曜日は読書会を開く。最初の半年はヨンジュみずから読書会の進行をしていたがだんだん重荷になってきて、よく参加している人にリーダー役を打診してみたら、みんな快く引き受けてくれた。今は二、三人が順繰りに、本を選び、会を進行している。

トークイベントの司会はヨンジュが担当する。こういう機会でもなければ著者にあれこれ質問しながら本について語り合うこともないだろうと挑戦したことではあるが、それに加え、「書店主みずから司会を務めるトークイベント」というヒュナム洞書店ならではの特徴を打ち出したいという気持ちもあった。トークの内容は録音しておき、あとで書き起こしたものをブログやＳＮＳで公開する。トークイベント自体もさることながら、内容を丁寧にまとめた文章を著者たちはとても喜んでくれた。

今は水曜日と金曜日にだけイベントを開いているが、今後はどうしていくべきか迷っている。いくら好きな仕事でも労働の限界を超えれば結局、「仕方なくやっている仕事」になってしまうことを、ヨンジュはよく知っていた。好きな仕事でもそうなのに、好きではない仕事を大量にこなさねばならないとしたら？　仕事が苦痛になるはずだ。働く楽しさを維持できるかどうかは、いかに仕事の量が適切か、にかかっている。そのためヨンジュは何よりも、自分のすべき仕事、ミンジュンのすべき仕事が限界を超えないように気をつけている。ミンジュンは、読書会やトークイベントがあるときだけ三〇分残業する。

トークイベントの準備をするたびに、緊張しない日はなかった。数日前から、どうしてこんなことやるって言っちゃったんだろう、と悔やんだ。人前に出るのが好きでもないのに……話がうまいわけでもないのに……と後悔しきりだった。けれど、いざトークイベントが始まると、後悔していたのが嘘《うそ》のように楽しくて仕方なかった。特に、本を読んで気になっていた部分や良かったところを作家に直接伝えられるという点が、このイベントをやめられない一番の理由だった。

ヨンジュは子どものころ、作家はトイレにも行かないものだと思っていた。なぜか、三度の食事にも関心がないように思えたし、夜になると肩から憂いがはらはらとこぼれ落ち、首筋から腰を経て足先まで孤独感が蔓《つる》のように絡みついているような気がした。孤独に疲れた人が親切に振る舞うのは難しいだろうから、作家なら、多少気難しくても大目に見てあげようという気持ちがあった。ヨンジュにとって作家とは、世の中の酸いも甘いも嚙み分けて、運命に導かれるようにペンを執った人たちだった。作家でも知らないことがあるのかな？　ないんじゃないかな？　作家に対して抱いていたイメージを、彼女は今も捨てられずにいた。

だが、トークイベントを通して出会った作家たちは、イメージしていたよりずっと平凡で親しみやすかった。もしや自分には文才がないのではと日々悩む、普通の人たちだった。酒を一滴も飲めない作家もいれば、会社員よりも規則的な生活を送っている作家もいたし、体力が一番だと毎日走っている作家もいた。ペン一本で食べていけるようになるために毎日七時間、机に向かっているという作家は、トークイベントのあとヨンジュにこう言った。

「とりあえずやってみようと思ったんです。才能があるのかないのか悩むくらいなら、まずは書いてみようと。一度くらいはこんなふうに生きてみたいと思っていたので」

ヨンジュよりも恥ずかしがり屋でシャイな作家もいた。なかには彼女とまともに目を合わせられない人もいた。話したいことはあるけれど口下手だから書くようになったというある作家は、自分がゆっくり話すのは頭が悪いからなので許してほしいと、独特のトークで参加者を笑わせた。性急に主張するのではなく、ゆっくりしたペースで一言一言話す作家たちを見ながら、ヨンジュは不思議な安堵《あんど》感を覚えた。彼らの話す姿のように、たとえ愚直に見えても慎重に一歩一歩、歩んでいけばいいのだと思えて。

明日のトークイベントのテーマは「本と親しくなる五二の話」だ。『毎日読みます』を書いた作家のイ・アルムさんが登壇する予定だ。この本を半分ほど読んだとき、ヨンジュは著者に会ってみたいと思った。読み終わったあと質問を書き出してみたら、あっという間に二〇個を超えた。質問用紙がすぐに完成するのは、著者と交わしたい話がそれだけたくさんあるということだ。

## 作家との一問一答

**ヨンジュ**　わたしがこの本を読んでいいなと思った点はですね、なんか、本を読んだからって成功するわけじゃないんだなって、そういう感じがしたのが良かったです（笑）。わたしと話が合うような気がして。

**アルム**　その感じは当たってます（笑）。本を読めば世の中が見えるようになるって言いますよね。で、世の中がもっと理解できるようになると。で、世の中が理解できるようになったら強くなりますよね。まさにこの、強くなる、ということを成功と結びつける人がいるように思うんです。でも実際には、強くなるだけじゃなくて、同時に苦しくもなるんですよ。本の中には、自分の狭い経験では到底知り得なかった世界の苦痛があふれています。それまで見えていなかった苦痛が見えるようになるわけです。誰かの苦痛がひしひしと感じられるのに、自分の成功、自分の幸せだけを追い求めるわけにいかなくなる。だから、本を読むと、いわゆる成功からはむしろ遠ざかるようになると思うんです。本はわたしたちを誰かの前や上には立たせてくれません。その代わり、そばに立てるようにしてくれる気がします。

ヨンジュ　そばに立てるようにしてくれる、という表現、いいですね。

アルム　ええ、だから結局は、別の意味で成功することになるわけです。

ヨンジュ　どういう意味で、ですか？

アルム　より人間らしくなる、ということですかね。本を読むと、他者に共感するようになるじゃないですか。成功に向かって無限に走りつづけるよう仕向けるこの世の中で、走るのをやめて周りの人に目を向けるようになるわけです。だから、本を読む人が増えれば世の中が少しでも良くなるんじゃないかと、私は思っています。

ヨンジュ　時間がなくて本が読めないという人がたくさんいます。アルムさんはたくさん読まれますよね？

アルム　そんなにたくさんは読めません。二、三日で一冊くらいですね。

ヨンジュ　それって、たくさん読んでると思いますけど（笑）。

アルム　そうですかね（笑）？　みんな忙しいから、合間合間に読むしかないですよね。朝にちょっと、昼休みにちょっと、夕方にちょっと、寝る前にちょっと。でも、そのちょっとずつの時間も、合わせたらけっこうな時間になるんですよ。

ヨンジュ　複数の本を並行して読むとおっしゃってましたよね。

アルム　ちょっと気が散りやすいタイプだからですかね。おもしろい本でもずっとそればかり読んでいると飽きてくるんです。何であれ退屈なのは嫌だから、すぐにほかの本を引っ張り出して読みます。頭の中で本の内容がこんがらがりそうだという方もいらっしゃいますけど、私はそうでもないですね。

ヨンジュ　前に読んでいた本に戻ったとき、どんな内容だったか思い出せないんじゃないかという気もしますけど。

アルム　うーん……私は本を読むとき、記憶にはあまり執着しないんです。もちろん、本の内容がつながっていくには前の内容をある程度は覚えていないといけませんよね。本当にまったく思い出せないときは……実際、そういうことはめったにありません。だいたいある程度は覚えています。でも思い出せないときは、鉛筆でチェックしておいた部分にだけ目を通して、続きを読み進めたりもします。

ヨンジュ　記憶に執着しないという話は本にも書かれてましたよね。覚えてなくてもいいんですか（笑）？

アルム　（笑）私はいいと思います。本は、なんというか、記憶に残るものではなくて、身体に残るものだとよく思うんです。あるいは、記憶を超えたところにある記憶に残るのかもしれません。記憶に残っていないある文章が、ある物語が、選択の岐路に立った自分を後押ししてくれている気がするんです。何かを選択するとき、その根底にはたいてい自分がそれまでに読んだ本があるということです。それらの本を全部覚えているわけではありません。でも私に影響を与えているんです。だから、記憶に執着しすぎる必要はないんじゃないでしょうか。

ヨンジュ　それを聞いて安心しました。わたしも先月読んだ本の内容がすでにあやふやなので。

アルム　私もそうです。たぶんほとんどの人がそうですよ。

ヨンジュ　本をあまり読まない時代だと言われますよね。どうお考えですか？

アルム　この本を書いているときに、インスタグラムというものを初めて見てみたんです。ほんとに驚きました。最近の人は本を読まないなんて、いったい誰が言ってるのかと。本当にたくさんの人がすごいスピードで本を読みあさっている感じがしたんです。その様子を見て、本を読む人がいなくなることはまずないだろうと思いました。もちろん、その人たちがすごく特別なケースだということ、ごく少数だということは知っています。先日も、ある記事に、韓国の成人の半数が本を一年に一冊も読まないと書いてありました。でも、実は私は、本を読まない人が多い、だから問題だ、と言うことには少し抵抗があります。忙しくて、余裕がなくて、時間のゆとりや心のゆとりがなくて読めないいんでしょうから。社会があまりにもせわしなく動いていますから。

ヨンジュ　じゃあ、もっと暮らしやすい社会になるまでは、本は読めないのでしょうか？

アルム　うーん、でも良い社会になるまで、ただぼーっと待っていたくはないですね。本を読む人が増えてこそ、つまり他者の苦しみに共感する人が増えてこそ、もっと早く、良い世の中になると思うので。

ヨンジュ　ではどうすればいいのでしょうか。

アルム　私が解決できることではないですね（笑）。うん、でも、みんな読書欲はあるじゃないですか。本を読まなくちゃっていう思いは、多くの人が持ってると思うんです。読みたいんだけど読めない人はどうすればいいか。

ヨンジュ　……。

アルム　基本的には、これが真理です。初めは大変でも、読んでみれば読むのが習慣になる（笑）。じゃあ、最初のきっかけはどうすればいいか。そういう人たちのためにこの本を書いたんです、と申し上げたいですね（笑）。

ヨンジュ　おお、そうきますか？　タイマーの話も書かれてましたよね。本の内容が頭に入ってこないときはタイマーを活用すると。

アルム　ちょっとふざけちゃいましたね。すみません。本の内容が頭に入ってこないときは、まず、自分が今どういうことに関心を持っているのか考えてみてほしいです。人間の本能は、自分の関心のある対象にはとことん興味を示すんです。最近、会社を辞めたいと思ってる人、多いじゃないですか。で、実際に退職した人が書いた本もたくさんあります。なら、そういう本を読めばいいですね。海外に移住したいですか？　それなら移民に関する本を読めばいいんです。自尊心が低くなった？　親友と疎遠になった？　憂うつだ？　関連する本を読めばいいんです。でも、それまで本を読んでいなかった人が読もうとすると、なかなか集中できませんよね。すぐほかのことに手を出してしまいます。私はそういうとき、スマートフォンのタイマーをセットしてから読みます。基本は二〇分。タイマーが鳴るまでは何があっても本を読むんだ、そう思って読めばいいんです。制約が私たちを緊張させて、緊張が私たちを集中させるんですね。二〇分が過ぎたら？　選択すればいいんです。今日は二〇分読んだからこれで充分だと思ったら読むのはやめて別のことを楽しめばいいし、もう少し読もうと思ったらもう一度タイマーをセットすればいいんです。タイマーを三回かければそれで一時間です。みなさん、タイマーを一日に三回だけかけてみましょう。一日一時間の読書が達成できますよ。

# コーヒーとヤギ

ミンジュンがバリスタとして働くようになってしばらくは、だいたい週二回のペースでコーヒー豆を届けてもらっていた。香りが飛ぶのをできるだけ防ぐため、小さな密封パックで届いた。最近は、書店に出勤する前に、二日に一度はゴートビーンに立ち寄る。注文しておいた豆を受け取るためでもあり、次はどんな豆を使うかジミと相談するためでもある。

ゴートビーンは、書店をオープンする際にヨンジュが見つけた焙煎業者だ。豆の質が良くて管理も上手な業者を人づてで探していたところ、運良く、ヒュナム洞にそういうところがあった。ゴートビーン代表のジミは、ヨンジュが一人で書店を運営していたころ、コーヒーをちゃんと淹れているか週に一度チェックしにくるという力の入れようだった。いくら豆が良くてもバリスタの腕次第で味はがらりと変わるのだと言って、客に出すコーヒーを手ずから淹れてくれたこともある。

バリスタを雇ったという話を聞いて真っ先に駆けつけてきたのもジミだ。彼女は客のふりをしてミンジュンのコーヒーを何度か飲んでみた。試飲の結果は、店を出るときヨンジュにそのつど報告した。

「ヨンジュ、あんたよりずっとうまいわよ。これで一安心ね」

「オンニ〔女性から実姉、年上の女性への親しみを込めた呼称〕、そこまでじゃなくないですか？」

「そこまでよ、ヨンジュ」

ミンジュンのコーヒーを四回目に飲んだ日、ジミは自分の正体を明かした。

「ミンジュンさん、あたしが誰か知らないでしょ？」

言葉を交わしたこともない客から自分のことを知っているかと聞かれ、ミンジュンは相手をじっと見つめた。

「今ミンジュンさんが手にしているその豆を焙煎した人間よ」

「ゴートビーンの焙煎士の方ですか？」

「そう。ミンジュンさん、明日の朝一一時って、何してる？」

彼がその言葉の意味を測りかねていると、ジミはこう付け加えた。

「一度うちの焙煎所に来てみてよ。バリスタなら、自分の使っている豆がどこで、どんなふうに作られてるのかくらいは知っておくべきだから」

次の日、ミンジュンはゴートビーンに向かった。遅刻すらしたことのないヨガのクラスを初めて欠席した。ドアを開けて中に入ると、ちょっとしたカフェのような空間が現れ、そこを通り抜けて奥のドアを開けると豆を焙煎するスペースに出た。

ミンジュンは焙煎機を目にするなり鉛筆削りを思い出した。ハンドルを回すと鉛筆を削ってくれた小さな道具が、人の背丈ほどに大きくなって豆を焙煎していた。三人の焙煎士がそれぞれの焙煎機の前で忙しそうにしているなか、昨日ミンジュンに声をかけてきたジミは、椅子に座ってテーブルの上の何かを一つずつ選び出していた。彼があいさつをすると、ジミは座ってというジェスチャーをした。

「生豆の中から欠点豆をはじいてるのよ」

彼が完全に腰を下ろす前に、ジミは説明を始めた。

「普通はハンドピックって言うわね」

彼女は、説明しながらも手では欠点豆をはじき続けていた。

「これ見て。ほかの生豆と比べると明らかに色が黒いでしょ？　腐った実から取った豆だからよ。で、この茶色いの、これは傷んでる。匂い嗅いでみて。すえた匂いがするでしょ？　こういうのは焙煎する前に全部、はじかないといけないの」

ジミは同じ姿勢のまま根気強く欠点豆を選《よ》り分けていた。ミンジュンも、彼女がはじいた欠点豆を参考にして、黒かったり茶色かったり形がいびつだったりする生豆を選び出した。彼女は休みなく手を動かしながらも、目ではハンドピックするミンジュンの様子もチェックしていた。

「ゴートがどういう意味か知ってる？」

「ヤギ……ですよね」

「うちがゴートビーンっていう名前なの、どうしてだかわかる？」

「……さあ、ヤギがコーヒーの由来と何か関係があるのか……」

「お、あたし、鋭い人好きなんだけど！」

ジミは「おしまい」と言うと椅子からさっと立ち上がり、ミンジュンを一番左の焙煎機の前に連れていった。焙煎士が、焙煎したばかりの豆のハンドピック作業をしていた。ジミは、焙煎後にもう一度ハンドピックをしてやるとコーヒーの味が良くなるのだと、ミンジュンに説明した。

「これ、今日ミンジュンさんが持って帰る豆。あとは粉砕するだけだから」

ジミと焙煎士は豆の粉砕機のほうへ歩いていき、ミンジュンもあとに続いた。

「粉砕レベルによってコーヒー粉が粗くなったり細かくなったりするの。粗挽《あらび》きと細挽きでは抽出方法も違うし」

「……」

「ミンジュンさんのコーヒー、おいしいわよ」

ジミが、静かに話を聞いているミンジュンを見て言った。

「でもちょっと苦かった。過抽出のせいだと思って、少し粗挽きにしたものを届けてみたの。そしたら苦味がなくなった。味が変わったの、気づいてた？」

ミンジュンは何か考えているような顔で答えた。

「僕が抽出時間を変えたからだと思ってたんですけど、そうじゃなかったんですね」

「お、ミンジュンさんもいろいろやってみてたわけね！」

豆の粉砕を待つあいだ、ジミは、ミンジュンの頭の中にコーヒーに関するありったけの情報を詰め込んでやった。伝説によると、人類がコーヒーを発見したのはヤギのおかげだという。ヤギが、小さくて丸い赤い実を食べると決まって元気に走り回るのを見て、ヤギ飼いがコーヒーの実の存在とその効果に初めて気づいたということだった。

「だからそのままゴートビーンっていう名前にしたの。あれこれ考えるのも面倒で」

ジミは、自分ほどカフェインに弱い人間もいないはずだと嘆いた。それでもコーヒーが大好きで、一日に三、四杯は必ず飲むという。ミンジュンが心の中で、そんなに飲んだら眠れないだろうに、と思っていると、それを見透かしたかのように彼女は言った。「だから絶対、夕方五時より前に飲まないといけないの」そしてこう付け加えた。「それでも眠れなかったら、ビールを何杯か飲めばいいし」

コーヒーの木は常緑樹で、豆はコーヒーの実の種だという。豆はアラビカとロブスタの大きく二つに分けられ、ゴートビーンではおもにアラビカを取り扱っている。ジミは「アラビカのほうがおいしいから」と言った。コーヒーの香りを決定づけるのは何か知っているかと聞かれたミンジュンが知らないと答えると、ジミは高度だと教えてくれた。低地で栽培された豆はあっさりと無難な味で、高地栽培の豆は酸味が強く、フルーティーな香り、フローラルな香りもして複合的な味なのだと。最初にヨンジュと一緒に豆を選んだとき、彼女がフルーティーな香りを特に好んだので、以来ずっとそういう豆を納品しているという。

その日以降、ミンジュンは週に一度ゴートビーンに顔を出すようになった。そのうち、もっと頻繁に通うようになり、ヨガの時間を変更した。だんだんゴートビーンの雰囲気も把握していった。ドアを開けて入ったときに冷たい雰囲気が漂っていたら、ジミがカンカンに腹を立てている日だ。だいたい、腹を立てている理由は夫だ。いつだったかミンジュンは、もしやジミの夫はユニコーンのような存在ではないかと思ったことがある。焙煎士たちも彼女の夫を一度も見たことがないという話を聞いたからだ。彼女の想像の中だけで生きていて、彼女からさんざん罵倒されている存在。

ミンジュンの疑念を晴らしてくれたのは一枚の写真だ。偶然目にしたその写真の中で、三〇代初めの若いジミと、彼女の夫とおぼしき男性が幸せそうに笑っていた。ジミは、結婚して一年にもならないころに撮ったもので、何度も破いてしまおうと思ったけれど、そんな自分がバカみたいでまだ破れずにいるのだと言いつつ、また夫の悪口を始めた。家の中をぐちゃぐちゃに散らかしたとか、冷蔵庫の食べ物を全部腐らせたとかいう程度なら一〇分。葬儀場に行くと言いながら友人たちと夜通し酒を飲んでいたとか、自分が働いているあいだに若い女とカフェでおしゃべりしていたのがバレたとかいう程度なら二〇分。どうやら自分のことを金を稼いでくる機械としか思っていないようだと感じた日には三〇分。ジミがミンジュンをつかまえて三〇分間夫の悪口を言いつづけた日、ミンジュンは初めてヒュナム洞書店に遅刻しそうになった。

今日は一〇分コースだった。

「自業自得なの。あたしが先にあの人に惚《ほ》れたんだから」

ジミは夫のことを必ず「あの人」と言った。

「悠々自適って感じがカッコよくてね。世界じゅうを旅するヒッチハイカーみたいで。うちの実家の家族って、なんかあるとポップコーンが弾けるみたいに、もう大騒ぎするの。で、その挙げ句、事をしくじる、ってパターンが一度や二度じゃないわけ。でもあの人は、あたしが今まで見てきた中で一番おっとりしてる。社長に叱られても動じない、客が暴言吐いて突っかかってきても動じない」

二人は居酒屋でアルバイトをしていたときに初めて出会ったという。

「そういう感じがいいなと思って、あたしから口説いたの。何年か付き合って、結婚しようってせっついたのもこっちで。あたし、もともと独身主義だったの。今は非婚主義っていうらしいね？　子どものころから、女の人が苦労する姿をいっぱい見てきたから、結婚はしたくなかった。うちの母親も、血のつながったおばさんたちも、つながってないおばさんたちも、みんなほんとに苦労したんだから。後悔で胸を叩《たた》きすぎてアザができてたはずよ〔心が苦しいときなどにこぶしで胸を叩く感情表現〕。それなのに、あの人にのぼせあがって、新居も用意するから結婚してくれってしがみついちゃったわけ。その結果がこれ。昨日帰ったら、家じゅう、ぐっちゃぐちゃ。シンクには使った食器がそのまんま、どこに行ってきたんだか、あの服、この服、引っ張り出したのもそのまんま、洗面台に落ちた髪の毛もそのまんま、しかも、おなか空いて死にそうなのに冷蔵庫はすっからかん。最後に残ってたインスタントラーメン二つを、朝に一つ、昼に一つ食べたっていうの。週末に買ってきたお惣菜《そうざい》と一緒に！　あの人が働かないことについては、あたし何も言わない。でもいくらなんでも、一緒に暮らしてる人間のこともちょっとは考えてくれないと。あたしはおなかが空かないとでも？　ラーメン全部食べたなら買ってきておくとか、それも嫌ならあたしに買ってくるように言えばいいじゃない！　そうやって責めたら、すっと部屋に入っちゃうの。すねちゃって、今朝までだんまり」

ジミはそこまでまくしたてると水を一気に飲み干して、ミンジュンに言った。

「申し訳ない、毎回。こうやって吐き出さないと、やってられなくてさ。こんな話聞かされるの、嫌よね？」

不思議とミンジュンは聞くのが嫌ではなかった。むしろ、仕事帰りに一緒に居酒屋にでも寄って、夫をなじる彼女の話を二時間でも三時間でも、全部聞いてあげたいと思った。どうしてそんな気持ちになるのだろう。もしかしたら、そうやって何時間でも誰かの話を聞いてあげれば、自分も自分の話ができるような気がするからかもしれない。このとき初めてミンジュンは、自分がかなり長いあいだ一人で過ごしているという事実を、事実以上に受け止めた。

「嫌ではないですよ。もっとお話しになっても大丈夫です」

「ううん、そう言われると余計に心苦しい。これからはほどほどにするから」

「……」

「さ、今日の豆は、この前言ったとおりコロンビアブレンド。コロンビア四〇、ブラジル三〇、エチオピア二〇、グアテマラ一〇。コロンビアは味をまとめてくれると思ったらいい。じゃあブラジルは？」

「……」

「間違ってもいいのよ。なにそんなに悩んでんの」

「……うーん、……甘味」

「そう。じゃあエチオピアは？」

「えっと、……酸味？」

「最後のグアテマラは！」

「あー……苦味……」

「正解！」

ゴートビーンをあとにしたミンジュンはふと、季節が変わりつつあることに気がついた。いつの間にか、蒸すような暑さはなくなり、暑さの中にも涼しさが感じられる、つまり秋が近づいていた。暑さのせいで、この夏はずっと、ゴートビーンから書店までバスで移動していた。もう少し涼しくなったら歩いていけそうだ。

運動し、働き、映画を観《み》て、休む。ミンジュンは今、この単純なサイクルがとてもバランス良く回っていると感じていた。こんな感じでいいんじゃないかな。こんな感じで生きるのもいいんじゃないかな、と思えた。

## ボタンはあるのに穴がない

希望の大学への入学が決まったとき、ミンジュンはホッとした。最初のボタンをきちんとかけることが肝心だ、もう少しだけがんばれ、と親に言われるのは本当に嫌だったけれど、それでもいざ合格通知を目にすると「これで最初のボタンをきちんとかけられたな」と思った。大人たちはみんな、いい大学に入りさえすればあとは全部うまくいく、と言った。名門大学の「看板」で突破できない壁はない、とも。けれどミンジュンや友人たちは、もはや大学の看板が安定した未来を保証してくれるわけではないことくらいは知っていた。ミンジュンはそれまでと同じく、大学でも立ち止まらずに走りつづけなければならなかった。

地方の親元を離れ、一人でソウルに上京したミンジュンは、入学式を前に大学四年間の計画を立てた。学点〔大学の成績評価の数値。一般的に四・五が満点〕、インターンシップ、資格、ボランティア活動、英語。友人たちの計画も似たりよったりだった。親の財力によって、どこで、どれほど快適に、どれほど楽にスペックを積めるかは変わってくるが、親の財力とて、子が自分でつかみ取らねばならないものを代わりに手に入れてくれるわけではない。ミンジュンは、まるで小学生の夏休みのそれのように、毎学期、計画表を作った。計画表どおりに行動する情熱も、意志も、彼にはあった。彼の家族は、学費や月々の家賃、生活費というゴールに無事にボールをシュートするため、一丸となって四年間力を合わせて走りつづけた。

ミンジュンの大学生活は、アルバイト、アルバイト、またアルバイト、さらに勉強、勉強、また勉強の連続だった。アルバイトと勉強の両立はそうたやすくはなかったけれど、彼はそれも一つの通過儀礼だと考えた。この時間さえ耐えればいいんだ。この瞬間さえ乗り越えればいいんだ。一生懸命生きるのは良いことだという信念が、ミンジュンにはあった。寝不足でいつも疲れていても、だからこそ、たまの朝寝坊が幸せに感じられるのだと考えた。そんなふうにポジティブでいられたのは、今まで実際に、一生懸命やった分だけ良い結果を手にしてきたし、これからもきっとそうだと信じていたからだ。彼の大学四年間の学点は四・〇近くあり、足りないスペックもなく、これからも何でもうまくこなしていく自信があった。だが、就職はうまくいかなかった。

「なあ、俺たちが就職できないなんて、どういうことだよ？　おまえも俺も、何が足りないっていうんだ？」

同じ科の同期ソンチョルが、大学前の居酒屋で焼酎をひと息に飲み干して言った。ソンチョルとはオリエンテーションの日に初めて会い、大学生活をずっと共に過ごしてきた。

「僕らに何か足りないから就職できないんじゃないさ」

顔が赤らんだミンジュンも、彼に続いて焼酎をあおった。

「じゃあ、なんでダメなんだよ」

ソンチョルは、すでに数十回、数百回としてきた質問をまたミンジュンにぶつけた。自分自身に対しても一日に何度も繰り返している質問だ。

「穴が小さいからさ。いや、そもそも穴がないからだな」

ミンジュンがソンチョルのグラスに焼酎を注ぎながら言った。

「穴？　就職の穴？」

ソンチョルもミンジュンのグラスに焼酎を注いだ。

「いや、ボタンの穴」

二人は焼酎をあおった。

「お母さんが言ってたんだ、僕が高校生のとき。最初のボタンさえきちんとかけたら、二番目のボタンからは自動的にどんどんかけられるようになってるって。いい大学に入るのは最初のボタンをきちんとかけることなんだって。だから僕も、この大学に受かったときは内心ホッとしたよ。これからも今みたいにやっていけば、二番目のボタン、三番目のボタンもうまくかけられるような気がしたんだ。それって、妄想だったと思うか？　僕はそうは思わない。おまえも知ってのとおり、僕はほんとに頭いいじゃないか。おまえより僕のほうが頭いいの、認めるだろ？　そんな頭のいい僕が、しかも必死でがんばってるっていうのに、その僕を、この社会が放っておくはずがないだろ？」

酔いが回ってきたのかガクッとうなだれたミンジュンは、再び顔を上げて話を続けた。

「僕は、大学に入ってほんとに全力でボタンを作った。おまえもそうだったよな。間隔もぴったり合わせてちゃんとつけた。おまえより僕のほうがうまくつけたはずさ。考えてみたらソンチョル、ボタンをつけるのに、おまえにもずいぶん助けてもらった。ありがとな」

ミンジュンがポンポンと肩を叩くと、ソンチョルは満足そうな顔でにやりと笑った。

「おまえよりきれいなボタンをつけた俺も、おまえにありがとうって言いたいね」

ミンジュンはそれを聞いて軽く微笑み、充血した目で友の顔を見た。

「でもな、ソンチョル」

「ん？」

「必死でボタンを作ってるときに、あることに気づけなかっただけなんだ、って思う、最近は」

「何を？」

ソンチョルがとろんとした目に力を入れながら聞いた。

「ボタンを通す穴がないってこと。考えてみろよ。洋服があって、こっち側には高級ボタンがずらずらーっとついてる。でも反対側には穴がない。なんでかって？　誰も穴をあけてくれなかったんだよ。だから僕の服、どうだ。哀れにも最初のボタンだけがかかってる」

ミンジュンの話を聞きながら、ソンチョルは思わず自分のシャツに目を落とした。シャツにはボタンが整然と並んでいたが、上から下まで一つもかけられていなかった。ソンチョルは何かに驚いたようにビクッとして、慌てて一番上のボタンをかけ、二番目もかけた。酒のせいで思うように指が動いてくれなかったが、それでも目に力を入れて集中し、最後のボタンまで心を込めてかけた。もしかしていつもボタンを開けっ放しにしてるから就職できないのか、と考えながら。ミンジュンはそんなソンチョルにはお構いなく、手の中の焼酎グラスを、まるで初めて見る物のように意味ありげに見つめながら話を続けた。

「笑えるだろ。もともとボタンがついてなかったら、そういう服だってことで着られただろうよ。でも僕の服はどうだ。最初のボタンだけかかってて、その下には使えもしないボタンがずらずらーっと。こりゃあれだ、ただの不良品だ。服が不良品なら、それを着てる僕も不良品。ああ、悲しくて笑えてくるよ。自分のこれまでの時間が、今のこの不良品みたいなザマのために存在してたのかと思うと。まさか自分の人生が、悲しくて笑えてくるとはね」

「でも、まだ笑えるだけマシじゃないか？」

一番上のボタンをとめて首が苦しくなったソンチョルが、しきりに襟の部分を引っ張りながら言った。

「マシって何が？」

「悲しいだけじゃないなら、まだマシだろって言ってんだよ」

ソンチョルをぼんやり見つめていたミンジュンは、彼の額を指でぐいっと押しながら言った。

「そういうことか！　これでもまだ良いマシだってのか。悪いマシじゃないってのか！」

「この野郎、なに言ってんだよ！」

「肯定の力ってことか！　こんな人生も肯定するってのか！　マジでか！」

ミンジュンが訳のわからないことを大声で叫ぶので、ソンチョルはやめろよと彼の口をふさいだ。するとミンジュンはその手を払いのけて、また叫んだ。

「悲しくてもまだ笑えるんだからマシってことか！」

二人はついに一緒になって、俺たちの人生は最高に悲しくて笑えてくる、と言いながらくすくす笑った。ミンジュンは空の焼酎グラスを、ソンチョルは焼酎の瓶を握りしめ、悲しいだけじゃなくて、一応まだ笑うことができて、こりゃありがたいことだ、と言ってまた笑った。笑いながらミンジュンは焼酎をもう一本頼み、ソンチョルはせっかくだからと卵焼きとプデチゲ（ハムやソーセージ、ラーメンなどを煮た辛い鍋料理）を追加で注文した。新しい焼酎の瓶がテーブルに置かれる様子を見ながら、二人は同じことを考えていた。そのうち誰かがじゃーんと現れて、自分の服に穴をあけてくれますように。自分が不良品でないことを証明してくれる二番目、三番目の穴をあけてくれますように。どうせなら、目の前にいるこいつの服にも。どうせなら、ほかの友人たちの服にも。いや、どうせなら、この世に穴がいっぱいできますように。どんな大きなボタンでもすいすい通る、とんでもなく大きな穴がいっぱいできますように。

ミンジュンとソンチョルは、酒を酌み交わしたその日から何カ月か過ぎたころには連絡を取り合わなくなっていた。正確にいつから途絶えたのかは覚えていない。確かなのは、二年近く連絡を取っていないということだ。もしかしたらソンチョルは就職できたのかもしれない。自分だけ就職できたのが申し訳なくて連絡できないというなら、ミンジュンはその気持ちが理解できる。でも、その逆なら、もっと理解できる。就職がまだ決まらなくて連絡できないというなら、それは彼も同じだったから。ミンジュンは大学のほとんどの友人との連絡を断った。電話がかかってきても出ず、ショートメッセージにも返信しなかった。就活生同士の勉強会で偶然顔を合わせた友人たちとは、軽くあいさつを交わすだけだった。そのころミンジュンは面接対策の勉強会二つに参加していた。

書類審査、適性検査、パーソナリティー検査、すべて通過しても、面接でたびたび落とされた。彼は一日に何度も鏡を見た。顔のせいなのか。イケメンではないものの、醜い顔というわけでもなかった。どこにでもある顔。どの職場でもよく見かけそうな顔。自分を審査する面接官と大して変わらない顔。あまりにもありふれた顔だから、だからダメなのか？

ミンジュンは本物の面接に臨むつもりで勉強会に参加した。自信にあふれた印象を与えつつ謙虚さも忘れない表情で、メンバーの質問に答えた。過度に進歩的ではないけれど、その気になれば誰よりも独創的なアイデアを生み出せる人物、という印象を与えられるよう、そのための態度を身につけるべく努力した。挑発的な感じでも、気弱な感じでもないように、大学卒業から二年以上経っても就職できずにいるのは、会社が自分の良さを見抜けないからであって、自分に欠点があるからではないというように、堂々と。

そして、またもう一通の不合格の通知。

最終面接までいった会社が、ショートメッセージで不合格を知らせてきた。ミンジュンは文面をもう一度読み返して、その場で削除した。じっと立ったまま、今自分がどんな感情を覚えているのか考えてみた。がっかりしているのか、腹が立っているのか、恥ずかしいのか、死にたいのか。違った。ミンジュンはせいせいしていた。彼はその会社が、自分が応募する最後の会社になるだろうと予感していた。意図的にというわけではないが、あるときから、就職のために何かをするということがなくなっていたから。以前応募しておいた会社から適性検査を受けにこいと言われれば行き、面接を受けにこいと言われれば行ったまでだ。習慣のように誠実な態度で対応し、習慣のように緊張していただけだ。でも、もう全部終わったという気がした。ここまでやれば充分だ。ミンジュンは本当にせいせいしていた。

「お母さん、僕は大丈夫だから。心配しないで。家庭教師をすれば生活費くらいは充分稼げるし。ちょっと休んで、また始めればいいさ」

ミンジュンは一人暮らしの部屋の壁にもたれて座り、母親に電話をかけた。「本当に大丈夫なのね？」必要以上に明るい母親の声の上に、彼の明るい声がかぶさった。母親には嘘をついた。当分は家庭教師をするつもりも、就職の準備をするつもりもなかった。就活生という肩書を脱ぎ捨ててしまいたかった。何かの準備をすることをやめたかった。果てしない道を歩いている気分、びくともしない壁を二本の腕で漫然と押している気分に、これ以上振り回されたくなかった。

ミンジュンは休みたかった。振り返ってみれば、中学一年のころから心穏やかに休んだことがない。ひとたび優等生になるとずっと優等生であり続けなければならなかったし、優等生は常に努力しなければならなかった。努力するのは嫌いではなかった。でも、努力した結果がこれなら、努力しないほうが良かったのかもしれない。かといって過去を後悔したくはない。だがこの先も今みたいに生きていけば、いつかは後悔することになりそうな気がした。彼は銀行口座の残高を確認した。数カ月はなんとかなりそうな金額が記されている。その瞬間、決心した。残高がゼロになる日までぶらぶらしてみよう。何もしないで過ごしてみよう。そうだ、そうしよう。それから、そのあとは？

そのあとは……。

そのあとなんてどこにある。そのあとなんてないさ。

冬が終わりを迎えるころ、ミンジュンはニート生活をスタートさせた。本格的なニート生活を邪魔されないために、携帯電話は寝る前に一度だけ、それも、思い出した場合だけ電源を入れることにした。忘れないうちに通信会社に電話して料金プランも「基本プラン」に変更しておいた。どのみち彼のほうから電話をかける相手は誰もいなかった。

するのが当たり前だったことから解放されたら、どんなことをして暮らすようになるのだろう。自分の一日が自然に流れていけばいいなと、ミンジュンは思った。はたしてどの程度自然に、かはわからないけれど。目覚まし時計、社会からの視線、両親のため息、果てしない競争、比較、未来への不安といったものから完全に解放されればいいなと思った。

朝ゆっくり起きて空腹を感じるまでごろごろし、おなかが空いたらご飯を食べてまたごろごろした。窓の外を行き交う人々の足音や話し声、車の通る音以外、一日じゅう何の音も耳にしなかった。外からの音が静かになると、ひとりでに自分の内側からさまざまな思いが湧き上がっては消えた。悔しさがぐっとこみ上げてきたかと思えば、やたらと楽観的になったりもした。独り言が増えた。

「今までやってきたことは」ミンジュンは宙に向かって言った。続きは心の中でつぶやいた。

全部、就職のためのものだったんだな。

彼は、幼稚園の書き取りで一〇〇点をとったときのことを思い出した。先生は赤鉛筆で「100」と大きく書いてくれた。「ミンジュンくん、よくできました」と言って、お尻をポンポンと叩いてくれた。先生に褒められるのはなぜか恥ずかしかったけれど、それでも胸がいっぱいになるのを感じた。家まで走って帰りノートを広げてみせると、両親は彼の身体を高く抱き上げて、何が食べたいかと尋ねた。

「あのころからだったのか」ミンジュンは冷蔵庫から卵を二個取り出しながらつぶやいた。

小中高で学んだすべてのこと。大学で学んだすべてのこと。小中高でやったすべてのこと。大学でやったすべてのこと。その結果の数々。就職を諦めた以上、それらはもう必要のないものになったのだと悟った。

いや、そうとばかりも言えないさ。だから……ともかく英語はうまくなったじゃないか。海外旅行に行ったら便利だよな。あー、バカだな。海外旅行なんてしょっちゅう行くわけじゃないだろ。でも……外国人に道を聞かれたら教えてあげられるよな？ ま、いいや。とにかく英語はよく勉強した、って思えばいいさ。ほかは？ 試験を受けるときのコツ？ パワーポイントの作成能力？ 限りなく重くなる腰？ 人間は疲れた状態でどれくらい持ちこたえられるか自分自身で実験した経験？　これ全部、無駄になったってことか？

彼は、これまでやってきたことの「集大成」とも言える自分自身について考えてみた。あっちからもこっちからもはじき出されたダメな自分ではあるけれど、かといって嫌いではなかった。実際、ダメな自分、とも思っていなかった。どこかでこんなことを聞いたことがある。一生懸命やるだけではダメで、うまくやらねばならないのだと。でも、誰の基準での「うまく」なんだろう。睡眠時間を削りながら心を込めて作った、形も、色も、質も良いボタンのことを思った。それらが「うまく」できていると信じて疑わなかった。

けれどそれらは、ただ就職のためだけに作られたボタンだった。だから悔しかった。とはいえ、ボタンを作りながら過ごしたあの長い時間を、ただ無駄な時間だったとは思いたくない。自分の身体のどこかに、心のどこかに、あの時間を楽しんでいた瞬間の記憶も刻まれているんじゃないか？違うか？　僕は完全に間違った生き方をしていたのか？

ミンジュンのニート生活はいつしか、かなり規則的なものになっていた。彼はもともと長く眠るタイプではなかったという事実が明らかになった。長く眠るとむしろ身体がだるくなるだけだった。目覚ましをかけなくても朝八時にはひとりでに目が覚めた。起きると、まずきれいに掃除をしてから、シンプルな朝ご飯を食べた。通帳の残高がゼロになるまでは金の心配はしないと決めたので、彼の食事はそれなりに充実していた。朝はパンと目玉焼きかスクランブルエッグ、昼は野菜を添えたご飯を食べ、夜はその日食べたいものをたっぷり食べた。

午前九時半になると家を出た。ヨガの教室までの二〇分は散歩がてら歩いた。身体のだるさをすっきりさせたくて始めたヨガが、意外によく合った。最初は、全身の筋肉の存在をあらためて実感するほどあちこちが痛くなったが、今ではヨガを終えると身体が実にすっきりしている。特に好きな時間は、その日のレッスンが終わったあと、身体をぐーっと伸ばして横になり休息するひとときだ。そうやってしばらく横になっているだけで身体と心の緊張がほぐれていくのが不思議だった。そのままうとうとすることもあったが、そのときの眠りは何とも言えない心地よさだった。講師に「みなさん、起きて座ってください」と静かな声で起こされると、軽く身震いが起き、頭は少しぼんやりしている。すっかりほぐれた身体で二〇分歩いて家に着くころには、自分自身にいいことをしたようでしばし幸せな気分になった。

しばしの幸せのあとには、不幸せもやってきた。部屋に座って、ご飯と味噌《みそ》を葉野菜で包んだものを、大きく開けた口に入れようとした瞬間、ふとどこからかこんな思いが襲ってきた。

僕、こんなことしてていいのか？

葉野菜で包んだご飯は本当においしかったけれど、そういう思いは本当に苦々しかった。だが、苦々しさもおいしさには勝てないはずだと、またご飯と味噌を葉野菜で包んで、大口を開けて頬張った。せっせと嚙んでいるうちにやがて不幸せは消え去り、幸せでも不幸せでもない、元の状態に戻った。

昼食のあとはたいてい映画を観た。映画の合間に、評判になっていたドラマをまとめて観ることもあった。「白い巨塔」もようやく観た。主人公チャン・ジュンヒョクが死ぬ最後のシーンでは、ミンジュンも声を上げて泣いた。「秘密の森」は驚きとともに観た。韓国のドラマもここまで発展したのか。映画は、専門のサイトを参考にしながら慎重に選んだ。月に二、三度は芸術系の映画館に足を運んだ。ソンチョルが今のミンジュンの姿を見たら、さぞかし満足そうな顔をすることだろう。

ソンチョルは映画が大好きだった。熱烈な映画オタクとして試験期間中もよく深夜映画を観にいっていた彼は、寝不足で目の下にクマを作りながら、「おまえはいつも殴り合いの映画ばかり観ている」とミンジュンをけなしていた。

「みんながいいって言う映画を観るんじゃなくて、おまえが好きな映画を観ろよ」とえらそうに言うソンチョルの口を実際にふさいだことも何度かあるが、彼はそんなことで黙る男ではなかった。

ある映画が観客動員数一千万人を突破したと聞いてミンジュンが観にいくと、「おまえってヤツは昔からそういうヤツだ」と人身攻撃までした。

「いい映画に一千万の観客が入ることはあるさ。でも一千万映画が全部いい映画ってわけじゃない。おまえはそれがわかってない。そういう映画が一千万映画になれたのは、その映画がすでに三百万映画だったからだ」

ミンジュンが黙ったままでも、ソンチョルはお構いなしにまくしたてた。

「数百万の観客が宣伝に利用されてるってことなんだよ。観客が三百万超えたら、製作会社は『この映画は三百万人を突破した』って宣伝するだろ。そしたらみんな『お、この映画、三百万超えたんだって、一回観てみるか』ってなる。で、すぐ四百万を超える。そしたらまた製作会社が宣伝するんだ。『この映画は四百万人を突破した』。で、みんなまた『お、この映画、四百万超えたんだって、一回観てみるか』ってなる。そうやって五百万、六百万、七百万……」

「うるさいよ」

ミンジュンがソンチョルの言葉を遮って言った。

「それ、詭弁《きべん》だってわからないのか」

「なんだよ、えらそうに」

「おまえの話はこういう意味じゃないか。ある映画が三百万の観客を動員したら、それは、一千万行きのフリーパスを手にしたも同じだ。じゃあ、映画作る人たちの目標はみんな三百万ってことだな？　三百万さえ入れば全部一千万映画になるんだもんな？」

「なんだよ、頭悪いヤツだな。おまえはどうしてそう人の揚げ足ばかり取るんだよ。俺はこう言ってるんじゃないか。一千万映画だからって、一千万の観客全員を満足させるほどいい映画とは限らない。だから、一千万映画ってことで観るんじゃなくて、俺たちみんなが、映画を愛する俺たちみんなが、それぞれ自分の好きな映画を観るべきだ、そう言ってるんじゃないか、ん？」

「観る前からその映画を自分が好きかどうか、どうやってわかるんだよ」

ミンジュンが、ソンチョルのことを見もしないでノートに何か書きながら聞いた。

「監督見ればわかるだろ！　ポスター見ればわかるだろ！　あらすじ読めばわかるだろ！　考えてみろよ。一千万を超える韓国人が、暴力団と検事の殴り合いの映画があんなに好きだって、おまえ本当に思うか？　みんながあんなにお涙頂戴の映画が好きだって思うか？　みんなマーベルの熱狂的なファンなのか？　ただみんなが観てるから観るだけなんじゃないのか？」

ミンジュンは、どうしてソンチョルは映画の話になるとこうも興奮するのかわからなかったが、その興奮を冷ましてやる人間は今、自分しかいないということはわかった。書く手を止め、顔を上げて彼を見た。

「ソンチョル、おまえの言ってることがやっとわかったよ」

「だろ？」

「おまえの話、何もかも理解できるよ。僕が間違ってた。いい情報を教えてくれてありがとな。ほんとにありがとう」

ミンジュンは立ち上がって大げさな仕草で彼を抱きしめた。ソンチョルの勢いをくじくための作戦は、いつも完璧にうまくいった。抱きしめられたソンチョルは、もっと強くミンジュンを抱きしめながらこう言った。

「友よ、こっちこそありがとう。俺を理解してくれて」

ソンチョルの言うとおり、ミンジュンも、なにも殴り合いの映画が好きで観ているのではなかった。彼の言うとおり、自分がどんな映画が好きかわからないので、みんながいいと言う映画を観ていただけだ。かといって、観たのを後悔したことはない。後悔するほどのことでもない。観ているときはおもしろかったんだから、それでいいんだ。

時間の余裕があるので、ミンジュンは自分がどういう映画が好きなのか探究することができた。自分が何が好きなのかを知るには、まずは、心を探究するための時間の余裕が必要だったのだと、ソンチョルに言ってやりたかった。レベルが高く、深みのある、繊細な映画を理解するのに必要な集中力もやはり、精神的余裕から生まれるものだったと言ってやりたかった。今度会ったら、これも聞いてみないとな。忙しくて死にそうだとしょっちゅう言ってたのに、どうやってあんなにたくさんの映画を観にいけたのか。どんなに忙しくても好きなものを手放さずに生きていた、その秘訣《ひけつ》は何だったのか。

ミンジュンは、映画を一本観るとその映画について時間をかけて考えた。作品をじっくり味わうのに、まる一日使うこともあった。目的もなく一つの対象にこんなに長い時間を費やしたことはなかったと考えながら、今自分がとても贅沢《ぜいたく》なことをしていると感じた。時間をたっぷりと費やす贅沢。時間を存分に費やしながら、少しずつ自分自身の好みを知っていった。ミンジュンはうっすらと感じていた。ある対象に関心を寄せていれば、やがては自分自身を見つめるようになるのだろうと。

## 常連客たち

ミンジュンは、右手ではテーブルを拭きながら、目では中年男性の姿を追っていた。ついさっきドアを開けて入ってきたその客は、数週間前から、平日の午後一時三〇分になるとやってきて書店を図書館のように利用していた。ヨンジュによると、最初の数日は店内を隅々まで見て回って、良さそうな本を選んでいたという。気に入った本を見つけた男性はその翌日から一日も欠かさず「食後の読書」を楽しんでいる、というのが彼女の説明だ。書店から五分のところに二カ月前にオープンした不動産会社の社長だという。

その客が書店を図書館代わりにして読んでいるのは、判型が大きく厚みもある『モラル・トライブズ』という本だ。すでに半分以上は読んだらしく、毎日二〇〜三〇分ずつ、残りのページが少なくなっていく楽しさにすっかりはまっているようだ。本を陳列台に戻して店を出ていくころには、心静かに思索にふけっているようにも見えた。自身の知的達成感にみずから感動しているようでもあった。数日前、ヨンジュとミンジュンは、その客の行動をどのように制止すればいいか（ここは図書館ではなく書店だということを、どう伝えればいいか）意見を交わした。

「今読んでいる本を読み終わるまで、とりあえず待ってみましょう」

ヨンジュが、ミンジュンの向かいに座って、手のひら大のメモ用紙に文章を書きながら言った。

ミンジュンも彼女の書いている文章を見ながら同じように書いていた。

「でも、あのお客さん」

ミンジュンは手を止めて彼女を見た。

「『モラル・トライブズ』なんて本を読んでいる人が、自分の行動がモラルに沿ってるかどうかもわからないなんて、ちょっと可笑《おか》しいですよね」

ヨンジュは顔を上げずに言った。

「自分自身を見つめるって難しいことよね。本を読んだとしても」

ミンジュンは再び手を動かしながら言った。

「じゃあ本を読む必要もないってことになりますよね」

「うーん」と言ってしばらく窓の外を眺めていたヨンジュが、ミンジュンのほうに顔を向けた。

「難しいけど不可能なことじゃないから。自分を見つめるのが上手な人は、本一冊読んだだけでも多少は変われるかもしれない。でもそうじゃない人だって常に刺激を受けていればいつかは、否《いや》が応でも自分自身を率直に見つめるようになるって、わたしは信じてる」

「そういうもんですかね」

「わたしは、自分が後者のタイプだってわかってるから一生懸命本を読んでるの。読みつづけていたら、自分もいい人になっていけるんじゃないかって」

ミンジュンは、なるほどというように軽くうなずいた。

「ところであのお客さん、どうしてここに不動産屋をオープンしたか知ってる？」

ヨンジュが、自分は知っているという口調で尋ねた。

「この町の不動産の価値が上がってきてるんですか？」

「ううん、今はまだ。でもあのお客さんは、数年のうちに上がると見てるんだって。ここから二〇～三〇分の町が最近、ジェントリフィケーション〔再開発などで活性化した地域の地価が高騰する現象〕で苦しんでるじゃない？　そこに住めなくなった人たちはどこに流れていくか。あのお客さんのアンテナはヒュナム洞を指したみたいね。二、三年もすればこの町の通りは、不動産を売り買いしたり、貸し借りしたりする人たちでにぎわうはずだって」

ミンジュンは、食後の読書をのんびり楽しんでいる客を見ながら、もしあの人が運命の神様にひれ伏して感謝するような日がきたら、自分はこの町から出ていかなければならないだろうと思った。そんな日がやってきたら、今はなんとか払えている家賃が、少なくとも二倍には跳ね上がるはずだ。誰かの願いが現実になった瞬間、誰かの暮らしはみじめになるという不条理。ミンジュンは、あの客と自分が運命共同体になることはけっしてないだろうと思った。

ここで働き始めて一年が過ぎ、ミンジュンはたいていの常連客とは言葉を交わすようになっていた。客のほうから話しかけてくることがほとんどだが、たまには彼が先にあいさつすることもある。毎日のように訪ねてくるミンチョルオンマや町の住民たちは一番の顔なじみだ。少なくとも週に一度は顔を出す客のこともすぐに認識できる。なかでも読書会のメンバーはひときわ人懐っこくて積極的だ。率先してコーヒーの味の感想を言ってくれる人もいて、そういう客の顔は一度見ただけでも記憶に残る。

ある会社員の客とも、もう何度も言葉を交わしている。彼は週に二、三度顔を出し、決まって閉店時間まで本を読んでいく。ミンジュンが店の片付けをするころになってバタバタと駆け込んでくる日もあった。息せき切って入ってくると、椅子に座ってほんの数ページだけでも本を読んだ。会社の昼休みに無駄足を踏んだあの日を機に、ヨンジュとはもう冗談も言い合う仲になったようだ。互いに名乗り合っているのを聞いたこともある。その客はチェ・ウシクといった。名前を聞くなりヨンジュは拍手までしながら、本当にいい名前だと持ち上げた。普段あまり興奮することのないヨンジュにしては珍しいなと思っていたら、聞けば、彼女の好きな俳優と同じ名前だから思わず興奮したということだった。

ウシクという客が書店を利用するパターンはこうだ。本を一冊買う。本を買った日はコーヒーは注文せず、椅子に座って本を読む。本を買わない日はコーヒーを注文する。その際、コーヒーは数口飲むだけだ。たまに、一週間以上顔を出さないこともあった。ヨンジュとミンジュンはそのことに気づくことも、気づかないこともあった。久しぶりにやってきた日にはひときわ明るい顔で、自分がどうして一週間以上も来られなかったのかをヨンジュに説明した。

「うちの旅行会社から新商品が出たんですよ。それを紹介するのに代理店をあちこち回って、もうてんてこ舞いだったんです。なんとかしてここに来て本を読みたかったんですけど、どうしても時間が作れなくて。閉店後の本屋の前を通るときの気分は、なんというか、子どものころ、お母さんに叱られるからゲームセンターの前を泣く泣く素通りしてた、あのころみたいに切なかったですよ」

ミンジュンはウシクのことを感性豊かな人だと思った。小説をよく読むみたいだけど、やっぱりそのせいだろうか。あるいは、感性豊かな人だから小説が好きなのかもしれない。いや、その前提自体が間違っているのかも。小説を感性とだけ結びつけてしまっていいのだろうか。ある日ウシクは、テーブルを拭いているミンジュンに名乗った。

「申し遅れましたけど、チェ・ウシクといいます」

「あ、はい。キム・ミンジュンです」

「いつもすみません」

ウシクがいきなり申し訳なさそうな顔をしてミンジュンを見た。

「何がですか？」

ミンジュンが驚いて聞いた。

「コーヒーです。毎回残してしまうのが気になっていたんです。コーヒーを飲むと心臓がドキドキするのでたくさんは飲めないんですよ。でも、数口でいいからどうしても飲みたくて」

「お客さんが謝るようなことじゃないですよ」

「あ、そうですか？　またヘンに気を回しちゃったかな」

ウシクが人の好《よ》さそうな顔で笑った。

「それはそうと、ぼく、コーヒーの味はよくわからないんですけど、よくわからないぼくからしても、ここのコーヒーはおいしいですよ」

ミンジュンは、ヨンジュがその俳優が好きな理由を「いい人そうだから」と言っていたのを思い出した。名前が同じだと、感じまで似てくるのかな。ミンジュンは、失《な》くしたことにも気づかずにいた大切な物を偶然見つけたかのように、ウシクを見つめた。

「そうおっしゃってくださって、ありがとうございます」

常連客には誰であれ自然と関心が向くものだが、この一、二カ月、ヨンジュとミンジュンが特に関心を持っている客が、実はもう一人いた。あそこに座っている、あの客。暑くなりだしたころからたまに姿を見せていて、暑さがピークに達したあたりから本格的にやってくるようになった。平日はほぼ毎日やってきて、五、六時間は過ごしていく。本を読んだりパソコンを開いたりしている客たちに交じって、その女性はひときわ目立っていた。目立っていた一番の理由は、本を読むでもなく、パソコンを開くでもなく、つまり何をするでもなくそこに座っているからだった。

最初は、週一くらいで来店し一、二時間ぼーっと座っては帰っていくその女性を、ヨンジュもミンジュンもあまり気にとめていなかった。女性がヨンジュにこう聞いてきたときもただ、独特な人だなと思っただけだ。

「ここでコーヒーを一杯飲んだら何時間いられますか？」

「うちは利用時間の制限はありません」

「あ、でも私が気になっちゃうので。コーヒー一杯で一日粘られたら、お店にとっても良くないでしょう？」

「それはそうですけど……今のところ、そういう方はまだいらっしゃらないので」

「じゃあ、これを機に一度考えてみてください。私がそういう人になっちゃうかもしれないので」

女性は本当に滞在時間をだんだん延ばしていき、長いときは六時間をゆうに超えるようになった。利用時間について店側から何も言ってくれないものだから、ついに自分でルールを決めて、三時間に一杯、飲み物を注文するようになった。それも女性がミンジュンに話したからわかったことだ。ある日、来店から三時間経ったころ、女性はコーヒーを再度注文しつつミンジュンにこう言った。

「三時間経ったからもう一杯注文してるんです。こうすれば店に迷惑かけないですよね？」

しばらくのあいだ、女性のテーブルの上には携帯電話とメモ用紙だけが置かれていた。ときどきメモ用紙に何か書くこともあったが、大半の時間はそっと目を閉じて身じろぎもせずに座っているだけだった。そのうち、カクンカクンと舟をこいで居眠りしているようでもあった。ヨンジュとミンジュンはあとになって、身じろぎもせずに座っていたのは実は瞑想《めいそう》をしていたのだと知った。居眠りしているようだったのは、瞑想しているうちに本当にウトウトしていたのだと。

半袖のルーズTシャツにルーズな短パンという姿で来ていた女性は、ひんやりした風が吹き始めると、大きめのシャツにゆったりジーンズで現れるようになった。適当に着ているようでいてどこかおしゃれな感じがする彼女のファッションは、着心地の良さを一番に追求しているようだった。ゆったりジーンズをはいてくるようになったころから彼女が始めたのは、いつもの席ではなく隅っこの席に座ってアクリルたわしを編むことだ。人に迷惑をかけるのを極端に嫌うらしく、彼女はアクリルたわしを編む前にもヨンジュにこう聞いてきた。

「私、ここでちょっと何か作ろうと思うんですけど、いいですか？　ただ黙って静かに作るだけなんですけど。お店の迷惑にはならないですよね？」

客をじろじろ見てはいけない、というのが店の第一のルールだったが、ヨンジュは彼女にだけはそのルールを守れなかった。アクリルたわしのせいだ。彼女が何時間もたわしを編みつづける様子を、ヨンジュは吸い込まれるように眺めていた。手のひら大のたわしが一日に一個、時には二、三時間で一個、あっという間に完成した。そのころヨンジュは、彼女の名前がジョンソだということを知った。

ジョンソはたわしを編む合間に目を閉じてしばらくじっと座っていたのだが、もちろんそれも瞑想だったということを、のちに本人から聞いて知った。たわしの形はさまざまだった。ヨンジュは特に食パンの形をしたものが気に入った。食パンの耳を茶色、中をバニラ色で表現したのはすばらしいセンスだと思った。遠くから見ると、オーブンで焼き上がったばかりの食パンがテーブルの上に載っているように見えた。ジョンソは一言もしゃべらずたわしを編みつづけた。そして三時間に一度、忘れずに飲み物を注文した。

ジョンソがたわしを編むようになってそろそろひと月というころから、ヨンジュは、彼女がこれまでに編んだたわしが何個くらいになるのか気になりだした。彼女の家に積み上げられたたわしの山が目に浮かぶようでもあった。たわしの山からところどころ、食パンたわしの耳の部分がおいしそうに顔をのぞかせている様子も自然と思い浮かんだ。けれどヨンジュは彼女に何も聞かなかった。彼女もひたすらたわしを作りつづけていた。そして数日前、ジョンソはパンパンになった紙袋を抱えて来店し、ヨンジュに言った。

「ヒュナム洞書店にたわしを寄贈したいんですけど、どうしたらいいですか？」

## たわしイベントは無事に

ジョンソが寄贈してくれたたわしをテーブルの上に載せ、三人は短い会議をした。何の対価も求めず寄贈してくれた彼女の善意を尊重して、たわしで収益を得たりはしないことにした。ならば、ぐだぐだ悩むこともない。書店でたわしイベントを開くことに三人揃《そろ》って賛成した。

火曜日 午後六時三〇分
ヒュナム洞書店で今週金曜日にイベントをします。ご来店のみなさん、たわしを一個ずつお持ち帰りください！ 手編みのアクリルたわしです。ハート、花、魚、食パンなど、さまざまな形をしたキュートなたわしです。数量限定なので先着順となります。無駄足を踏まないよう、随時、残量をアップデートします。金曜日はヒュナム洞書店、そしてたわしと共に:)
#ヒュナム洞書店 #町の本屋 #町の書店 #町の書店イベント #たわし使わない人誰もいない #たわしでイベントをするなんて #たわし作った人は誰 #金曜日が待ち遠しいです

金曜日 午後一時四分
今日お越しになるとたわしがもらえます。ご来店の方全員に差し上げます。数量は七〇個限定

です:)
#ヒュナム洞書店 #町の本屋 #町の書店 #町の書店イベント #七〇個限定たわしもらいにきてください #本買わなくても差し上げます

金曜日 午後五時二分
たわしがこんなに人気があるとは思っていませんでした。残りあと三三個:)
#ヒュナム洞書店 #町の本屋 #町の書店 #町の書店イベント #花金にはたわし

インスタグラムで宣伝したこともあり、たわしイベントは思った以上に好評だった。たわしを編むジョンソの姿に目が釘付けになっていたヨンジュ同様、客たちは愛らしいたわしに見とれていた。この日ヨンジュが受けた質問は、本に関するものよりたわしに関するもののほうが多かった。たわしは買うものだと思っていた、自分で編んで使おうなんて考えてみたこともなかった、という客がほとんどだった。どうやって作るのかという質問には、ジョンソがあらかじめ教えてくれたとおりに説明してあげた。

ヨンジュはこの日、心をくすぐるような楽しく独特なアイデアに客は反応するということを学んだ。小さくてかわいらしいものを手にした喜びのせいか、客は喜んで金を使った。本を買ったついでにたわしを持ち帰る客よりも、たわしをもらいにきたついでに本を買っていく客のほうが多かった。かといって、こういうイベントをたびたびやったら……反応はだんだん薄くなっていくだろう。書店本来の「色」をベースにしつつ、時折、客の興味を引くような「色」をプラスするのがいい。

イベントが盛況を博していた午後遅く、店内では四、五人の客が静かに本を読んでいた。やっと少し手が空いた。ヨンジュは窓際のテーブルのほうへ歩いていきながら、そこに座っているミンチョルの様子をうかがった。右手で頬杖をついて窓の外を眺めているその姿は、まるで鳥かごに閉じ込められたひな鳥のようだと、ふと思った。誰があの子を鳥かごに押し込めたのだろう。あの子は知っているだろうか。鳥かごの扉は中からでも開けられることを。ヨンジュは、今自分がしようとしているのはこの世でもっとも繊細さが求められることだと感じた。あの子が自分で鳥かごの扉を開けられるよう手助けすること。あの子に行動を起こさせること。

テーブルの上にはヨンジュが前回渡した『ライ麦畑でつかまえて』が置かれていた。ヨンジュが近づいてくるのを見て居住まいを正すミンチョルの雰囲気からすると、彼女の推薦は今回も失敗だったようだ。彼女は、社会に適応できない高校生の独白が詰まったあの本を、もう二度と薦めまいと誓った。

「本、読まなかったのね？　内容がいまいちだった？」

ヨンジュがミンチョルの向かいに腰を下ろして言った。

「あ、そういうわけじゃないです。いい本だっていうのは僕もわかります」

ミンチョルがうつむき加減で答えた。

「難しかった？」

ヨンジュは意味もなく本を手に取った。

「本屋のイモ〔母方の伯母・叔母への呼称。年上の女性を親しみを込めて呼ぶときにも使われる〕、この本で最初のセリフが出てくるの、いつだか知ってますか」

先週ミンチョルはヨンジュのことを「本屋のイモ」と呼ぶことにしたのだった。

「いつ出てくるの？」

ヨンジュは慌てて本を開いた。

「話が始まって七ページ目に出てくるんです」

彼の声はまるで、雨の日に「雨が降っている」と言うように淡々としていたが、ヨンジュにはどこか不満げなニュアンスが含まれているように感じられた。彼女の心の内を察したかのように、ミンチョルはためらいがちに言った。

「すいません。僕こんな本を読んだことがなくて。教科書を読むのもやっとなのに」

先週、ミンチョルはヨンジュを訪ねて書店にやってきた。ミンチョルオンマとミンチョルのあいだで合意があったことを、ヨンジュは前もって聞いていた。ミンチョルが週に一度書店に行ってヨンジュの推薦する本を読むなら、塾に行かなくても、家で何時間ゴロゴロしていても、ミンチョルオンマは一切小言を言わない、というのが合意内容だった。その話を最初に聞いたとき、ヨンジュはとても引き受けられないと固辞した。荷が重かった。子どもも、甥《おい》や姪《めい》もいない自分が、よその家の教育に関わるなんて。申し訳ないが引き受けかねるとヨンジュが言うと、ミンチョルオンマは彼女の手を握った。

「ヨンジュ店長がプレッシャーに感じるのもわかる」

ミンチョルオンマは手を離し、アイスコーヒーをストローで吸い上げた。

「店に来るお客さんにちょっと本を推薦する、くらいに考えてもらえないかな。私が望んでるのもその程度のことなのよ。私があいだに入ってるからアレだけど、ミンチョルのこと、週一で店に来る高校生だと思ってもらえたら。とりあえず一カ月やってみてさ。四回だけ。いい本を一冊ずつ薦めてくれるだけでいいから。親の言うことなんて全然聞かないのよ。最近の親なんて無力なもんよ。わが子のことも持て余しちゃって」

ヨンジュは次の日には考え直し、彼に会ってみることにした。週一で店に来る高校生か……。実際にそんな高校生がいたら、プレッシャーどころか、無条件でかわいがるような気がした。

彼女は『ライ麦畑でつかまえて』のページを意味もなくめくりながら、高校生におすすめの本って何があるだろう、と頭をひねった。そのとき、ミンチョルが本を指して言った。

「本屋のイモは、僕がこの本をどうにかして読むべきだと思いますか」

「ん？」

「もしそうなら、来週までにもう一回がんばってみます。慣れてないから難しく感じるんだと思うので」

はきはきと話す彼の様子を見ていて、ヨンジュはふと思った。この子はただ鳥かごに閉じ込められているだけのひな鳥ではないのかもしれないと。

「そうかもしれないわね。でも、できそう？」

「何がですか」

ミンチョルは大きな目を見開いた。

「読む努力」

「やればできるでしょ」

「うーん……わたし、努力しすぎるのはあんまり好きじゃないんだけど」

「努力もしないで、求める結果が得られるはずないじゃないですか」

「それをわかってる子が、そうやって無気力に過ごしてるの？」

ヨンジュは、話は聞いているというように、さりげなく質問した。

「頭でわかってるのと行動するのは別だから」

ミンチョルは淡々と彼女の言葉に答えた。

初めて会ったときからヨンジュはミンチョルに親しみを覚えた。彼は、子どものころのヨンジュと似ているところがあった。息苦しさを抱えているのに原因がわからない、というところ。幼いヨンジュが息苦しさから逃れるために一心不乱に勉強したとしたら、ミンチョルは息苦しさから逃れるために立ち止まった。もしかしたら彼はヨンジュより鋭敏な身体を持っているのかもしれない。今彼は自分の身体の「方向キー」を点検しているのではないだろうか。ヨンジュが今になってようやくやっていることを。

ヨンジュは仕事の合間合間にミンチョルと話をした。彼はつまらなそうに窓の外を眺めていても、ヨンジュがそばに来ると彼女のほうに向き直った。彼女の質問に逃げることなく、言葉を選びながら慎重に答えた。彼は利口で、愉快だった。慎重な態度の裏には茶目っ気もあった。彼と話をした結果、ヨンジュは計画を変更することにした。彼女はテーブルの上に身を乗り出し、ミンチョルに顔を近づけて言った。

「ちょっと作戦を立てよう」

「どんな作戦ですか？」

ミンチョルが、接近してきたヨンジュの顔に戸惑ったように、上半身をやや後ろに反らしながら尋ねた。

「本は読まないことにしよう。その代わり、週に一度ここに来てわたしと話をするの。あなたのお母さんから、本代として預かってるお金がある。それは一カ月後にお母さんにお返しするから。とりあえず一カ月は内緒で。いい？」

「じゃあ本は読まなくてもいいんですか？」

その日一番の笑顔でミンチョルが聞いた。

金曜日 午後八時三〇分
たわしを持って帰られたみなさん！ 夕食後に使ってみましたか？ 残るは四個。これは書店主とバリスタが使うことにします。今日一日、当店に足を運んでくださったみなさん、ありがとうございました;)
#ヒュナム洞書店 #町の本屋 #町の書店 #町の書店イベント #たわしイベント終了 #今日もみなさんお疲れさまでした #いい夜を #ゆっくり休んでください

いつもと違って、ミンジュンは何やらぐずぐずしていた。退勤の時間になっているのに布巾を手にしたままだ。ヨンジュのほうをちらちら見ながら、すでに磨いたカップをまた磨き、すでに磨いたコーヒーマシーンもまた磨いた。どうやらヨンジュは今日、残業するつもりらしい。仕事が多い日は手分けして終わらせて早く家に帰るほうがいいのではないかと、ミンジュンは思った。彼ももうたいていの業務はこなせるようになっていたから。かといって、立場上、自分から残業を申し出るわけにもいかない。お金にはきっちりしている店主なので、残業を申し出るのは、まるで追加の手当を要求しているようなものだ。結局、迷った末にミンジュンはかばんを背負った。立ったまましばらく考えたあと、カウンターの天板を持ち上げながらヨンジュに尋ねた。

「店長さん、今日残業されるんですか？」

「あー……もうちょっとしてから帰ろうと思って」

ヨンジュはノートパソコンから顔を上げてミンジュンを見た。

「どうして？」

「もしやることが多いなら手伝いますよ。残業っていうより、今日は家に帰りたくない気分なので」

「お！　わたしと同じね。わたしも今日は家に帰りたくなくて残ってるの」

「ほんとですか？」

「ウソよ」

ヨンジュがいたずらっぽく笑いながら言った。

「心配してくれるほど多くはないの。あとでジミオンニが家に来ることになってて。それまでには帰りますよ。残業っていってもほんの一時間」

そこまで言っているのに、それ以上、一緒に残業します、と言うのもはばかられた。彼女の様子を少しうかがっていたミンジュンは軽く頭を下げた。

「じゃあ、お先に失礼します」

「はい、お疲れさま、ミンジュンさん。また明日」

金曜日 午後九時四七分
秋は男の季節と言いますよね。春は女の季節で〔韓国では、男性は秋に感傷的に、女性は春に不安になりやすいとされる〕。ホルモンの影響だそうです。すっかり秋めいてきた今日このごろ、男性のみなさん、大丈夫ですか！ 秋は食欲が爆発する季節でもありますよね。そのせいか、最近は退勤するころになるとすごくおなかが空くんです。だからって食欲に任せて食べるわけにはいかないので、料理番組を観るように、食べ物がいっぱい登場する小説を読みます。最近読んでいるのはラウラ・エスキヴェルの『赤い薔薇《ばら》ソースの伝説』です。先に同名の映画を観るのもオススメです:)
#ヒュナム洞書店 #町の本屋 #町の書店 #おなかが空いたときは食べ物の小説 #ラウラ・エスキヴェル #赤い薔薇ソースの伝説 #本を読んでわたしもそろそろ帰ります #みなさんまた明日

ミンジュンは最近少し変わった気がする、と思いながらヨンジュが家の前に到着すると、しゃがみ込んでいるジミの姿が目に入った。右手にはビール六缶入りパックが、左手には各種チーズがどっさり入っているであろう紙袋が握られている。ヨンジュが「オンニ！」と呼ぶと、ジミはまるで両手にダンベルを持っているかのように、うーんとうなりながら立ち上がった。ヨンジュが袋を一つ持った。

「またこんなにいっぱい買ってきてくれて」

「いっぱいじゃないわよ。どうせあたしが全部食べるんだし」

「ところで、ほんとに今日外泊しても大丈夫なの？」

「当然。どうせあの人も朝帰りだろうし。あたし、もうほんとにわかんない」

ヨンジュとジミは、つまみをおいしそうに盛り付けた皿を床に適当に並べ、それを挟んで仲良く寝転んだ。ビールを飲むときは身体を起こし、飲み終わるとまた楽な姿勢で寝転ぶ、というのを繰り返した。ヨンジュがインテリアの中でも特にこだわって選んだ照明が、ごろりと横になっているだけの二人の姿もそれなりの雰囲気に照らし出していた。

「あんたんちって、照明だけはいいわよね」ズケズケ言うジミに、ヨンジュは「本もいっぱいありますけど」と言い返した。

「本は、そりゃ、あんたにとってはいいだろうけど」ジミがまた遠慮なく言うと、ヨンジュは「この家は、住んでる人もなかなかいいんですけど」とやり返した。

「あんたも、あんた自身にとってはいいだろうけど」

ジミがダメ押しするように言い放つと、ヨンジュはがばっと起き上がり、ビールを飲んで言った。

「オンニ、ほんとにそうかもしれない」

「何がよ」

ジミは寝そべってチーズを食べながらヨンジュを横目で見やった。ほら始まった、ほらまた深刻になる、いい加減、深刻ぶるのやめなさいよ、という表情で。

「なんか最近、よくそんなふうに感じるの。わたしっていう存在が、わたし自身にとってはいいけど、ほかの人にとっては、ほんと、全然そうじゃないんだなって。たまに、わたし自身にとってもあんまりいいとは思えないこともあるんだけど、でも一応耐えられる、わたしは」

「あんたもほんと問題だわね」

ジミは腕で身体を支えて起き上がった。

「誰だってそうでしょ？　あたしだって別に、自分以外の人にとっていい人間ってわけじゃないし。あたしがあの人のこと耐えられないと思うように、あの人もあたしのこと耐えられないと思ってるんじゃないかって。お互い様じゃないかって。そう思うことで、なんとか今まで持ちこたえてきてるんだから」

「自分自身のことを愛せて他人にも迷惑をかけない人が、この世のどこかにはいるんじゃないかな」

ヨンジュが親指の先ほどの四角いチーズの包装紙をむきながら言った。

「あんたが好きな小説の中にはそんな人がいるわけ？　もしかして翼が生えてなかった？」

ジミはピシャリとそう言うと、また寝転がって天井を眺めた。

「あんたこの前言ってたじゃない。小説の主人公はみんなちょっといびつな人間で、それはつまり普通の人間ってことなんだって。誰しもいびつだから、お互いにぶつかったら傷つけ合うことになるんだって。ってことは、あんたも普通の人間ってことじゃない」

ジミは独白するように言葉を継いだ。

「みんなそうよ。みんな迷惑をかけながら生きるの。たまにはいいこともしてさ」

「そうね」

ヨンジュも横になって天井を眺めた。

「ところでさ、オンニ」

「ん？」

「あのお客さんのこと覚えてる？　食後の読書をしにきてた」

「あー、覚えてる。あの人がどうした？」

「しばらく姿が見えなかったんだけど、何日か前からまた来るようになって、本の続きを読んでるの」

「その人も相当だよね」

「だから昨日、本を読んで出ていくときに言ったの」

「なんて？」

「パラパラめくるだけならともかく、そんなふうに何日もかけて読んでたら本が傷んでしまうって。傷んだ本は返品しないといけないって」

「そしたら？」

「顔を真っ赤にして、ぴゅーっと出てっちゃった。なんにも言わずに」

「人に迷惑をかける人、そこにもいたわね」

「でも、その人が今日来たの」

「あんたに復讐《ふくしゅう》しに？」

「まさか。それまで自分が読んでた本も含めて一〇冊以上、適当にパパッと選んで買っていった。わたしとは目も合わせないで」

「家に帰って考えたわけね。自分は迷惑かけてたんだなって」

ジミの言葉にヨンジュはくすっと笑った。

「あ、そうだ、オンニ。たわしが一個あるの」

「何のたわし？」

「手編みのたわし。食パンの形してて、すっごくかわいいの。持って帰ってね」

「誰がくれたの？」

「うちによく来るお客さん。今日、たわしイベントやったんだけど、残ったのをオンニとわたしとミンジュンさんで分けることにしたの」

「ミンジュンって料理するの？」

「さあ」

「頭良さそうだから料理もするんだろうね」

「頭良さそうなのと料理と何の関係があるの？」

「なんとなく、あの子は自分でご飯作りそう。手のかかるタイプには見えない」


ミンジュンはご飯を食べて洗い物を済ませたあと、映画を一本選んだ。映画を観ながら携帯電話の電源を入れてショートメッセージを確認した。どうでもいいようなものばかり。電源を切ろうとした瞬間、電話がかかってきた。それまでわざと避けてきた母親からの電話だ。映画を一時停止にし、表情を整えて電話に出た。

「ああ、お母さん」

「なんでこんなにつながらないの？　どうしてそんなに携帯を切ってるの？」

いきなり質問を浴びせられ、ミンジュンは小さくため息をついた。

「バイト中は出られないって言ったじゃん。帰ってきて電源入れるの忘れてたんだよ」

「ご飯は？」

「食べた」

「体調は？」

「いい」

「仕事は？」

「仕事？　まあ」

「いつまでアルバイトばっかりしてるんだって、お父さんが聞いてたわよ」

ミンジュンは椅子から降り、壁にもたれて座った。急にイライラして、つっけんどんに言い返した。

「いつまでアルバイトばっかりしてるのか、僕が決めるの？」

「じゃあ誰が決めるのよ」

ミンジュンは語気を強めて答えた。

「国？　社会？　企業？」

「いつまでそんなこと言ってるの。アルバイトばっかりしてるなら、こっちに戻ってきなさいって！　戻ってきてちょっと休みなさいって言ってるのに、なんで言うこと聞かないの。しっかり休まないと、またがんばる力も湧いてこないでしょ！」

ミンジュンは頭を壁にもたせかけて黙っていた。

「どうして黙ってるの」

「お母さん」

「なに?」

彼は自分自身に言うように、小さくつぶやいた。

「どうしてもがんばらないとダメかな」

「え?」

「僕、今のままでも大丈夫なんだけど」

「大丈夫って何が! はあ、お母さん、心配でずっと夜も眠れやしないのに……。おまえがそこでそんなふうに暮らしてるって思ったら、ほんっとに! 大学通ってるとき勉強に専念させてやるんだったって、どんなに悔やまれるか。おまえ、あのときもずっと大丈夫だって言ってたから。ほんとに大丈夫なんだって思ってたじゃない!」

母の泣きそうな声を聞いて、ミンジュンは申し訳なくなった。それで、自分は勉強に専念できなかったことを悔やんでいるのではなく、自分が賢明でなかったことを、こうやっていれば絶対うまくいくと思いこみ、そのやり方が正しいのか疑ってみるだけの賢明さがなかったことを、一つの道だけを信じて突っ走り、別の道もあることを想像してみるだけの賢明さがなかったことを悔やんでいるのだと言おうとしたが、やめた。

「心配しないで。ちゃんとやってるから」

「はあ、まったく。お母さん、おまえを信じてるけど、心配だから言ってるのよ」

「わかってる」

「お金は?」

「ある」

「お金がなくなったら電話しなさい。一人で悩んでないで」

「一人で悩んだりしないよ」

「わかった。じゃあ切るから。あ、携帯の電源入れといてよ。いいわね？」

「うん」

ミンジュンは電話を切ったあとも、しばらくそのままの姿勢で座っていた。

## ごくたまにはいい人

迷惑をかける人間についてジミと話をしてから、ヨンジュはどうも元気が出なかった。無理やり伸びをして元気を出そうとしても身体はシャキッとしない。もう大丈夫そうだと思っていても、今のようにまた気分が沈むことがあった。両手で頬を叩いたり、書店の周りを散歩したり、歌を口ずさんだりしてなんとか過去から抜け出しても、その場限りだった。

ヨンジュは、母親から浴びせられた言葉がよみがえると、ぎゅっと目を閉じた。母親は最初から最後の瞬間まで、ヨンジュではなく彼の味方だった。毎朝早く家にやってきて、ヨンジュではなく彼の朝食をこしらえてやった。彼はそのお膳を黙って受け取り、義母が妻をなじる様子を見ていた。義母が帰ったあと、彼はヨンジュに大丈夫かと聞いた。彼女は、それは今あなたがわたしに聞くことなのかと問い返しはしなかった。ただうなずくだけだった。

「おまえは今、どれだけの人に間違ったことをしてると思ってるの」

母はヨンジュの肩を揺さぶりながら声を荒らげた。結局、離婚の手続きを踏むことになったと伝えたとき、母は彼女に手を上げんばかりの勢いだった。彼女はその日から母親に会っていない。

「わたしが母さんにどんな間違ったことをしたっていうの？」

ヨンジュは「どれだけの人に間違ったことをしてると思ってるの」という母親の言葉が頭に浮か

ぶたび、「わたしが母さんにどんな間違ったことをしたっていうの」と心の中で言い返した。いくら言い返しても、心に刺さったトゲが抜けることはなかった。あちこちに傷ができたように心がヒリヒリ痛んだ。母親のことを考えたあとは決まって、この世に自分の味方は誰もいないのだという思いに襲われた。そうやって気持ちがどん底に落ちたときは、じっと座って別のことを、自分を引っ張り上げてくれる別のことを考えるしかなかった。難しくても、そうするしかなかった。

幸い今日はジョンソがいた。ヨンジュは、急いでやるべき仕事がないのを確認するとジョンソの前に座り、彼女が編み物をする様子を眺めた。たわしを寄贈したあとも、ジョンソはほぼ毎日やってきて店で過ごしていた。しばらくはぼーっと座っているだけだったが、数日前からまた編み物を始めた。マフラーを編んでいるのかと尋ねると、そうだと返ってきた。「長すぎるのは好きじゃない」ので、「首に二回巻いて短く結べるくらいのマフラーを編む」つもりだと言う。

明るすぎも暗すぎもしないグレーのマフラーを触りながらヨンジュは言った。

「デザインは……」

「ベーシックなデザインです。まずはベーシック。最初に基本を身につけておけば、あとでアレンジもしやすいんです」

ヨンジュはうなずきながらマフラーを撫《な》でた。

「色がきれいいね。何にでも合いそうなグレーで」

ジョンソはリズミカルに編み針を動かしながら、顔を上げずに答えた。

「色も、まずはベーシックなものからと思って。グレーってどんな服にも合わせやすいじゃないですか」

ヨンジュはジョンソの言葉にまたうなずいた。マフラーから手を離し、頬杖をついて彼女の手元を見つめた。針を入れて糸をかけて引き抜く一連の動きが、鼓動のように規則的に続いた。誰かが店に入ってくるまではずっとこうやって、マフラーができていく様子を眺めているつもりだった。誰かができることなら完成の瞬間を見届けたかった。その瞬間を共有できれば、この世に一人取り残されたようなこの最悪の気分から抜け出せそうな気がした。

木曜日 午後一〇時二三分

わたしはときどき、自分が役立たずの人間のように思えて絶望することがあります。特に、自分を気にかけ、助け、愛してくれた人たちを不幸にしてしまったとき、よくそんなふうに感じます。周りを不幸にする人間ほどこの世に不必要な人間はいるだろうか、自分は結局は他人を傷つけてしまう人間なのか、自分はたかだかこの程度の人間なのか、と思えて、心が麻痺《まひ》してしまうのです。

あれこれ考えた末、自分はただの平凡な人間なんだ、という結論に至ったりもします。いくらがんばって前に進んだところで、行き着く先は「平凡な人間」でしかないんだ、と。平凡な人間である自分はどうしても、他人を悲しませたり、苦しめたりしてしまう、ただそれだけのことなんだ、と。人間は、笑い合いもすれば、苦しめ合いもするものなんだ、と。

だから『光の護衛』のような小説を読むと安心するんです。わたしの小さな好意が、誰かにとっては「わたしはあなたの味方です」という意味に聞こえたことがあるんじゃないか。わたしたちは未熟で弱くて平凡だけど、平凡なわたしたちも善意の行動を起こすことができる、そういう意味で、ほんの一瞬、偉大な存在になれるんじゃないか。

小説の中のクォン・ウンという名の子にとって唯一の友だちは、ゼンマイを巻くと一分三〇秒間雪を降らせてくれる、オルゴール付きのスノードームです。お父さんもお母さんもいなくて、いつもおなかを空かせて一人で生きているクォン・ウンは、夢が怖くて眠ることができません。だから、一分三〇秒間雪の降るスノードームを眺めて、メロディーが止まったら急いで布団をかぶるんです。夢を見ないで眠れますようにと願いながら。小学生のその子は、怖くて震えながらこう願うんです。

「この部屋を動かしているゼンマイを、もう止めてください、わたしの息も止まるように」〔チョ・ヘジン『光の護衛』〕〔日本語版は、金敬淑訳、彩流社、二〇二三年刊行〕

そんな子どもの前に、小説の語り手であり、同じクラスの学級委員でもある「わたし」が現れます。まだ幼い「わたし」は、クォン・ウンの孤独や貧しさが異質なものに感じられておびえながらも、その子を一人にしておくことに罪悪感を覚えます。それである日、自宅からフィルムカメラをこっそり持ち出して、クォン・ウンに渡してあげるんです。それを売ったお金で何か買って食べればいいと思って。ところがそのカメラは、死を望んでいた子どもの光になってくれたんです。

「『学級委員さん、人間にできるもっとも偉大なことって何か知ってる?』手紙を読みながら、わたしは頭を振る。『誰かがこんなことを言ってた。人を救うことこそ、誰にもできるわけではない偉大なことなんだって。だから……。だから、わたしにどんなことが起こっても、学級委員さん、あなたがくれたカメラは過去にわたしを救ってくれたことがあるってことを、あな

ないたは覚えておく必要がある』」〔前掲〕

「わたし」は平凡です。鏡を見て「おまえは今幸せなのか?」と自問しては何も答えられないわたしたちみたいに。「わたし」はいつしかクォン・ウンのことを忘れてしまいます。ずっとあとになって再会したときも気がつきません。同じクラスに貧しい子がいたことも、その子の家を何度か訪ねていったことも、カメラをあげたことも忘れて生きています。けれど「わたし」が幼いころにとった行動はクォン・ウンの人生から消えていませんでした。彼女は「わたし」のおかげで生きていく力を手にしました。彼女にとって「わたし」は命の恩人であり、偉大な人間だったのです。

本を閉じて考えました。自分は未熟な人間だという思いにばかりとらわれないようにしよう。それでも自分にはまだチャンスがあるんじゃないか。未熟な自分もまだ、善《よ》い行動をとったり、善い言葉を口にしたりできるんじゃないか。情けない自分も、ごく、ごくたまにはいい人になれるんじゃないか、って。そう考えると、ちょっと元気が出ますね。これからの日々が少し楽しみになったりもします。

すべての本は公平に

もう何年も会ってもいない母親と心の中で争うだけでも、ヨンジュは苦しかった。心の中の波を鎮めるのに全エネルギーを使い果たしていた。のろのろと身体を動かし、どこか具合の悪い人みたいに店内をふらふらしていたヨンジュの目には、意気消沈したミンジュンの姿は入ってこなかった。いくら利他的な人でも、自分の問題で精一杯のときは他人に関心を寄せられなくなるものだ。

正気に戻らせてくれたのは結局、書店だった。急ぎではないと先延ばしにしていた業務を、今日は急いで処理しなければならなくなった。ヨンジュは朝一〇時に出勤して注文図書を確認し、たまっていた帳簿をつけ、発送する本を揃え、新たに入ってきた本の紹介文を書き、そうしながらも、まだ読めていない今週の読書会の本に、焦る気持ちで目をやった。

彼女はまるで人が変わったかのように、休む間もなく慌ただしく一日を過ごした。やるべきことを瞬時に把握しテキパキと対処する本来の力が存分に発揮された日だった。以前一緒に働いていた人がその様子を見たら、「ほらね。人間はそう簡単には変わらないよ」と彼女をからかったかもしれない。だが、当時のヨンジュを知る人のうち、今も彼女と連絡を取り合っている人は一人もいなかった。

ヨンジュがバタバタと店のことをしているあいだ、ジョンソは青いマフラーを編んでいた。ヨンジュを訪ねてきたミンチョルは彼女の手が空くのを待ちつつ、ジョンソが編み物をする様子を見ていた。ジョンソは、自分の向かいに座り、ムスッとした顔で編み物を見ているこの制服姿の男の子をかわいいと思った。やることがないならユーチューブでも見ればいいのに、この子はなんだってこうしているんだろう？

「こういうの好き？」

ジョンソが、編み物の様子をぼーっと見ているミンチョルに聞いた。

「こういうの、って？」

ミンチョルはテーブルから両腕を下ろしてジョンソを見た。

「言われてみたら、どういう意味だか自分でもわかんないわね。ただ、どうしてここにいるのか、って聞きたかったの」

「週に一回ここに来て、本屋のイモと話をすることになったんです。そしたらお母さんも文句言わないからって」

ミンチョルは素直に自分の状況を説明した。

「本屋のイモっていうのはヨンジュオンニのことね。お母さんがどうして文句言うのかはどうでもいいとして。まあとにかく、見たいなら見てたらいい。やりたいなら言って」

「編み物をですか？」

「うん。一回やってみる？」

ジョンソが手を止めて言うと、ミンチョルは少し考えてから頭を振った。

「いえ、見とくだけにします」

「そ、じゃあそうしたら」

ミンチョルはまた両腕を重ねてテーブルの上に置き、青いマフラーがジョンソの手の動きにつれて規則的に動く様子を眺めていた。マフラーが動くたびに、まるで自分のほうにくねくねと這《は》ってくるように感じられた。ジョンソの手の動きは一定の速度を維持していて、ミンチョルの目も一定の速度でその手を追っていた。彼は、編み物を見ているだけでこんなにも気持ちが穏やかになるのが不思議だった。以前ユーチューブで、料理が作られていく過程を二〇分間、集中して見たことがある。動画の中の人物が自然の中から食材を手に入れ、それをひと月寝かせて、非常に複雑な段階を経ておいしそうな料理へと仕上げていく過程。それがとても不思議で、おもしろく、何度も繰り返し見た。今もちょうどそのときと同じ気分だった。なぜだか、やけに目が吸い寄せられた。

そうやってジョンソの規則的な手の動きをずっと見ていると、まるで、懐中時計を揺らす催眠術師に魂を吸い取られているようでもあった。催眠術師がミンチョルに言った。

「大丈夫、全部大丈夫」

ミンチョルはうとうとしていた。そしてはっと我に返ると、何かに気がついたような声で言った。

「僕、初めて見ます」

「何を?」

「編み物をするところです」

「今どきはみんなそうでしょ」

その後も黙って編み物の様子を見ていたミンチョルは、またジョンソに話しかけた。

「イモ」

「私もイモなの？」

「じゃあなんて呼んだらいいですか？」

ジョンソは手を止めて考えてみた。

「あなたと私は血がつながってるわけでもないのに、イモっていうのも微妙よね。かといって、ヌナ（男性から実姉や年上女性への親しみを込めた呼称）って呼ばれるのも嫌だし。アジュンマはもっと嫌だしね。この国はこれが問題なのよ。二人称代名詞は腐るほどあるのに、あなたが私を呼ぶのにちょうどいいのがないじゃない？」

「……」

「まあ……ヨンジュオンニもすでにイモって呼ばれてるわけだし、考えてみたら、血のつながりがどうだってことよね。そうよ、この国は血縁ってやつもほんとに問題なのよ。自分の一族さえいい思いができたら、もうなりふり構わず、ほんと恥ずかしげもなく必死になって、みっともない！

うーん……ま、イモって呼んで」

「はい……」

「で、なんで私のこと呼んだんだっけ？」

「僕、また次のときも、編み物をしているところ見てもいいですか？」

ミンチョルが非常に重要なことを質問するように切実な表情で聞くと、そんな様子がかわいいと思ったのか、ジョンソは彼をちらりと見て、もったいぶった表情でうなずいた。

「その代わり、席の奪い合いはすることになると思うけど」

「どうしてですか？」

「もともとそこは、あなたの『本屋のイモ』の席なの」
ヨンジュが、先延ばしにしていたことをテキパキと処理しながら書店の仕事に没頭しているあいだ、ミンジュンはなんとなく落ち着かない様子だった。コーヒーの注文がないときは決まってヨンジュのそばに来て積極的に手伝ったし、手伝いが終わったら大掃除をするように店の隅々まできれいにし、コーヒーマシーンを磨きに磨き、カップも磨きに磨き、カフェテーブルの位置を変え、本も、潔癖性の人が通ったあとのようにきれいに揃えた。ヨンジュもそんな彼の様子に気づいてはいたが、特に気にはとめなかった。

急ぎの仕事は片付いたので、あとは細かなことを処理するだけだ。ヨンジュは果物の皮をむいてミンジュンとジョンソ、ミンチョルのところに持っていってやり、自分の席に座った。リンゴを食べながら決めなければならないのは、ジャワーハルラール・ネルーの『父が子に語る世界歴史』を何冊仕入れるか、だった。ヨンジュは、仕入れた本はできるだけ返品しないようにしていた。なので、しっかり見極めて注文しなければならない。だが今回のように過去の統計が何も教えてくれない場合は、漠然と予測するしかなかった。この本のブームは、あとどのくらい続くだろうか。

今日の午後、開店時間に合わせて電話がかかってきた。ネルーの『父が子に語る世界歴史』はあるかという問い合わせだった。あると答えると、夕方仕事帰りに取りにいくと言って、客は名前と電話番号を残した。ヨンジュは電話を切るとすぐにその本を本棚から抜き出して、予約の本を並べておく本棚に移しておいた。実に二年かかった。本を仕入れて二年で初めて売れた！

本が売れると、その本を再び仕入れるかどうか頭を悩ませることになる。この本は、悩むまでもなく必ず仕入れておきたい本だった。だから客が本を受け取りにきたらすぐに注文しようと考えていたのだが、先ほど、その本の在庫を尋ねる電話がまたかかってきたのだ。二年間一冊も売れなかった本が一日に二冊も売れるなんて、と彼女はつぶやいた。そして何か思いついたように急いで机の前に座り、インターネットで「父が子に語る世界歴史」を検索した。すると案の定、あるバラエティー番組でこの本が話題に上《のぼ》ったという記事が出てきた。

ときどきあることだった。ドラマで主人公が読んでいた本、バラエティー番組で有名人が言及した本、SNSで芸能人が手にしていた本。そういう形で宣伝された本は、やはり買い求める客が増える。時には、いきなりベストセラーになることもある。本は「発見される力」が重要だという。確かにそうだ。誰かがテレビを見ていてある本を発見し、それを機に実際に読んだとしたら、それがどういう本かは別にして、良いことだとヨンジュは考えていた。

だが書店を運営する立場としては、新たに「発見」されたその本のために困ることが多かった。ドラマで主人公が読んでいたからといって、有名人がその本を好きだと言ったからといって、やみくもにヒュナム洞書店に仕入れるわけにはいかない。ヨンジュは本を仕入れる際、次の三つをおもな基準にしている。「一、その本は良い本か」、「二、その本を売りたいと思うか」、「三、その本はヒュナム洞書店にふさわしいか」いかにも主観的な基準なので、ほかの人には「店主の好きなように」選んでいると思われるかもしれない。けれど、ヨンジュにとっては非常に重要な基準だった。この仕事を楽しくやるための。

普段は、本を仕入れる基準に関して悩むことはあまりない。本当に「店主の好きなように」仕入れているからだ。だが、今回のように大きな話題となった本やベストセラーの本については頭を悩ませざるを得ない。そういうときは、今回だけ「四、その本はよく売れそうか」を追加すべきかどうか迷うことになる。ヨンジュの売りたい本とよく売れる本は一致しないこともあった。四つ目の基準の誘惑はかなり強力なので、書店をオープンした当初は、急流にのまれて見知らぬ地に流れ着いた人のように、心もとない気持ちで本を仕入れることもあった。

「『〇〇〇』っていう本ありますか?」

「いいえ、うちには置いていません」

「うちには置いていません」と答えることにうんざりしてきたころ、やむにやまれぬ思いでその本を仕入れてみると、やはりよく売れた。だが、ヨンジュが問題だった。その本を目にするたびに胸が苦しくなってきた。食べたくないものを無理に食べるとその食べ物が大嫌いになるように、その本が憎らしく思えてくるほどだった。だから、ぶれないようにしようと決心した。「うちには置いていません」と何十回、何百回答えても、うんざりするまいと。代わりに、客がヒュナム洞書店で思ってもみなかった本を「発見」できるよう、良い本をせっせと仕入れようと。

今では、いくらよく売れている本でもヨンジュ自身が「違う」と思ったら、その本は仕入れない。仕入れたとしても、特別良い場所に置くようなこともしない。どんな本でもその本にふさわしい陳列場所があるはずで、その場所をきちんと探してあげるのが自分の役目だと考えているからだ。仕入れる際はどの本も公平にというわけにはいかないが、いったん仕入れた本は公平に売りたい。実際、長らく売れていなかった本が、陳列場所を変えただけで驚くような速さで売れたりもする。町の本屋はキュレーションがすべてだとも言える。

だから悩ましい。『父が子に語る世界歴史』を何冊仕入れるべきか。とりあえず二冊。場所はもともと並べてあったあの棚だ。今すぐにではないが、いずれ、ほかの歴史書と一緒にフェアをしてもいいだろう。『父が子に語る世界歴史』は、ヨーロッパ中心の既存の世界観ではなく第三世界の視点で論じた意義深い本なので、歴史を多様な視点で読み解くほかの本と一緒にフェアを展開すれば、興味を持ってもらえるかもしれない。フェアの本を陳列するのは、二列目、三番目の台に決めていた。書店のオープン当初から、読み応えのある、じっくり時間をかけて読むべき本はおもにその陳列台でフェアを展開してきた。

和音あるいは不協和音

母親と電話で話をして以来、ミンジュンは日常に対する熱意を失った。家では力なく横になっていたし、ヨガの姿勢も乱れた。コーヒーを淹れるときだけ、なんとか気持ちを奮い立たせた。罪の意識が熱意をそいでいた。自分が両親を失望させているようで苦しかった。あの日の母親の声はまるで、おまえの今の生き方は間違っていると責めているようだった。いや、そんなはずはない。お母さんはそんな人じゃないから。

これっぽっちのことで心が折れるなんて。今までいったいどうやって平気で暮らしていたのかと、彼自身も不思議に思った。それまでは無理をせずに暮らしていた。ほどほどに稼ぎ、ほどほどに使った。たまに寂しくなることもあったが、書店で働くようになってからは、いつでも言葉を交わせる相手がいるので寂しさにとらわれることはなかった。本に囲まれた空間を幼いころから夢見ていたというヨンジュの言葉を、ミンジュンも理解するようになっていた。彼自身も、仕事場に足を踏み入れると安らぎを覚えた。ヨンジュも良い雇い主だった。時には、彼女がどうも「お隣のお姉さん」のように思えて、自分が今仕事場にいるという事実を忘れてしまうこともあった。

仕事場に来ればやるべき仕事があり、ミンジュンはそれをうまくこなした。しかも、その仕事は創造的なものだった。ジミの言うとおり、コーヒー豆は無限の組み合わせでブレンドが可能だ。同じ場所、同じ方法で栽培しても生豆の味は変わってくるし、同じ生豆でも焙煎や淹れ方によってコーヒーの味は変わってくる。自然の為《な》すこと、人間の為すことだからだ。本を読むこととコーヒーを淹れることは、似ているところがけっこうあるようだ。たとえば、誰でも気軽に始められるところ、やればやるほどはまっていくところ、一度はまるとなかなか抜け出せないところ、だんだん繊細さが求められるようになるところ、読書の質やコーヒーの質を左右するのは結局、微妙な違いを理解することにかかっているところ、などだ。読書家やバリスタは最終的に、本を読むこと自体、コーヒーを淹れること自体を楽しむようになるらしい。ミンジュンは仕事を楽しんでいた。だが……。

ミンジュンはもう一〇日もゴートビーンに顔を出していなかった。なんやかんやと理由をつけて、豆は以前のように書店に配送してもらっていた。わざわざ豆を届けにきてくれたゴートビーンの焙煎士は、ミンジュンと雑談を交わしたあと、帰りがけに軽い調子で冗談を言った。

「ミンジュンさんが来ないから、代表のだんなさんの話、うちらが全部聞かないといけないじゃないですか。だんなさん、また何かやらかしたみたいですよ」

ミンジュンは黙ってただ微笑んでいた。

「代表が、ミンジュンさんの好きな香りでブレンドしておいたって言ってたんで、また試飲しにきてくださいよ」

ミンジュンは少し間を置いて「はい」と答えた。

努力してきたことは何もかも完全に終わったんだと思っていたあのころのほうが、いっそ良かった。当時はむしろせいせいした気持ちですべて諦めることができた。努力にも限界点があるとしたら、すでに超えている状態だったから。もっと努力していたら、もう一度挑戦していたらうまくいっていたのだろうか、僕はあのとき九九℃まで達していたのだろうか、などと考えてみたりもしたけれど、九九℃から一〇〇℃になるのに必要なのは努力ではなく運だという思いがすぐに浮かんだ。僕に運がなかったら、ずっと九九℃でくすぶっているしかなかっただろう。

映画を観ていて、ミンジュンは単純な事実を一つ知った。登場人物たちは選択の岐路に立たされたとき、いつも、悩んだ末にそのうちの一つを選択する、ということだ。物語を牽引する力は登場人物の選択にあった。それは現実の人生でも同じではないだろうか。各自の人生を引っ張っていくのは、ほかでもない、各自の選択なのではないか。そこに思いが至るとミンジュンはふと、自分もあのとき、諦めたのではなく選択しただけなのだと感じた。その道を歩むのをやめるという選択。

少し前にドキュメンタリー映画「ピアニスト、セイモアのニューヨークソネット」〈邦題「シーモアさんと、大人のための人生入門」〉を観たときも、同じようなことを考えた。セイモア・バーンスタインもやはり、ピアニストの人生を諦めたのではなく、ピアニストではない人生を選択しただけだ。優れたピアニストとして輝かしい名声を築いたセイモアがピアノを弾く代わりに教えることを選択したとき、周囲の人たちには理解してもらえなかった。それでも構わなかった。八〇歳を越えたセイモアは、そのときの選択を後悔したことは一度もないと語っていた。

その映画を観たときはミンジュンもセイモアのように、あのときの選択を後悔するまいと誓うことができた。だが、今のミンジュンに必要なのは、そんな誓いではない。今必要なのは勇気だ。誰かを失望させたとしても構わず、みずからの選択を信じて進んでいく確固たる勇気。

家に帰りたくないとヨンジュに言ったあの日から、ミンジュンは本当に家に帰りたくなくなった。一人でいるといっそう心がざわざわして落ち着かなかった。彼は今日も、退勤時間を過ぎてもぐずぐずと店に残っていた。何やら苦戦しているらしき表情でノートパソコンをにらんでいるヨンジュは、彼がまだ店にいることに気づいていないようだ。ミンジュンは肩を回したり腰を左右に伸ばしたりしながら店内をうろうろし、ときどき彼女のほうに目をやった。カフェテーブルを指先でトントンと叩いてみたり、意味もなく店のドアを開けてみたりもした。ひんやりした秋の風が一気に入ってきて慌ててドアを閉めると、その音でようやくヨンジュは彼のほうを見た。そして時間を確認してこう尋ねた。

「ミンジュンさん、どうして帰らないの?」

ミンジュンはヨンジュのほうへゆっくり歩いていきながら答えた。

「帰ったんです。帰って、家の近所の本屋をのぞいてるところです」

ミンジュンの冗談にくすっと笑ったヨンジュは、最近彼の「さあ」が減ってきたと思いながらパソコンから手を離した。

「わたしが思うに、その町の本屋さんはこの時間にはもう閉まってるはずよ。閉店した店にそうやって勝手に入ってきちゃダメよ」

ミンジュンはそばにある椅子の背もたれを指先でトントンと叩いていたが、やがて意を決したように、その椅子を持ってヨンジュのそばにやってきた。

「もしかして僕、お邪魔ですか?」

ミンジュンが立ったままで聞いた。

「また家に帰りたくないの?」

ヨンジュは椅子の座面をトントンと叩いた。

「最近、しょっちゅうなんです」

ミンジュンは彼女の隣に腰を下ろし、パソコンの画面にちらりと目をやった。

「やること多いんですか？」

「来週のトークイベントの質問を考えてるの。でも挫折中」

「何がうまくいかないんですか？」

彼は今度はまじまじと画面を見た。

「これからは邪心を捨てて、本の内容だけを基準に作家を招待しないといけないなって考えてるところ」

「どういう意味ですか？」

ミンジュンが画面から目を離して聞いた。

「本を読んでもないのに出版社にトークイベントを提案したのよ。作家さんからOKの返事をもらってから読み始めたんだけど、自分が文章について何も知らないことに気づいたの。知らないことについて聞けるはずないでしょ。頭を絞りに絞って、やっと一二個、質問を作ったところ」

彼は、ヨンジュの指す12という数字をちらりと見たあと、パソコンの隣に伏せてある本に目をやった。端正な書体で『良い文章の書き方』と書いてある。

「読んでもいない本の著者をどうして招待したんですか？」

ミンジュンが本をパラパラめくりながら聞いた。

「うーん……作家が魅力的だから？」

「どんなところがですか？　カッコいいんですか？」

彼は本を置き、ズボンのポケットからスマートフォンを取り出して電源を入れた。

「なんか……文章が辛辣っていうか。文章でいい人ぶったりしないところが好きなの」

彼は検索ボックスにヒョン・スンウと入力した。

「率直だからいいってことですか？」

ミンジュンがスマートフォンで男の顔を見ながら言った。ヨンジュは小さくうなずいて、画面に13という数字を打ち込んだ。

短い対話のあと、二人は黙ってそれぞれの思いにふけった。ヨンジュは13という数字を見つめながら自分自身を責め、ミンジュンは店内を見回しながら、自分がいま罪の意識を感じているのははたして当然のことなのだろうかと考えた。ついにヨンジュがキーボードを叩き始めた。書いては消し、書いては消しを繰り返した末、質問が一つ完成した。

「13　これまでの人生で、どこまで率直になったことがありますか？」

なに言ってんの！　彼女はバックスペースキーを長押しして質問を消した。そして再び質問を書いた。

「13　わたしの書いた文章の中にも文法が間違っているものはありましたか？」

わたしの文章を読んだことあるはずないじゃない！　彼女はまたバックスペースキーを長押しして質問を消した。行き詰まったヨンジュは冷蔵庫からスパークリングウォーターを二本持ってきて、一本をミンジュンに差し出した。彼は反射的にそれを受け取ったあと、ぼんやりと窓の外を眺めていた。その様子を見てヨンジュが聞いた。

「なんかあったの？」

ミンジュンはスパークリングウォーターのふたを開けたあと、さらにひと息置いて、ようやく口を開いた。

「店長さんとなんか話がしたくて座ったんですけど、いざ話そうとするとなかなか」

「ミンジュンさん、ほんとは無口じゃないんでしょ？」

ヨンジュが水を一口飲んで聞いた。

「無口だって言ったの、店長さんとゴートビーンの社長さんが初めてです」

「え、ほんとに？　ほんとにそうだったんだ！」

ヨンジュがいきなり大きな声で言うので、ミンジュンは驚いて彼女を見た。

「ジミオンニとそんな話、したことあるのよ。ミンジュンさんがあんまりしゃべらないのは、わたしたちがアジュンマだからじゃないかって。そのときわたし、そんなはずないって自信満々で言ったのに！　でも、ほんとにそうだったのね？」

ヨンジュはいたずらっぽい表情をして見せると、もう一口水を飲んだ。

「なにバカなこと言ってるんですか」

ミンジュンが戸惑いながら言った。

「それに、店長さんがアジュンマだなんて。僕と歳もそう変わらないのに」

「ほんとね？」

「ほんとですよ……」

「なら、信じる。自分のために」

おどけるヨンジュの様子に、ミンジュンはリラックスした顔になって笑みを浮かべた。そして水を一口ゆっくり飲んだあと、彼女を見た。

「ところで、一つ聞いてもいいですか？　個人的な質問なんですけど」

「なあに？」

「店長さんのご両親はどこにいらっしゃるんですか」

「うちの親？　ソウルよ」

「あ、そうなんですか？」

ミンジュンの目が若干大きくなった。

「ちょっと不思議でしょ？　娘が本屋やってるっていうのに一度も訪ねてこないし、見たところ電話がかかってきてる様子もない、かといって休日に会ってる感じでもない、だから、どこか海外とか遠い地方に住んでいるのかと思いきや、ソウルに住んでいると。不思議だな、と、まあ、そんなとこでしょ？」

ミンジュンは自分の反応が適切でなかったようだと思いながら、かすかにうなずいた。

「両親はわたしに会いたくないんだって。特に母が」

なぜかと問うように、ミンジュンは彼女を見た。

「心配なんて一度もかけたことなかったわたしが、一瞬で母の心を粉々にしたの。あんなことになるなら、〝いい子症候群〟から早く卒業しておくんだった。母に免疫力をつけさせておかなかった自分のせい。そう思って生きてるの」

いつものように、母親のことを考えると瞬時にこわばる表情を、ヨンジュはなんとか整えて尋ねた。

「それで、親がどうかした？」

ミンジュンは少し間を置いてから答えた。

「何日か前に母から電話がかかってきたんです。普段、携帯の電源を切ってるから、話をしたのは本当に久しぶりで」

「どうして電源切ってるの？」

「人とつながってるのが煩わしいから？」

「ふーん、そうなんだ。お母さんとどんな話したの？」

「大したことじゃないです。母は僕を心配して、僕は心配しないでって言って。母は早くちゃんとした仕事を見つけなさいって言って、僕は自分でちゃんとやるからって言って」

「ふーん、そっか」

ヨンジュにちらりと目をやったミンジュンは、慌ててこう付け加えた。

「母がそう言ってた、ってだけで、今のこの仕事がちゃんとした仕事じゃないっていう意味じゃありません」

「わかってる」

「母は、今僕がどんな仕事をしてるかも知らないんです」

「事情は無理に説明しなくてもいいわよ」

穏やかな笑みをたたえるヨンジュを見ていたミンジュンは、再び話を続けた。

「ここ何日かで、自分についてわかったことがあるんです」

「どんなこと？」

「大人のつもりで生きていたけど、実は大人じゃなかったんだって。母の一言で、今すごく縮こまってる状態なんです。目に見えていなかった障害物に足を取られて転んだような気分というか。問題は、立ち上がろうと思えば立ち上がれそうなのに、立ち上がってもいいのかなって思えてしまうことなんです。両親が僕に失望したらどうしよう、この先二度と両親を喜ばせてあげられなかったらどうしよう、っていう思いが何度も浮かんで。だから、ここで自分だけすっきりして立ち上がるのは、親不孝をするように思えるんです」

「自分が今生きている人生は、両親が自分に望んでいた人生ではない、って思うわけね？」

ヨンジュが、言いたいことはわかるというように尋ねた。

「はい……。だから最近、僕は自立した人間として生きるには軟弱すぎるんだなって、自分自身に失望してるところなんです」

「自立した人間になりたいと思ってるの？」

「子どものころに漠然と夢見てたことなんです。どうしてかはわからないけど、僕は何か特定の職業につきたいと思ったことはなくて。医者とか弁護士とか、別にって感じで。成功したいとか有名になりたいとか思ったこともないし。まあ、安定して暮らせればいいな、人に認めてもらえたらいいな、っていう程度。そう思いつつも漠然と夢見てたのが、自立した人間になりたい、ってことだったんです」

「素敵ね、そういう夢」

「いえ、全然。夢を見るのがどういうことなのかもわかってなかった気がします」

スパークリングウォーターのボトルを指先でトントンと叩いていたヨンジュは、椅子に軽く背をもたせかけた。

「わたしの夢は本屋さんだったの」

「じゃあ夢を叶えたわけですね」

「そうなんだけど、夢を叶えたんだけど、なぜだか叶えたような感じがしなくて」

「どうしてですか？」

ヨンジュは軽く息を吸い込んで、窓の外を見ながら言った。

「満足はしてるのよ。でもなんか……夢がすべてじゃないような気がして。夢が大事じゃないってことでも、夢より大事なことがあるってわけでもないんだけど、でも、夢を叶えたからって無条件に幸せになれるほど人生は単純じゃない、って感じ？　そんな感じがするの」

ミンジュンは靴の先を見ながら小さくうなずいた。人生は本来複雑なもの。もしかしたら自分は、ヨンジュの言葉を噛みしめてみた。無条件に幸せになれるほど人生は単純じゃない、って感じ。本来複雑な人生を単純明快にすっきり整理しようとして、そのせいで最近こんなに苦しいのかもしれないと思った。

ぽつりぽつりと言葉を交わしながらヨンジュは一五番目の質問を完成させ、ミンジュンはまだ彼女の隣に座って話しかけていた。

「店長さん、『ピアニスト、セイモアのニューヨークソネット』っていうドキュメンタリー映画、観たことありますか？　あんまり有名じゃないからご存じないかもしれないですけど」

16という数字をにらんでいたヨンジュは、そう聞かれて目を上に向けた。

「『ピアニスト、セイモアのニューヨークソネット』……。あ、シーモア・バーンスタインのこと？」

「セイモアとシーモア、同じ人なんですか？」

ヨンジュはうなずいた。

「本があるのよ。『人生をより美しく』っていう。あ！　その本は、ドキュメンタリーを撮ったあとの話が書かれてるんだけど、そのドキュメンタリーのことを言ってるのね。ううん、わたしはまだ観たことない。一度観てみたいとは思ってたんだけど。で、それが？」

「そのおじいさんが」

「シーモアおじいさん？」

「はい、そのおじいさんがこんなこと言うんです」

そう言ってしばらくうつむいていたミンジュンは、やがて顔を上げてヨンジュを見た。

「和音が美しく聞こえるためにはその前に不協和音がないといけない、って。だから音楽には和音と不協和音のどちらも必要なんだ、って言うんです。で、人生も音楽と同じだって。和音の前に不協和音があるから、われわれは人生を美しいと感じられるんだ、って」

「いい話ね」

ミンジュンは再びうつむいた。

「でも今日、こんなこと思ったんです」

「どんなこと？」

「……今生きているこの瞬間の人生が和音なのか不協和音なのかちゃんとわかる方法が、はたしてあるんだろうか。自分が和音のような日常を送っているのか、不協和音のような日常を送っているのか、どうやったらわかるんだろう」

「うーん……確かにそうね。渦中にいるときはよくわからなかったりもするから。振り返って初めてわかることもあるしね」

「そうなんです。あのおじいさんの言ってることは充分わかるんですけど、じゃあどうなんだろうって。僕は今どういう状態なのか」

「どういう状態だと思う？」

うつむいていたミンジュンは、ちょっと複雑な顔をして答えた。

「僕は和音だと思うんだけど、ほかの人たちにとっては不協和音のような気がします」

彼の顔をじっと見つめていたヨンジュは軽く微笑んだ。

「じゃあ、わたしは今、ミンジュンさんの和音のような人生を見ているわけね？」

ミンジュンは苦笑いした。

「僕が合ってるなら」

「合ってると思う。合ってるはずよ。わたしが保証する」

彼女がそう言うと、ミンジュンは小さく笑った。

二人は一緒に窓の外を眺めた。書店の放つ光が路地を温かく包んでいる。路地を行き交う人々の姿が見えた。足早に歩きながらも、書店の存在に気づいてちらりと目をやる人もいた。ヨンジュが沈黙を破って言った。

「親との関係は……こう思ったらわたしは楽だった。誰かを失望させないために生きる人生より、自分の生きたい人生を生きるほうが正しいんじゃないか、って。残念よね、愛する人に失望されるのは。でも、だからって一生、親の望むとおりに生きるわけにはいかないじゃない。わたしも一時、すごく後悔してたの。あんなことするんじゃなかった、言うことを聞いておくんだった、って。でもそういう後悔にしても、もう後戻りはできないからするんであって、もし過去に戻ったとしたらまた同じように行動するはずだから」

ヨンジュは路地を見つめたまま言葉を継いだ。

「自分がこうやって生きているのはどうしようもないこと。だから受け入れること。自分を責めないこと。悲しまないこと。堂々とすること。わたしはもう何年も、自分にそう言い聞かせながら自己正当化してるところなの」

それを聞いて、ミンジュンは口の端を持ち上げて微笑んだ。

「僕もやってみます。自己正当化」

ヨンジュは大きくうなずいて言った。

「うん、やってみて。自分にとっていいように考える力も必要だから」

ミンジュンは、お邪魔するのはこれくらいにします、と言って立ち上がり、椅子を持ち上げた。ドアのほうに歩いていきながら、ためらいがちな口調で、あまり遅くならないうちに帰ってください、と言った。彼の気遣いをありがたく思ったヨンジュは、両腕で大きな円を作ってみせた。

ミンジュンは書店をあとにして家へと歩きながら、彼女の言葉を嚙みしめた。自分にとっていいように考える力、か。ふと振り返ると、ぼんやり広がった光がヒュナム洞書店を守ってくれているように見えた。いつだったかヨンジュが、町に書店があると良い理由を五つ教えてくれたが、彼は今、六つ目の理由を目にしているような気がした。書店を外から眺めるのはいいものだった。

## あなたの文章はあなた自身とどれくらい似ていますか？

ヨンジュはいつもより三〇分早く書店に到着した。トークイベントの質問用紙はまだ半分ほどしか埋まっていない。短文であれ長文であれ、文章を書くのは苦手だった。企画書以外には、これといって文章を書いたことがない。そんな彼女が、書店を運営するようになってからというもの、一日に何度も短文をアップし、二、三日に一度は本の紹介や感想を綴《つづ》った長文を載せている。書くたびに苦労した。

文章を書いていると、一瞬頭がぼーっとすることがあった。急に目の前がぼんやりすることもあった。気が急《せ》いて書き始めたのに、考えてみたら、今書こうとしていることについて何も知らない、ということもあった。頭の中には確かに、ある考えが浮かんでいるのにそれを言語化できないことも多かった。

ヨンジュは18という数字を見つめながら、今回はどちらのケースだろうと考えてみた。自分はこの作家や作家の書いた本について何も知らないのか、それとも考えがまとまらないだけなのか。彼女はノートパソコンに手を伸ばし、キーボードを叩き始めた。なんとか一文を書いて最後にクエスチョンマークを打ち、読み返してみた。作家はこの質問にどう答えるだろう。これはまともな質問になっているのだろうか。

「18　何かを読んだり書いたりするときに一番注意を払うことは何ですか。文章でしょうか？」

ヨンジュはある出版社の人を通して、作家ヒョン・スンウのことを初めて知った。一人出版社を運営しているその人は、最近出版界で話題になっている事件だといって、いくつかのブログ記事を共有してくれた。最初の記事以外は、その記事に対する反駁《はんばく》文、それに対する再反駁文、さらにそれへの再々反駁文、という様相を呈していた。事件は、堅いテーマを扱うブログにしては一万人ものフォロワーを抱えている、あるブロガーから始まったようだ。ブログには日常を綴った記事など一切なく、もっぱら文章に関する記事ばかりが掲載されていた。最初の記事は四年前に書かれたもので、タイトルは「韓国語の音韻体系　1」だった。ブログのカテゴリーは「韓国語の文法　AtoZ」「これが悪い文章」「これが良い文章」「文章を直します」の四つのみ。そして事件はまさにその「これが悪い文章」から勃発した。

新聞や本で見かけた文章を例に挙げその文章がなぜ良くないのかを説明する記事が数百件に達したころ、ブロガーはある翻訳書を読んだらしい。ブログでは、その翻訳書の中から見つけた間違った文章を一〇例ほど紹介していて、それぞれの下には、感情のこもっていない客観的な文体で、どこが間違っているのか一つひとつ根拠が示されていた。その記事を、翻訳書を刊行した版元の社長が見かけたのが禍根となった。社長は、ブロガーの記事に反駁する記事を自社のブログに載せたのだが、それをまたブロガーが目にしたのも禍根といえば禍根だった。社長は、ブロガーの指摘が「無知からくる無礼な行為」だといってブロガーを刺激した。ところが、社長のいう「無知」は韓国語の文法に対する「無知」ではなく出版界に対する「無知」を指していたという事実が、ブロガーに攻撃材料を与えることになった。

ブロガーは反駁文に対する反駁文で「出版界が厳しい状況にあることは残念に思うが、だからといってそれが、読者がでたらめな文章を読まされる理由にはならない」と述べた。すると社長は、「でたらめな文章が一つもない、完璧な文章だけで書かれている本がはたして存在するのか」、そんな本があるなら「ちょっと教えていただきたい」と書いて、状況を悪化させてしまった。ブロガーは待ってましたとばかりに「これが悪い文章」のカテゴリーに記事を一つ追加した。

記事には、「一般的によくある些細《ささい》な誤り」から「主語と述語が合っていない大きな誤り」、さらには「特に文法的な誤りはないものの何が言いたいのか理解できない」文章まで、二〇件以上の文例が紹介されていた。翻訳書のページを無作為に開いて、そこから五ページ分を添削した結果だという。それにとどまらず、ある絶版本の一冊を同じやり方で添削した結果も掲載されていたのだが、文例として挙げられていたのは六件のみで、いずれも「一般的によくある些細な誤り」に該当していた。その状況についてブロガーは、こう説明を付け加えた。

「わたしは文章に関心の強いブロガーではありますが、はたして完璧な文章とはどういうものかわからないことが多いです。でも、だからといって、とんでもなくでたらめな文章が次々と出てくる本を平気な顔をして読むのは容易なことではありません。でたらめな文章が一つもない、完璧な文章だけで書かれている本がはたして存在するのか、そんな本があるなら教えてほしいとおっしゃっていましたね。残念ながら、その質問には答えたくありません。なぜなら、そもそもその質問が間違っていると思うからです。わたしは、この世に完璧な文章だけで書かれている本がないからといって、それを理由に、本を作る人たちが完璧を目指さなくてもいいとは思いません。ましてや堂々と開き直る理由はないと考えます」

ブログ上での二人の舌戦は、ツイッターやインスタグラムなどSNSで活動する〝本オタク〟や、出版界の人たちのあいだで話題になった。形勢はブロガー側に大きく傾いていた。社長の記事には、揶揄《やゆ》交じりのコメントが数十件も書き込まれた。記事を掲載するたびに揶揄は増えていった。すると社長はますますしゃくに障ったらしく、早く記事を削除しろとブロガーを脅したり、「名誉毀損」だの「告訴」だのといった言葉を軽はずみに使ったりした。

それに対しブロガーは、自分に非があるなら甘んじて受け入れると冷静沈着に対応した。事件はますます悪化の一途をたどっていくかに見えた。ところがある日突然、社長が白旗を上げた。「反省もせず感情的に対応したことを後悔している。今後、より良い本を作るために努力する」という文章を載せたのだ。観戦していた人たちは、突然終わりを告げた試合に拍子抜けしながらも、それぞれが各自のやり方で社長の肩を叩き、ブロガーの手を持ち上げてやった。ブロガーの完璧な勝利だった。

話がここで止まっていたら、「記憶に残るハプニング」程度で終わっていただろう。ところが、その社長はそんじょそこらの人間ではなかったようだ。せっかく公衆の面前で敗北を認めたのだから、いっそのこと、もう一度潔く頭を下げようと決心したらしい。結果的に見ると、社長はある意味、相当なビジネス手腕の持ち主だったのかもしれない。社長は、舌戦が繰り広げられていたブログに、ブロガーに対する丁重な依頼文を載せた。「弊社の本の校正校閲をお願いいたします」そして四カ月後に翻訳書は新たな文章で再び出され、刊行と同時に一刷は売り切れ、一カ月で三刷となった。

出版界の人たちは一連の事件を「宣伝の方法にしてはなかなか強烈だった」と評した。ヨンジュに記事のリンクを共有してくれた一人出版社の人は「頭ではブロガーの主張が正しいとわかっていても、心では社長を応援していた」と言って、翻訳書の表紙の写真を送ってくれた。

その日からヨンジュは、ときどきポータルサイトの検索ボックスに「ヒョン・スンウ」と入力してみるようになった。彼に関する情報はじわじわとアップデートされていた。といっても、具体的なものは何もなかった。大方の予想とは違い、彼は「平凡な会社員」だった。人々は、彼が「工学部出身」という事実に興味を覚えているようだった。彼がブログ上で築き上げてきた知識の山が独学によるものだという点も、人々の心を動かした。彼は半年前から、月に二度、「わたしたちの知らない文章の話」というタイトルで新聞にコラムを連載していた。ヨンジュは二週間に一度、文章を通して彼と対面した。

スンウの文章は落ち着いた印象ながら辛辣な面もあった。辛辣さ。ヨンジュは作家たちの辛辣さが好きだった。彼女が外国の作家のエッセイを好む理由だ。韓国の作家が、最初は辛辣なようでいて最終的には気弱な中道を選ぶとしたら、外国の作家はひるむことなく大胆に、最初から最後まで辛辣だった。世の愚かな人々に向かって「おい、愚か者！」と正面切って言えるのはやはり、韓国の作家ではなく外国の作家たちだった。

人の目を気にする文化の中で生まれ育った人間とそうでない人間の違いだろう。ヨンジュ自身も、どうしても人の目を気にしてしまう人間なのは同じだ。そのためか、自分とは異なる性質、異なる感性、異なる強さを持つ作家の文章に魅力を感じた。もっとも彼女は、文章を通して対面する人にはいつも心を全開にする読者だった。本の中の世界に住んでいる人のことなら、その矛盾や欠乏、毒気、狂気、暴力性まですべて受け入れることができた。

スンウの文体も気に入った。誇張して書いたり、自分を大きく見せようとしたりはしなかった。あえて硬い文体を使っているけれど、本来は感情豊かな人のようにも思えた。しかも、この自己PRの時代に、自分自身について何一つ明かしていないという点が、彼を神秘的に見せていた。彼はみずからの持てるコンテンツだけで、つまり文章一本で勝負する人だった。いや、そもそも勝負云々《うんぬん》にはこだわっていないようだった。もちろん、これらのイメージはすべて、ヨンジュがひとり想像したものに過ぎないけれど。

先に述べたように、ヨンジュはあくまでも読者の立場でトークイベントを開催していた。作家と話がしてみたい、作家の話を間近で聞いてみたい、という気持ちで。だから、スンウが本を出したというのにじっとしていられるわけがなかった。彼の本が出ることは事前に知っていたので、刊行されるやいなや出版社に連絡してトークイベントを提案した。数時間後に、提案を受け入れるという返事があった。しかも、これがスンウの初のトークイベントになるという。

ミンジュンがドアを開けて入ってくるのを確認して、ヨンジュは画面に19という数字を打ち込んだ。パソコンに手首を載せた状態でピアノを弾くように指を動かしたあと、あっという間に文章を一つ完成させた。彼女がスンウに一番聞いてみたかったのは、まさにこの質問だった。

「19　あなたの文章はあなた自身とどれくらい似ていますか？」

# 下手な文章が良い声を隠す

ミンジュンは、ついさっきドアを開けて入ってきた男性に見覚えがあった。誰だっけ。軽いくせ毛で、どこか疲れているような印象の男性は、ドアの前に立って店内をさっと見回したあと、カフェテーブルの椅子にバックパックを下ろした。その隣に腰を下ろすと、さっきよりじっくり店内を見回した。

　ミンジュンがコーヒーを立て続けに淹れているあいだに、いつの間にか男性はミンジュンの前に立っていた。メニューに目を落としている姿を間近で見て、ミンジュンは男性が誰だかわかった。店長がファンだと言っていた作家。今日のトークイベントの主人公。スンウは顔を上げてミンジュンに言った。

「ホットコーヒーを一杯ください」

　ミンジュンは、スンウの差し出したクレジットカードを手で軽く遮るジェスチャーをした。

「作家のヒョン・スンウさんですよね？」

「え？　はい、そうですけど」

　スンウは、自分のことを知っている人がいたことに驚いたようだった。

「当店では、作家さんにはサービスで一杯差し上げてるんです。少々お待ちくださいね」

スンウは少し戸惑ったような表情で「あ、はい、ありがとうございます」と言って、軽く頭を下げた。

目の前に立ってコーヒーを待っているスンウは写真とほぼ同じだった。トークイベントのため店にやってくる作家たちはたいてい、二つのうちどちらかの表情をしていた。ワクワクしているような表情か、緊張しているような表情。けれどスンウは、写真と同じく、ただ淡々としているように見えた。写真の中の無表情な彼を見たときはいやに気取ってるなと思ったが、こうして実際に見てみると、もともとそういう表情だった。そして、稀《まれ》に見るほど疲れた顔をしていた。ミンジュンはそういう顔の人がどういう生活をしているか、経験上、想像がついた。彼自身も、ろくに睡眠もとれないまま勉強に、アルバイトにと追われていたころ、ちょうどああいう顔をしていた。睡眠不足の顔、とでもいおうか。

「コーヒーが入りました」

コーヒーを受け取りながらスンウがミンジュンを見ると、ミンジュンはすでに彼から視線を外し、彼の背後のどこかを見ていた。スンウが思わず振り向いて視線の先を見ると、ヨンジュが椅子を両手に一つずつ持って店の中央へと歩いてきているところだった。

スンウは、ヨンジュに視線を向けたままミンジュンに聞いた。

「代表の方ですか?」

「はい。うちの代表です」

もと来たほうへと歩いていくヨンジュを目で追っていたミンジュンが尋ねた。

「ほかに何か必要なものはありますか?」

スンウがないと答えると、ミンジュンはヨンジュのほうへ歩いていき、椅子を受け取った。スンウは、ミンジュンが彼女に何か話している様子を見ていた。彼女がくるりと身を翻し自分のほうに歩いてくる姿や、満面の笑みをたたえて自分と目を合わせる姿も。彼女が目の前までやってくると、スンウは会釈をして言った。

「こんにちは。ヒョン……」

「作家のヒョン・スンウさんですね」

ヨンジュがやさしそうな目を輝かせて聞いた。スンウが、その声からにじみ出る感情についていけず、ただ黙ってうなずくと、彼女はこう言った。

「はじめまして。ヒュナム洞書店の代表イ・ヨンジュです。お目にかかれて本当にうれしいです。そしてトークイベントを引き受けてくださって、ありがとうございます」

スンウはコーヒーの熱さを手に感じながら彼女に言った。

「はじめまして。こちらこそ、ご提案ありがたかったです」

ヨンジュはとても感動的な言葉を聞いたかのように、ぱっと明るい表情を浮かべた。

「そうおっしゃってくださって、ありがとうございます」

スンウはやはり彼女の感情についていけず、今度はうなずくこともできなかった。ヨンジュは彼が少し硬くなっているようだと思いながらも、きっとトークイベントで緊張しているせいだろうと、話を続けた。

「トークイベントの開始時間は七時三〇分ですが、いつも一〇分くらい待ってから始めています。最初の一時間はわたしと話をしていただいて、残りの二〇~三〇分は参加者との質疑応答です。始まるまではカフェテーブルでお待ちくださいね」

スンウは「はい」と答えたあとも、ずっとヨンジュを見つめていた。こんなに見つめていていいのだろうかという気もしたが、相手もやはり、いたって平気な様子で自分のことを見ているので、目をそらすわけにもいかなかった。そんなスンウの気も知らず、ヨンジュは最初と同じ目で彼を見ていたが、やがて「では、わたしはちょっとやることがありますので。またのちほど」と言って立ち去った。スンウは、ヨンジュが立ち去ったあとようやく彼女から視線を外し、窓の外に目をやった。担当編集者が書店に向かって歩いてくるのが見えた。スンウはまたヨンジュのほうをちらりと見てから、編集者を出迎えにドアのほうへ歩いていった。


「ではトークイベントを始めます。ヒョン・スンウさん、ごあいさつをお願いします」

「はい。こんばんは。『良い文章の書き方』を書いたヒョン・スンウです。よろしくお願いします」

飛び入りも含めて五〇人以上の参加者が拍手でスンウを迎えた。店内の椅子が総動員されていた。ヨンジュの椅子も引っ張り出し、陳列台のあいだの二人掛けソファまで動かさなければならなかった。スンウとヨンジュは一メートルほど間隔を空けて、参加者のほうを向いて座っていた。互いにやや向き合うように椅子を配置しておいたので、無理して首をひねらなくても相手の顔を見ることができた。

スンウはやや緊張しているように見えていたが、いつしか落ち着いた声で話をしていた。質問を受けるたびにひと呼吸置いてから答え、答えているあいだも常に言葉を選び、自分の考えを正確に伝えられているか確かめているようだった。すらすら話すほうではなかったが、聞いていて退屈な感じはしない。ヨンジュは、話をする彼の様子を興味深く見守った。彼の文章を読んで想像していた姿と、今目の前にいる彼の姿はよく似ていた。文章のイメージが彼の姿と重なった。落ち着いた態度、大きな変化のない表情、口の端をほんの少し上げるだけの笑い方、他人への配慮はするけれど、他人のために、やりたくないことまでやりはしないだろうと思わせる口元。その口元のせいだろうか。彼に質問をし、答えを聞いているあいだ、ヨンジュはずっとリラックスしていた。いくら難しい質問をしても、当惑することなく落ち着いて考えをまとめてくれそうな気がした。考えがまとまったら、今のようにぽつりぽつりと答えてくれるのだろう。

今日の参加者の半数以上はスンウのブログのフォロワーだという。なかには彼に文章直し（スンウやフォロワーたちは「校正校閲」のことを「文章直し」と呼んでいた）をしてもらったという人もいて、「あのときの経験は、まるで眼《め》が開かれたような衝撃だった」とおどけて、みんなを笑わせた。ヨンジュが、自分も遅まきながらスンウのブログをフォローして「あの事件の一部始終」を見守っていたと言うと、みんなはまた大笑いした。スンウがその話題を避けたがっている様子はなかったので、ヨンジュはこう尋ねた。

「当時どんな気持ちだったのか、お聞きしてもいいですか？　知りたいという方もいらっしゃると思うので」

彼はうなずいて話し始めた。

「文章では淡々としているように振る舞っていましたが、実際にはかなり当惑していました。ブログをこのまま続けてもいいのだろうかと悩んだりもして。自分の言動が誰かを傷つけることもあると知って、なんだか書きづらくなったんです」

「そういえば、あの事件があってから『これが悪い文章』のカテゴリーに記事がほとんどアップされていない気がします」

「ええ、あのあとちょっと減ったと思います」

「書きづらくなったからですか？」

「まあ、それだけではないんですが。最近は本の執筆で時間がなかったこともあって」

「ところで、あの出版社の社長が校正校閲をお願いしたいと言ってきたとき、すぐにお引き受けになったんですか？」

「いえ」

スンウは当時のことを思い返すように首をややかしげて言った。

「わたしは校正校閲の専門家ではないじゃないですか」

「専門家の中の専門家である作家が、ですか？」ヨンジュが笑顔で問うと、彼はすぐに言い方を変えた。

「あ、つまり、それを生業《なりわい》としている人間ではないという意味です。本全体の校正校閲をしてみようと思ったこともありませんし。なので、かなり悩みました。悩んだ末に、今回だけやってみよう、という気持ちで引き受けたんです。あの社長さんに対して申し訳ない気持ちもありましたし」

「あの本について容赦なく批判したからですか？」

「いいえ。あの本の出版に関しては本当に誠意が感じられなかったので、批判したことを申し訳ないとは思っていません」

スンウの話からは文章ほどの辛辣さは感じられなかった。当たり前のことを言っているというような彼の話し方、いや彼の雰囲気のせいだろう。

「自分の対応が相手を追い詰めたような気がして、それが申し訳なかったんです。わたしの欠点です」

スンウがヨンジュの目を見た。

「なかなか直せない欠点が一つあるんです。どんなときも合理的に振る舞おうとするところ。相手が感情に訴えてきたら、ますます理性的に対応しようとしてしまう。融通が利かないタイプなんです。自分でもよくわかっていて普段は気をつけているんですが、あのときはダメでした」

ヨンジュは、みずから率直に打ち明ける彼の姿勢に興味をひかれた。生真面目な態度がつまらないと感じられないのは、まさにその率直さのおかげだろうと思った。彼女は時間を見ながら、準備しておいた質問を続けた。

「何かを読んだり書いたりするときに一番注意を払うことは何ですか。文章でしょうか？」

「いえ、文章ではありません。みなさんそう考えると思いますが」

「では？」

「声です。作家の声。文章は多少まずくても良い声を持っている作家の書いたものを読むと、力が感じられますよね。良い文章が大事なのは、まさにその声に必要だからだと思うんです。良い文章は声をはっきり伝えてくれるんです」

「どういうふうにですか？」

「悪い声を持つ作家がいるとします。悪い文章というのは声をぼかすので、ともすれば、悪い声を悪い声のように感じさせなくするんです。よく、無駄の多い文章はダメだと言いますよね。その無駄が悪い声を隠してしまうからなんです。良いように感じさせるんです、悪い声を」

「その逆もあるわけですね」

「はい。下手な文章が良い声を隠してしまうことも多いです。そういう場合、文章を整えてやれば、作家の声がきちんと伝わるようになるんです」

「ああ、どういうことかわかる気がします」

ヨンジュはうなずいてスンウを見た。ややうつむいて答えていたスンウも彼女を見た。彼の目を見ながらヨンジュはさらに聞いた。

「実はこれは、わたしが一番聞いてみたかった質問なんです。あなたの文章とあなた自身は似ていると思いますか？」

ヨンジュが、彼と初めて対面したときの、あのきらきらした目をして聞いた。スンウは、彼女がさっきもその目をしていたこと、そしてその目が何を意味しているのか自分は知りたがっていることを同時に意識しながら、質問に集中しようと努力した。

「今日受けた質問の中で一番難しいですね」

「そうですか？」

「実は、わたしはその質問自体に疑問を覚えます。はたして、わかる人がいるでしょうか。ある文章と、それを書いた人が似ているかどうかを。いくらそれを書いた作家本人だとしても、です」

ヨンジュは、自分が文章を読むときにいつもしていた作業（文章と作家をつなげてみること）が、誰かにとっては馴染《なじ》みのないものであることを知った。言われてみればその作業は、自分が一人で楽しんでいた「遊び」に過ぎないのかもしれない、との思いが頭をよぎった。自分は彼を困らせる無礼な質問をしたのかもしれない、とも。本来の意図とは違い、「あなたの書いた文章とあなたは似ていないが、あなたはそのことに気づいているのか」という意味に聞こえたかもしれない。だがけっして、彼に恥をかかせようとその質問をしたわけではない。

「うーん……わたしはわかるんじゃないかと思います」

スンウは興味深そうな表情でヨンジュを見た。

「どうやってですか?」

「わたしはニコス・カザンザキスの文章を読むと、彼のあるイメージが思い浮かぶんです。たとえば、列車の窓辺に座って深刻な表情で外の景色を見ている姿とか」

「どうしてですか?」

「彼が旅好きだったからです。そして人生について真剣に悩む作家だったからです」

スンウは何も言わず彼女を見ていた。

「彼は、面白おかしく誰かの陰口をたたくような人ではなかったと、わたしは信じます」

「どうやって信じられるんですか?」

「文章がそう物語っていますから」

文章が物語っている、か。彼女をじっと見つめていたスンウは、何度かまばたきをしたあと言った。

「うーん……今のお話を聞いてみると、こういうお返事ならできそうです。わたしは嘘をつきたくないので多くは語らない、と。できるだけ自分の真実に近い文章を書こうと努力はしています」

「もう少し詳しく話していただけますか?」

「文章を書いていると、知らず知らずのうちに嘘をついてしまうこともあるんです。たとえば、わたしがこの一年間、映画を一本も観なかったとすると、ある日ふと何の気なしにこう考えるんです。この一年、映画を観なかったな、自分は映画が好きではない人間らしい、と。そのあと、一年間映画を観なかったという事実は意識から消えて、『自分は映画が好きではないらしい』という解釈だけが残るんです。そして、いつものように文章を書きます。あれこれ書いている途中、何気なくこんな文章を書くんです。わたしは映画が好きではない。間違っているようには思えませんよね。自分自身もうっかりだまされてしまうほどです。でも、事実はこうです。わたしはそれなりに映画が好きなほうだが、仕事があまりに忙しく、観られなくなってからもう一年になる。じっくりよく考えれば真実にたどり着けるのに、よく考えずに書くと嘘をつくことになるんです。意図的につこうとしたのでなくても」

「この場合の真実の文章は……」ヨンジュが言った。

「わたしはこの一年間映画を観なかった、あるいは観られなかった、くらいになるでしょう」スンウが答えた。

トークイベントは自然な流れで進んでいった。参加者の反応も良かったし、ヨンジュとスンウの息も合っていた。質疑応答の時間には、まるで参加者が主人公になったようだった。その髪は天然パーマですかという質問が飛び出すかと思えば、自分の文章に満足しているかとスンウに尋ねたうえで「私が思うに五六ページの二五行目は良くない文章では」と指摘してのける人までいた。スンウはその質問をとりわけおもしろがって、その人としばらく文章談義を交わしていたが、お互いに追究するスタイルが違うということですっきり決着がついた。

参加者はみんな帰っていった。スンウと出版社の編集者も、あいさつをして店をあとにした。今日もまだ退勤していなかったミンジュンとヨンジュが一緒に後片付けをした。ある程度片付いたころ、ヨンジュが冷蔵庫から瓶ビールを二本取り出してきた。二人は、ほかに誰もいない店内で、並んで座ってビールを飲んだ。ミンジュンは一口おいしそうに飲んだあと、ヨンジュに聞いた。

「好きな作家に会うってどんな気分ですか？」

「いいわよ、そりゃ」

「僕もそういう作家を一人作らないと」

「いいわよ、それ」

ヨンジュはビールを飲みながら、トークイベントで何かミスしたことはなかったか、じっくり振り返ってみた。今回は録音の書き起こし作業も楽しく感じられることだろう。一週間以内にトークの内容をブログとSNSに載せ、次回イベントの準備もすぐに始めなければならない。でも今日はそれさえも負担には感じられなかった。

「ところで、ヒョン・スンウさん、あそこまで疲れた顔の人もあんまりいませんよね」

ミンジュンの言葉にヨンジュは思わず吹き出した。笑いがおさまった彼女はスンウの姿を思い浮かべてみた。疲れているようでも、くたびれ果てているようでもあったその姿を。生真面目で率直だった姿を。質問の意図を理解しようと努力し、誠意をもって答えていた姿を。ヨンジュが文章から想像していたのと、とてもよく似ていた姿を。

書店のオープン以来、日曜休業をかたくなに守ってきたヨンジュに、いっそ月曜日を休みにしたらどうだと助言してくる人が何人かいた。ほかの書店の店主たちが「本屋は週末商売だ」と言っているのもときどき耳にした。収益を考えると「そうすべきかな」と心が揺れることもあるが、ヨンジュはむしろ逆に、「書店が根を下ろしたら」店主である自分も週五日勤務にしようと楽しみにしていた。

だが、いったい「書店が根を下ろす」とはどういう意味だろう。従業員に充分な給料を支払い、店主自身も食べていけるくらい稼げるようになったら、根を下ろしたことになるのだろうか。それとも、ほかの商売と同じく、「けっこう儲けた」という手応えを感じるくらい通帳の数字がどんどん増えていって初めて、根を下ろしたと言えるのだろうか。どういう意味であれ、ヨンジュは最近「ヒュナム洞書店は永遠に……永遠に……！根を下ろせないかもしれない」と考えることが、とみに増えた。いつまでも根を下ろせなかったらどうすればいいのだろう。予定どおり店を畳むべきか、それともほかの方法があるのだろうか。

あれこれ悩みは尽きないが、やはり日曜日は心が安らぐ。朝起きてから夜眠るまで完全に自由だ。外向的な面と内向的な面を併せ持つ彼女にとっても、人を相手にする仕事はなかなか大変だ。仕事中も一日に何度かは、しばらく一人になりたいという思いが強烈に湧き上がってくる。内向的な自分を鎮められないまま、まる一日過ごした日の夜は、なかなか眠れなかったりもする。静かに座って、ほんの一時間でもいいから完全に一人で過ごす時間が必要だ。だから日曜日は貴重だ。日曜日の一日だけでも、人と接する緊張から解放されたい。

ヨンジュは朝九時に目を覚ました。顔を洗って、コーヒーを一杯淹れる。コーヒーを飲みながら、今日は何をして過ごそうかと考えてみるが、考えたところで、特に何もせずに過ごすことになるのは彼女自身もよくわかっていた。おなかが空いたら冷蔵庫を開けて目についたものを引っ張り出して食べるのだろうし、朝ご飯を食べたあとは、バラエティー番組を何本かダウンロードしてくすくす笑いながら何時間も見るのだろう。その間ずっと机の前に座ったままだろうし、夜ベッドに入るまではこのリビングから出ないだろう。

ヨンジュの家はシンプルだ。二つの個室のうち一つにはベッドとタンス、もう一つには壁一面の本棚、キッチンには単身用冷蔵庫、リビングには大きな机と椅子、サイドテーブル、スリムで背の低い本棚、それで全部だ。ジミが二人掛けソファでも置いたらどうかと言うので考えてはいるけれど、今のままでもいいだろうと思っていた。

スペースがあるからといって、必ずぎっしり埋めなければならないのだろうか。がらんとした雰囲気。そういう雰囲気を追求するのも充分価値のあることだろう。ただ、ヨンジュの家にも、あり余るほどのものが一つあるにはあった。照明器具だ。リビングには照明が三つもある。一つはベランダの窓の横に、もう一つは机の横に、最後の一つは寝室のドアの横に。どんなものであれ、照明に照らされるとしっとりした魅力を放つようになるのが、彼女は気に入っていた。

机には、書店にあるのと同じノートパソコンが置いてある。家にいるときは、何をするのもたいていその机だ。今日も朝ご飯を食べたあと、そのままインターネットでおもしろそうなバラエティー番組を探した。何年も続くようなものは見ない。1クールくらいのものが良い。二、三カ月楽しく見ているうちに終わる番組。よく見ていた番組が終わると、なぜか自分の心もリセットされる気がした。

今日のように適当な番組が見つからないときは、以前見たものをまた見たりもする。ヨンジュは、ナ・ヨンソクプロデューサーの作る番組は全部好きだ。良い人たちが、良い風景の中で、良い対話をする番組だからだ。真摯でひたむきな姿を見ていると、なんとなく安心するというか。なかでも一番好きなのは「花より青春」〔芸能人三～四人が共に外国でバックパックの旅をする番組〕。その中でも一番好きなのはアフリカ編とオーストラリア編だ。出演者は知らない人ばかりだったけれど、彼らの若さや明るい笑顔は、見ているだけで気分が良くなった。

彼らの姿を見ながらヨンジュも、自分の歩んできた時間を、間違いなく青春ではあったけれど青春と呼ぶにはお粗末なその時間を、懐かしむことができた。彼女にとって青春はユートピアのようなものだ。どこにも存在しないユートピアのように、実は青春も、誰も手にしたことのない時間なのではないだろうか。奇跡のように澄んだオーストラリアの空のような、若く輝かしいアイドルたちの一瞬の微笑みのような、彼らに与えられた一度きりの休暇のような、もしかしたら誰もまともに手にしたことのない、そんな青春の時間。ヨンジュは、謳歌《おうか》することも叶わなかった青春を懐かしんでいる自分自身を可笑しく思った。

彼女は、すでに二度も見たアフリカ編をもう一度見た。圧倒的な風景にあらためて驚異を覚え、その広大で美しい風景の中で共に笑い、支え合う若者たちの姿に、また胸がいっぱいになった。もし自分もそこに行けるなら、彼らのように砂丘を歩いて登り、てっぺんに腰を下ろしてみたかった。そうやって日が昇ったり沈んだりする様子を見たらどんな気分になるだろうか。うっとりするだろうか、それとも寂しいだろうか、もしかしたら涙が出るかもしれない。

アフリカ編を第四回まで見たあと窓の外に目をやると、町に夜の帳《とばり》が下りてきていた。青春を懐かしむ回数とは比べ物にならないほど頻繁に、ヨンジュはこの時間を恋しく思った。暮れゆく夕闇。その中を歩くのも、それを見るのも好きだ。青春のように知らぬ間にふっと消え去ってしまうけれど、それでも毎日忘れずにやってくるので、消えたからといって悲しむことはない。彼女は、間もなく過ぎ去るこの瞬間をじっくり楽しむため、窓辺に椅子を移動させた。膝を立ててその上に腕を載せ、窓の外を眺めた。冬の夜が始まろうとしていた。

一日じゅう一言も話さずに過ごすことにも、もう慣れた。一人で暮らすようになった当初は、夕方になるとわざわざ「あー」と声を出してみたりもした。その行動が自分でも可笑しくて吹き出したことも何度かある。

今では、喉を休ませてやる時間だと考えて、話をせずに過ごす一日も自然と受け入れている。声を出さずにいると、心の声がより大きく聞こえてくるようでもある。実際、声には出さないだけで、ヨンジュは一日じゅう何かを考え、感じている。考え、感じたことを表現したいときは、話す代わりに文章を書く。ある日曜日には、そうやって書いた文章が三本にもなった。どこにも公開しない、彼女だけの文章だ。

リビングもすっかり暗くなった。ヨンジュは椅子から立ち上がり、三つの照明を一つずつつけて、また腰を下ろす。しばらくするとまた立ち上がり、サイドテーブルを自分の前に移動させ、本棚から本を二冊持ってきた。最近、短編集『あまりにも真昼の恋愛』と『ショウコの微笑』を毎晩一章ずつ交互に読んでいる。今日は『あまりにも真昼の恋愛』から読む番だ。

六番目の小説のタイトルは「犬を待つこと」。母親が散歩の途中に犬を逃がしてしまい、海外に留学中の娘が帰国して一緒に捜す、という場面から始まる。続いて、家庭内暴力、レイプ、疑念、告白を経て「展望」で物語は終わった。ヨンジュは最後まで読んだあと、直前のページに戻って、この日初めて声を出して何文か読み上げた。

「どんな展望もほんの些細なことから始まるの。そしてついには、それがすべてを変える。たとえば、毎朝あなたが飲むリンゴジュースとかね」〔キム・グミ『あまりにも真昼の恋愛』〕（日本語版は、すんみ訳、晶文社、二〇一八年刊行）

ヨンジュはこんな小説が好きだ。つらく苦しい時間の中にいる誰かがかすかに見える遠くの光を頼りに進んでいくように、〝それにもかかわらず〟生きていくことを誓うような小説。純真な希望やなまじっかな希望ではなく、われわれの人生に残された最後の条件としての希望を語るような小説。

同じ文章を声に出して一度、さらに目で何度か読んだあと、彼女はキッチンへ向かった。電気をつけ、冷蔵庫から卵を二個取り出して、オリーブオイルを引いたフライパンに割り入れる。ご飯を茶碗《ちゃわん》に半分ほどよそう。その上に目玉焼きを二つのせ、醤油《しょうゆ》を半さじほど垂らす。ヨンジュの好きな目玉焼き醤油ご飯だ。彼女はこれを作るとき、必ず卵を二個使う。ご飯の一粒ひと粒に黄身をまとわせるには二個必要だった。

電気を消して、スプーンでご飯をかき混ぜながら窓のほうへ歩いてきたヨンジュは、五分前とまったく同じ姿勢で座った。窓の外を見ながらご飯を食べていた彼女は、やがて茶碗を置き、テーブルに置いてあった『ショウコの微笑』を手に取った。口をもぐもぐさせながら目次を確認する。同じく、六番目の小説を読む番だ。タイトルは「ミカエラ」。これも母と娘が主人公のようだ。最初のページを読み始めたときは、終盤で自分が涙をぽろぽろこぼすことになるとは想像もしていなかった。

日曜の夜も、ほかの日と同じく本を読みながら眠りに落ちた。心満たされる日曜日を過ごした夜には、一週間にもう一日くらいこんな日があったらなと思う。それでも月曜の朝になると、慌ただしく一日を始めなくてもいいのだという喜びを嚙みしめながら出勤することができた。これからもちょうどこれくらいの感じで、いや、これよりもう少しだけゆとりを持って暮らせたら、とヨンジュは思った。今よりもう少しだけ自由があれば、この生活を続けていけそうな気がした。

なんでそんな顔してんの？

ミンジュンは欠点豆を選り分けながら、焙煎士たちとぽつぽつと言葉を交わした。椅子に座って楽な姿勢ですればば、と言う焙煎士に「はい」と返事はしたものの、そのまま腰をかがめて作業を続けた。「社長さん、遅いですね」ミンジュンが誰にともなく言うと、ある焙煎士が「何カ月かに一回あることです」と答えてくれた。「なんかあるんですか？」とミンジュンが聞くと、今度は別の焙煎士が「こっちが知りたいくらい。ただ遅れる、ってだけ連絡があって」と言いながら、彼のそばに椅子を持ってきてくれた。

「あ、ありがとうございます」

「ミンジュンさんこそ、なんかあるんじゃないの？」

椅子を持ってきてくれた焙煎士が聞いた。

「どうしてですか？」

焙煎士は鏡を指して言った。

「もしかして、最近鏡見てない？」

ミンジュンがふっと笑うと、焙煎士もつられて笑った。

ミンジュンは椅子に座って、変形や変色のある生豆をまた選り分け始めた。ゴミ箱行きの豆だ。

使えない生豆は思い切って捨てなければならない。一個でも交じると、どこか残念な味、物足りない味のコーヒーになる。ひと粒の豆がコーヒーの味のすべてを左右する、とも言える。ミンジュンは、こうやって豆を捨てるように、捨てなければならない考えもあるのだろうと思った。考えひとつが精神をかき乱すこともあるのだから。彼は、身を縮めたように丸まった豆をつまみ上げて、じっと見つめた。できることなら、縮こまった豆をまっすぐに伸ばしてやりたかった。力を加えてみた。だが、豆はびくともしない。もう一度力を加えてみた。そうやって三回目に力を加えているとき、ジミが入ってきた。

「お！　やっと来たわね。もうこのまま来ないのかと思ったじゃない」

ミンジュンは、自分のほうへ歩いてくるジミを見てびっくりした。びっくりしていることがバレないようにしなければと思うと余計に表情がこわばっていくのを感じた。彼女は泣いていたようだ。腫れた目で笑うものだから、腫れているのがさらに目立つ。

「豆をブレンドしておいたっておっしゃってたじゃないですか」

ミンジュンは気づいていないふりをして言った。

ジミは彼のそばを離れ、進行状況を確認して回った。注文の数量を一つひとつ細かくチェックし、焙煎の終わった豆を手で触ってみたり、香りを嗅いだりした。彼女が、豆の粉砕を確認している焙煎士のもとへ近づくと、焙煎士はうなずいて「これです」と言った。

「あとどれくらいかかる？」

「一〇分もあれば終わります」

ジミが右手で電話の形を作って耳に当て「終わったら連絡して」というジェスチャーをすると、

焙煎士は肩をすくめ、指でドアのほうを指した。焙煎が終わったらそっちに持っていきます、という意味だ。ジミは指でＯＫのサインをしたあと、ミンジュンに、ついてくるようにと手招きした。前を歩いていた彼女は焙煎室を出るなり振り返ったかと思うと、ミンジュンの顔をまじまじと見て言った。

「ところで、なんでそんな顔してんの？」

「ああ」

ミンジュンは意味もなく手で頰を触った。

「目が落ちくぼんでる。人生に疲れた目ね。なんかあった？」

ジミにそう聞かれ、今度はミンジュンが心配そうな目で彼女を見た。

「それはこっちが聞きたいです。社長さんの目、今ハンパなく腫れ上がってるの、ご存じですか？」

ジミは「あ、しまった！」と言うと、手のひらでまぶたをぐーっと押さえた。

「ここに来る途中あんなに押さえてたのに、うっかりして、入る前に確認しなかったわね。だいぶ目立つ？」

ミンジュンはうなずいた。

「あの子たちも気づいてたかな？」

ミンジュンはまたうなずいた。

「あー、あたし、もうほんとにわかんない。ま、とにかく行こう」

ゴートビーンには、そこらのコーヒーショップ顔負けのコーヒーマシーンが何台かある。豆の味をチェックするためのものだ。豆の確認にくる客にはここでコーヒーを淹れて飲んでもらう。たまに、ヨンジュのようにコーヒーの淹れ方も、テイスティングの仕方もろくに知らない、カフェの新米店長が来ることもある。そういうときは、一から順を追って教えてやりながら関係を築いていく。一度つながった縁は簡単には切れない。だからゴートビーンには古くからの客が多い。

ジミはカウンターの中に入り、ミンジュンは外側の椅子に座った。互いに顔を見合わせて大笑いしたあとは、二人ともすっと気持ちがほぐれた。ジミがミンジュンに聞いた。

「仕事が嫌になった?」

ミンジュンはかすかに微笑んだ。

「いえ。ただ、ちょっと迷っていたんです」

「迷う?」

「ヨンジュ店長が言ってました。人間は努力する限り迷うものだって」

「まーた、そんなこと。どこで拾ってきたって?」

「ゲーテの『ファウスト』に出てくる言葉だって言ってたと思います」

「はあ、まったく。カッコつけんのもいい加減にしてほしいんだけど。あの子、いい子だし、あたしとも合うけど、そうじゃなかったら、ほんとに一発ひっぱたいてるとこよ」

二人は一緒に笑った。

「で、努力してて迷ってた、ってわけ?」

「適当にスルーしようと思ってたのに、ツッコまないでくださいよ」

ミンジュンの言葉にジミはうなずいた。

「そうね。適当にスルーしたいときもあるわよね」

「今、社長さんもそういう気持ちですか？」

「何が？」

「泣いてた理由、適当にスルーしたいですか、ってことです」

ジミが答えようとしたとき、焙煎士が、粉砕した豆を密閉容器に入れて持ってきた。一つは二キロ、もう一つは二五〇グラムだ。ジミが二五〇グラムの容器を指さした。

「そっちは何？　ミンジュンにあげるってこと？」

焙煎士が、ジミには手でＯＫのサインをし、ミンジュンにはウインクをして戻っていくと、彼女は言った。

「あの子、口の中に何か入ってたの？　なんでしゃべらないの」

「社長さんもさっきそうだったじゃないですか」

ミンジュンが手で電話のジェスチャーをすると、ジミは「ま、いちいち難しいわね。あたしが口で言わずに手で指図したからああするんでしょ？」と言いながら椅子から立ち上がった。

ジミは収納棚からペーパーフィルターとドリッパー、サーバー、ケトルを取り出した。テーブルの上の湯沸かしポットに浄水を入れて湯が沸くのを待ち、沸いたらポットのふたを開けて少し待った。待っているあいだにドリッパーにフィルターをセットし、それをサーバーの上に載せながら言った。

「今日はハンドドリップで淹れてみるから」

ジミはポットの湯をケトルに移した。

「前に習ったこと覚えてる？」

「はい」

「家でやってみたことある？」

「よくやってます」

「そう？　良かった。今日も前回と同じ。あたしはカンでやるけど、ほんとは、正確に淹れようと思ったらスケールとかも使わないといけないのは知ってるわよね。聞きたいことがあったら聞いて」

ジミは、コーヒー粉を入れる前にフィルター全体を湯で湿らせた。続いて、細かく粉砕した粉をフィルターに入れる。ケトルを持ち上げ、粉全体を湿らせるように湯を注ぎながら、つぶやくように言った。

「間違いなく、ハンドドリップで淹れたほうが味に深みが出る。不思議よね。機械のほうが正確なはずなのに」

ミンジュンは、中心から外側に向かってゆっくり円を描くように湯を注ぐジミの姿を見守った。外側まで注ぐと少し手を止めて「見て、この泡」と言い、また中心から外側へと湯を注いだ。ミンジュンはコーヒーがサーバーに落ちる音を聞いていた。

「湯を注ぐのをいつ止めればいいのか、毎回悩むんです」

「湯の落ちる速度が遅くなったら止めたらいいんだけど。苦いのが好きならもうちょっと注いでもいいし」

「はい、それはそうなんですけど、最上の味っていうのが具体的にどういう味なのか、はたして僕にわかるんだろうかって思うことがあるんです」

「あたしも同じよ。ひたすら自分のカンを信じるの。何度も淹れて、何度も飲んでみるしかない。

ほかの人が淹れたコーヒーもたくさん飲んでみてさ」

「はい」

「自分のカンを信じたらいい。あなたのカン、けっこういけると思う」

「ときどき、社長さんのおっしゃること、信じてもいいのかなって思うこともあって」

ジミは収納棚からコーヒーカップを取り出しながら笑った。

「人生なんてそんなもんでしょ。信じようと思う人の言葉を信じたらいい」

ジミは、コーヒーを注いだカップをミンジュンの前に置いた。そして自分のカップにも注ぎながら言った。

「このコーヒーを飲んだら、あたしのこと、ものすごく信じたくなるわよ」

二人は香りを味わってから一口飲んだ。軽く閉じられていた二人のまぶたが開き、視線がぶつかる。ミンジュンはカップをテーブルに下ろしながら「ほんとにおいしいです」と言った。ジミは当然よ、とばかりに「でしょ」と答えた。二人はコーヒーをすすりながら、とりとめのない話、すぐに忘れてしまってもいいような話をした。しばしの沈黙のあと、ジミがカップに目をやりながら言った。

「あたしもほんとに、適当にスルーしたい」

ミンジュンは彼女を見ながら、次の言葉を待った。

「適当にスルーしてるうちに、本当に、大したことじゃないって思えるようになったらいいんだけど。なかなかそうはいかない。あの人が関係してることはなんでも大ごとに思えちゃって」

「何かあったんですか？」

「いつものこと。でも今回は、自分でも爆発しすぎたなって。危うくひっぱたくとこだったんだから」

ジミは笑顔を作ろうとして諦めた。

「家族ってなんだろうって。いったいなんだって家族のために、自分で自分の感情をコントロールできない状況までいかないといけないのか。ミンジュンさんは結婚しようと思ってる？」

三〇を過ぎたが、結婚について真剣に考えてみたことは一度もなかった。自分にもできるんだろうかと、ちらっと思ったことがある程度だ。

「わかりません」

「よく考えてからしなさい」

「そうですよね」

「あたしはしくじった。あの人とは家族として結ばれるべきじゃなかったのに。恋人としては良かったの。ただの知り合いとしてでも問題なかったと思う。でも一緒に暮らす人としてはダメ。だけどさ、結婚する前はそんなことわかんないじゃない」

「ですよね」

「このコーヒー、冷めてもいけるでしょ」

「ほんとにそうですね」

しばしの沈黙のあとミンジュンは言った。

「うちの両親は仲が良くて、一度もケンカしたことがないんです。僕に見せないようにしてただけかもしれませんけど」

「わあ、すごい」

「子どものころはそれがすごいことだって気づかなかったけど、大きくなるにつれてわかってきたんです。うちの家族は、まるで三人一組のチームで何か競技でもしてるみたいに一致団結して暮らしてたような気がします」

「仲良し家族ね」

「そうですね。でも……」

「でも？」

ミンジュンはカップの持ち手を軽くトントンと叩いてジミを見た。

「それが必ずしもいいこととは限らないって、最近思うんです。家族はべったりしすぎても良くない、ある程度距離を置くのがいい、そう考えてみてるところです。それが正しいのか間違ってるのかはまだわかりませんけど、とりあえずその考えを抱いて生きてみようって」

「その考えを抱いて生きてみる？」

「ヨンジュ店長が言ってたんです。何か考えるところがあるなら、とりあえずその考えを抱いて生きてみたらいいって。そのうち、それが正しいかどうかわかるようになる。正しいのか間違ってるのか、先に決めてしまわないでって。なるほどなって思ったんです。だから、考えを行動に移してみようと思って。別に、何かすごいことをやろうっていうんじゃないんです。ただ、ちょっと距離を置いてみようかなと。しばらくは両親のことを考えないようにしようと思ってます」

ヨンジュの言うとおり、今は自分自身にとっていいように考えることにした。

ジミとミンジュンは残っていたコーヒーを飲み干した。ミンジュンは、すっかり冷めてしまったコーヒーがどうしてこんなにおいしいのだろうと思った。考えるまでもなく、豆の質が良いから、上手に抽出したから、という答えが出た。ジミは二人分のカップをテーブルの脇に寄せて立ち上がった。

「さ、そろそろ行きなさい」

ミンジュンはテーブルの上の豆をかばんに入れて立ち上がった。ジミに目であいさつし、何歩か歩いたところで振り返った。テーブルの上を片付けていたジミが「なに？」という意味で眉毛を上げると、彼は言った。

「こんなこと言うべきかどうかわからないんですけど。社長さんも一度真剣に考えてみられたらいいと思うんです」

「何を？」

「家族についてです。一度家族になったからって、ずっと家族であり続ける必要はないじゃないですか。もし家族と一緒にいて不幸なら、それは違うと思うんです」

ジミは黙ってミンジュンを見た。今彼の言った言葉が気に入った。迷い、思い悩みながらもずっと自分に言えずにいた言葉を、彼が勇気を出して言ってくれていた。ジミは彼を見て微笑んだ。そして指でOKのサインをしてみせた。

ミンジュンはゴートビーンをあとにした。ちょっと余計なことを言ったかなと思ったけれど、実際、ずいぶん前から言いたかったことなので、後悔はしていなかった。

仕事に対するわたしたちの姿勢

読書会のメンバーが一人、二人と書店にやってきた。ヨンジュを含め九人が輪になって座った。リーダーのウシクをトップバッターに、右回りに一人一言ずつ「何でもトーク」を披露した。誰かが、髪を切ったとか、ダイエットを始めたとか、友だちとケンカしてブルーな気分だとか、歳をとるとちょっとしたことで悲しくなるとか言うと、また別の誰かが、ヘアスタイルがよく似合っている、今のままでいいのになんでダイエットなんかするの、その友だちが間違っていると思う、若い人も悲しくなるからあまり気にしないで、などと共感してあげた。

ミンジュンは今日も、早く帰る気はなかった。店内に客がいないのを確認すると、メンバーたちの輪のそばに椅子を持っていき、そっと腰を下ろした。すると、誰からともなく少しずつ動いて、彼のためのスペースを作ってくれた。いえいえと手を振って遠慮すると、メンバーたちはいやいやいやと、もっと激しく手を振るので、ミンジュンは観念したように椅子を前に引いて輪に加わった。

今日の読書会の課題本は『働かない権利』だ。

「では討論を始めたいと思います。話したいことがあるときは手を挙げて発言してください。様子を見てちょっと口を挟むくらいは構いません。みなさんご存じですよね。でも、いくら言いたいことがあっても、ほかの人の話は遮らないようにしてくださいね」

ウシクが話し終わると静寂が流れた。メンバーたちは待った。討論には「強要」がない。話したければ話せばいいし、ただ聞いていたければ聞いていればいい。しばしの静寂を破って、友だちとケンカしてブルーな気分だと言っていた二〇代半ばの女性が手を挙げて発言した。

「将来は働き口が今よりもっと減るっていうじゃないですか。人工知能だの、自動化だの、プラットフォーム企業だのっていって。だからすごく心配だったんです。いつまでアルバイトだけで暮らしていかないといけないんだろうって。それで、政府になんとか手立てを考えて働き口を増やしてもらいたいと期待してた気がします。方法はまあ、あっちで考えてもらうってことで。でも、二五ページにこんな文章があったんです」

それを聞いてみんなが本を開くのを見て、ミンジュンも陳列台から本を持ってきて座った。女性は二五ページにある文章を読んだあと自分の考えを述べた。


「社会が雇用を創出しつづけねばならないほど、仕事というのはそんなにすごいものなのか？生産性が極度に発達した社会でも、すべての人が一生働きながら暮らすべきだと考える理由は何だろうか？」〔デイビット・フレイン、『働かない権利』（原題 *The Refusal of Work: The Theory and Practice of Resistance to Work*, Frayne, David）、チャン・サンミ訳、トンニョク、二〇一七〕

「この前ここで、ある方が、本は斧《おの》のようであるべきだ、っておっしゃってましたよね。私、この文章を読んで、本当に頭を斧でガツーンと殴られたような気分だったんです。そうよ、みんな大騒ぎしてるけど、仕事ってそんなにすごいもの？　私たちは、働けないことを心配するんじゃなくて、食べていけないことを心配するべきなんじゃない？　つまり、政府が究極的にすべきなのは雇用創出じゃなくて、国民が食べていく方法を模索することじゃないの？　そう考えるようになったんです」

また静寂が流れた。ミンジュンもすぐにその静寂に慣れた。やがて、ダイエットをしているという四〇代初めの男性が言った。

「働かないと食べていけない、というのが既成事実化した社会で生きてきたので、僕はそう簡単にはその二つを分離できないなと思いました。働かないのに食べていける？　この本を読んで理論上は可能だというのはわかるんですけど、気持ち的には受け入れにくいというか。なので、僕にはこの本が理想的すぎるように思えました。でも読んで良かったと思ったのは、仕事に対する自分の観点を理解させてくれたところです。自分がどうして仕事を倫理的に価値あるものと考えているのか、どうして働いていないと怠け者、役立たずと考えてしまうのか、どうしてより良い就職先を目指してあんなに努力してきたのか、理解できたんです。ところで、みなさん虚しくなりませんでしたか？　結局この本が言っているのは、仕事に対する僕たちの観点や考えは過去に誰かによって恣意的に作られたものに過ぎない、ってことですよね？　僕たちはそれを真理であるかのように崇《あが》めたてて生きてるわけで」

「私も虚しくなりました」髪を短くカットしてきた三〇代中盤の女性が言った。

「仕事を倫理的優位に置いて、働く人は価値があって、働かない人は価値がないと考える、そう考えるようになった背景には清教徒《せいきょうと》の道徳律がある、ということじゃないですか。日々労働に励んで救いを得よ、っていう清教徒の価値が、時とともに流れ流れて二一世紀の韓国に生きる私のような無神論者にまで伝わってきた。で、その無神論者は今、仕事を手放してなるものかと必死で生きている、ということですよね。その無神論者は、子どものころから早々と『私はカッコいいキャリアウーマンになるんだ。だんなさんが仕事を続けさせてくれなかったら離婚するんだ』って息巻いていたんです」

無神論者の女性はひと息置いたあと話を続けた。

「で、問題は、その無神論者は今も、仕事に情熱を注ぐために、労働を美化するありとあらゆる言葉を頭に刻みつづけている、ってことです。働くのは良いことだ、仕事は一生懸命しないといけない、働くことができて本当にありがたい、働けなくなる人生は本当に恐ろしい、って」

「それは悪いことではないんじゃないですか？」ウシクが無神論者の女性を見た。

「でもそう言ってて、結局、良いか悪いか判断もできなくなったわけでしょう。この本によると」

「どうしてそれが悪いことなの？　どのへんに書いてあったか思い出せないんだけど」歳をとると悲しくなると言っていた五〇代後半の女性が尋ねた。

みんな一斉に、その内容がどこに書かれているか探し始めた。ミンジュンはみんなの話を聞きながら、大学の教養の授業で習ったマックス・ヴェーバーのプロテスタンティズムの倫理を思い浮かべていた。プロテスタンティズムの倫理は、時とともに流れ流れて無神論者の女性のみならずミンジュンにまで伝わってきた。ミンジュンも、プロテスタントたちのように勤勉に働く心の準備ができていた。彼らのように、働くことを神の思《おぼ》し召《め》しだと思ったことはないものの、四〇代の男性の言うように、誰しも生まれたからには当然働かなければならないとは考えてきた。

「ここです。七三ページ。私が読んでみますね」無神論者の女性が言った。

「労働の過程で、『人間性を排除するのではなくむしろ抱き込んで搾取する』という特徴を持つ疎外が登場したのだ。ここでの問題は、労働者が、働く際に自己表現や自己認識の機会を持てないことではなく、逆に、自分自身と仕事を完全に結合させて責任感を持てと要求されることにある」〔前掲〕

「七八ページにも同じ内容がありました」去年まで制服姿で店に来ていた大学生が七八ページを読んだ。

「言い換えれば、労働者を『会社人間』に変えるのだ。ヘーパイストス〔米国経済誌『フォーチュン』による世界企業番付「グローバル五〇〇」に入った企業の一つ（仮名）。経済学者キャサリン・ケイシーが著作で言及した内容〕は、労働者に忠誠心や個人的道義を感じさせるべく作られた「チーム」や「家族」といった組織内用語によって、労働者が仕事と自分自身を同一視するように仕向けた。「チーム」や「家族」といった理想は、職場を、経済的義務ではなく倫理的義務を負う場へと再規定し、労働者を組織の目標にいっそう強く縛りつけた」〔前掲〕

ここまで読んだあと大学生は無神論者の女性を見て言った。
「オンニは会社人間だったんだと思います。オンニのアイデンティティーや価値を会社に重ね合わせて、まるでオンニ自身が経営者であるかのように一生懸命働いてこられたわけですよね。ここに、会社は従業員を会社人間にするために『チーム』や『家族』といった用語を使う、と書いてあります。私の姉の夫がこの前チーム長になったんですよ。そのときはほんとに良かったなと思ったんですけど、今はこの『チーム』っていう言葉が怖いです。姉の夫も会社人間になることを要求されてるのかな、と思えて」

「でも、一生懸命仕事をする人や仕事が好きな人、イコール会社人間、とは言えないと思います。この本も、働くことが必ずしも悪いことだとは言ってませんよね。働く楽しさとか仕事を通しての成長も、わたしたちの人生を幸せなものにしてくれる一つの条件だと思うんです、わたしは」

ミンジュンは、初めて口を開いたヨンジュのことを見た。

「ただ、この社会が仕事に過度に執着していることとか、仕事がわたしたちからあまりにも多くのものを奪っているのが問題なんですよね。仕事中もたびたび『自分は消耗していってるな』って感じたりして。長時間働いて家に帰ってくるともう気力もなくて、自分の好きなこととか全然できないんです。この一二五ページに書いてあることに共感された方、多いんじゃないかなと思うんですけど」

「自分の時間の大半を、働いたり、仕事で奪われた気力を回復させたり、働くために金を使ったり、職を探し準備し持続するのに必要な無数の活動に消耗したりしているわれわれは、いざ自分のためにどのくらい時間を使っているのかという問いには、だんだん答えられなくなってきている」〔前掲〕

「結局、あまりに長時間仕事をしないといけなくて、仕事が人生のすべてになっていて、だから仕事が問題だってことですよね」

ミンジュンは、ヨンジュと初めて会った日、彼女が一日八時間勤務を強調していたことを思い出した。おそらく彼女はこの本を読んでそう考えるようになったのではなく、もともとそういう考えを持っていたのだろう。仕事が人間を消耗させてはならない、という考え。仕事に埋もれた人生が幸せであるはずがない、という考え。

「ぼくもそう思います」ウシクが言った。

「ぼくは自分の仕事が楽しいです。一生懸命働いたあと、家に帰ってビールを一杯やりながらゲームをするときの気分も好きだし、本屋に寄ってほんの数ページでもいいから本を読むのも好きです。でもヨンジュさんのおっしゃるとおり、あまりに長時間働いていると、その仕事がいくら楽しくてもそのうち疲れ果ててしまう、ってことです。家、会社、家、会社。そういう生活を一週間しただけでも、ぼくはほんとに死にそうでした」

「家に子どもがいたら、そういう日常も望めなくなります」ミンジュンの隣に座っている男性が言った。

「仕事の話をしているのに育児の話を持ち出して申し訳ないですけど、うちは仕事のせいで子どもの顔もまともに見られないんですよ。妻は最近、北欧にすごく憧れてまして。スウェーデンだかデンマークだかには、ラテパパって呼ばれるお父さんたちがいるらしいんです。会社から早く帰ってきて、子どもの世話をしながらカフェラテを飲むんだとか、なんとか。うちの場合、わたしも妻も、家に帰り着くころには九時を回っています。妻のお母さんがうちに来てくれてるんですけど、わたしたちが帰ってきたらバタンキューです。この読書会に参加するのが、わたしに許された唯一の趣味なんです。月に一回だけ。生きていくってのは本当に大変だって、最近よく思います」

「それなら、働く時間を短くすれば全部解決するんじゃないですか？」

二〇代の女性が場の雰囲気を変えるようにそう聞いた。みんなそれぞれ一言ずつ言いながら、笑う人もいれば、深刻な表情を浮かべる人もいた。

「そうできたらいいよ。でも、給料は同じでないと困るっていうのが問題だよね」

「大企業なら同じだけくれるかもしれないけど、問題は中小企業でしょ」

「バイトを使ってる自営業者も問題ですね」

「問題だらけね」

「とにかく、働く時間を短くするからって、給料を減らしたらダメだよ」

「ダメでしょ。何もかも値上がりして給料だけが上がらずにいるのに、これで減らされでもしたら。まったく」

「エライ人たちの給料はガンガン上がってるのに私たちの給料だけこのありさまって、ほんとに腹が立つ。実際、会社が回っていくようにしてるのは、私たちみたいな〝働きアリ〟でしょう？」

「蜂起すべきか？」

話が脱線しそうなのを見て、ウシクが手を挙げて討論の内容を整理した。

「ともかく、まだ今のところは、労働が、所得を分配するほぼ唯一の仕組みである、っていうのは事実で。だから食べていくには働かないといけないわけですね」

四〇代の男性は、近ごろは不動産で食べている人が一番だ、と言おうとしたが、話がまたそれていきそうなのでやめておいた。代わりに、本の内容に戻ってこう言った。

「つまり、この本が世に出ることになった理由はこういうことです。この社会は働かないと食べていけない構造になっているのに、世界的に、仕事にあぶれる人たちがだんだん増えているわけですよね。働いている人は疎外されるわ、消耗するわで人間らしい生活ができない。働いていない人は金を稼げないから人間らしい生活ができない。だから、全体的に働く時間を減らして、仕事にありつけずにいる人たちにも仕事を与えるべきだ、そう言ってるんですよね。理論的には可能な話なので」

「実際にも可能かもしれませんよね。でも、犠牲を払いたくないっていう人がいるから問題なんですよね」無神論者の女性が上のほうを指さして言った。

「まーた問題だ」みんなはくすくす笑った。

討論も一時間を過ぎるとみんな疲れてきたのか、軽い雑談を始めた。もともとこういう雰囲気なのか、ウシクもそれを制止するでもなく雑談に加わった。五〇代の女性は、自分の若いころは、ただ大人しく従って、何かを犠牲にしながら生きるのが当たり前だと思っていたけれど、最近の若い人はそうではないみたいでうらやましいと言った。すると若いメンバーたちは、従ったり犠牲にしたりするのも希望があればこその話で、最近は希望がないからそんな発想すらないのだと言って五〇代の女性を驚かせた。ほんとにそこまでひどいの、と若い人たちのほうを見ると、みんなうなずいた。希望がないというのはとても悲しいと女性は言った。

ミンジュンはみんなの話し声をバックに序文を読み始めた。一人あたりの国内総生産が個人の幸福総量に及ぼす微々たる影響や、生産と消費に偏った満足度の低い生活、仕事に対する概念を覆し成功よりも暮らしの満足を追求し始めた「ダウンシフト生活者」、といった内容が大まかに説明されていた。ダウンシフト生活者か。働く時間を減らすために高収入の職場を手放す、あるいはそもそも仕事をしない、という人たちがいるという。ダウンシフト生活でも食べていけるのだろうかとミンジュンが疑問に思ったそのとき、自分はダウンシフト生活者だという男性がちょうど話を始めた。

「自分はダウンシフト生活をしているので、この本にものすごく共感できたんです」男性は軽く咳《せき》払《ばら》いをして続けた。

「三年勤めた会社を辞めて、友だちの仕事を手伝いながらほそぼそと稼ぐようになって一年くらいになります。勤めていた三年間は本当に憂うつでした。あんなにやりたいと思っていた仕事をしてるのにしょっちゅう気がふさぐし、残業は果てしなくあるし、このままいったらおかしくなってしまうと思って、スパッと辞めちゃったんですよ。会社を辞めて、一日五時間だけアルバイトをしながら四カ月ほど過ごしたんですけど、良かったのは最初の一週間だけでした。仲の良い友だちに『最近どうしてる？』って聞かれても、口ごもってちゃんと答えられなくて。この本が良かったのは、ダウンシフト生活の示唆するところとかメリットだけを紹介するんじゃなくて、実践してる人たちの悩みや苦しみも伝えてくれているところです。ああ、あんなふうに卑屈になってたのは自分だけじゃないんだって思えて、気持ちが軽くなったというか。ここであらためて座右の銘を思い出すことになったわけですけど」

「座右の銘があるんですか？」

無神論者の女性が興味津々で尋ねた。

「僕の座右の銘は『すべてのことは一長一短』です。どんなことでもメリットがあればデメリットもあるのだから一喜一憂しないようにしよう、というふうに受け止めてます」

「それなら座右の銘は、一喜一憂しないようにしよう、にすればいいんじゃないの？」

女性が冗談っぽくツッコんだ。

「お！　それもいいですね」

男性が大発見をしたかのようなジェスチャーをして応じた。

「つまり僕が言いたいのは、ダウンシフト生活にも一長一短があるということです。もちろん、自分のために使える時間が多いのはいいことです。でもお金を稼げないから気持ちに余裕がないし、旅行ひとつ気軽には行けないんです。社会的にも認めてもらえないし」

「そういう考え方もあるでしょうけど……普通、ダウンシフト生活者は、そうでない人たちみたいにあちこち旅行に行きたいとか、社会的に認められたいとか、そういうことはあまり思わないのでは？　本にもそんなことが書いてありましたよね」

ミンジュンの隣に座っている男性がそう言うと、メンバーたちはうなずいた。

「ところで、ダウンシフトっていうのは、必ずしも自分の意思によるものとは限りませんよね」ヨンジュが手を挙げた。

「仕方なく仕事を辞める人も多いじゃないですか。体調を崩すこともあるし、精神的に不安定になることだってあるので。うつ病とか不安症を経験する会社員も多いですし。身体であれ心であれ、具合が悪くて仕事を減らしたり、仕事ができなくなったりしてるのに、社会はそういう人たちに向かって、そんな軟弱なことでは困る、って言うんです。本にもありましたけど、親までもが、いつになったら仕事するんだ、って子どもをせっつくじゃないですか」

「私たちが仕事を絶対視しているからじゃないかな、という気がします」

ミンジュンの隣の男性が、ヨンジュの言葉を受けて言った。

「子どものころから、なんであんなにガマン、ガマンだったのか。同級生の中には、登校中にバイクとぶつかって、あちこち擦りむいて血が出てるのに、家に帰らないでそのまま学校に来た子もいたんですよ。皆勤賞もらわないといけないから、って。そういう、つらくてもひたすらガマンっていう考え方が、会社に入ってからも私たちを縛りつけるんじゃないかと思うんです。調子が悪くても無理して出勤するし、本当に具合が悪くて出勤できなかったときですら、なぜか自分でも仮病みたいに思えてきて。実際、具合が悪かったら休むっていうのはごく当たり前のことなのに、どうしてこうなってしまったのか。〝点滴闘魂〟だの〝負傷闘魂〟〔体調不良や負傷を押してがんばる姿を表す言葉。おもに韓国の芸能、スポーツ界でよく使われる〕だのって言葉もあんまり好きじゃないです」

「そうですよ。自分自身を搾取してる言葉ですよね」ラテパパを夢見る男性が相づちを打った。

ミンジュンは、メンバーたちの教えてくれるページを開いて読みながら討論についていった。今読んでいるページでルーシーという人物は、働かないこと自体は本当に良いのだが親を失望させているという思いがつらい、と語っている。そして何度かため息をついたあと、「職を持って、みんなを失望させないようにすべきだったのに」と思う、とも打ち明ける。でも、かといって、自分がこの先働くようになるとも思えない、というのがルーシーの考えだ。

本には、かつて弁理士として働いていたが、今はバーでパート勤務をしているというサマンサの話も紹介されていた。ミンジュンはサマンサの言葉をゆっくりと二度読んだ。特に最後の一文は含蓄のある文章だった。

「初めて自分が意識的に選んだ仕事をしていたので、自分が成長しているという感覚がありました」［前掲］

成長しているという感覚。仕事で大事なのはまさにその感覚ではないだろうかと、ミンジュンは思った。

討論は和気あいあいとした雰囲気のなか、お開きとなった。ウシクは、有給労働に幸せを見いだした人は楽しんで働くことができ、見いだせなかった人はまた別の幸せを探しにいける社会になってほしい、と締めくくった。みんな拍手をして彼の言葉に強く同意した。いつの間にか夜一〇時半近くになっていた。みんなで協力したので、後片付けも一〇分もかからず終わった。ミンジュンを含む一〇人が一緒に書店をあとにした。今日だけは一〇人全員が同じような余韻に浸りながら眠りにつくことだろう。

ヨンジュとミンジュンは分かれ道で別れた。大通りのほうへ歩いていくヨンジュを見守っていたミンジュンは、やがて路地に入っていった。これからしばらく、彼は本に答えを求めていくのだろう。『働かない権利』を読み終わったら、そこで言及されていたエーリッヒ・フロムの『生きるということ』を読み、エーリッヒ・フロムに心酔して彼の著作を時系列順に読んでいくのだろう。ミンジュンは、揺らぎ、葛藤しながらも、自分が今何を考えているのか、わかっていた。彼は今、どう生きていくべきかを考えていた。これまで一度も真剣に考えてみたことのないことだった。

# 書店が根を下ろすということ

　ジョンソはいつものようにマフラーを編んでいて、ミンチョルは頬杖をついて、まるで海辺でぼんやり海を眺めている人のようにその様子を見ていた。ミンチョルの隣では、ヨンジュが二人の会話をBGMのように聞くともなく聞きながら、ノートに書いてある内容をチェックしていた。

「イモは編み物が楽しいですか？」

「そりゃ楽しいわよ。あ、でも、楽しいっていうのもあるけど、達成感のためにやってるような気もする」

「達成感ですか？」

「完成したら、やり遂げたって感じがしていいの。単に楽しさを求めるならゲームをすればいいじゃない？　こう見えて昔はちょっとやってたのよ。あなたゲーム得意？」

「まあ、普通です」

　関心なさそうに答える様子を見て、ジョンソは視線を宙に向け、演劇をするように大げさな口調で言った。

「達成感のない人生がいかにつらいものか、君は知らないだろう！　朝から晩まで死に物狂いで働いても何一つ残らない、いや、残るのは疲労だけという人生！」

見ているほうが恥ずかしくなるようないきなりの行動にミンチョルがくすりと笑うと、ジョンソもつられて笑い、普段の口調に戻った。

「すごく忙しくて、すごくきつい一日を過ごしたのに、ただ時間だけが流れていったような気分。それが嫌だったんだと思う。あなたは将来そんな気分を味わっちゃダメよ。達成感を手にしないと」

「……はい」

　ジョンソとミンチョルの会話を聞きながら、ヨンジュは数日前から書いていた内容を完成させた。最近彼女は「書店が根を下ろすというのはどういう意味か」を考えることに没頭していた。答えが浮かばないので、いつものようにインターネット辞典で「根を下ろす」の意味を調べてみると、だいたいこう理解すればいいらしかった。「ある空間に定着し、生活が安定する」生活が安定する、か。ヒュナム洞書店の経営が安定するには、そう、お金を稼がないといけない。けれどヨンジュは、「根を下ろさないといけない」という言葉をそのまま「お金を稼がないといけない」という言葉に置き換えたくはなかった。お金を稼がないといけない、と考えるのではなく、こう考えてみたらどうだろう。ヒュナム洞書店が安定するには何よりもまず、ここを訪ねてくる人が増えないといけない、と。

　ヨンジュは書店を訪ねてくる地元の人たちについて考えてみた。ずっとコンスタントに足を運んでくれる人もいるが、最初はしょっちゅう来ていたのにそのうち来なくなる人も多かった。彼女はこれまで、日常的に本を読むことの難しさを訴える客の声を数え切れないほど聞いてきた。「本を読んでいなかった人」が「本を読む人」になるのがいかに難しいか、書店を開いて初めて知った。だから、「本は良いものだから読むべきだ」と人々に強要したところで、うまくはいかないだろう。彼女はそれよりも、「書店という空間」として人々の身近な存在になりたいと思った。そこで、この空間をもっと開放することにした。

そう決めたあと真っ先にしたのは、物置として使っていた、カフェスペース脇の小さな空間を空にすることだ。手の空いた時間にミンジュンと一緒に、捨てるものは捨て、使うものは店内のあちこちに分散して置いた。すっかり空になったその空間を、これからは「読書クラブ部屋」と呼ぶことにした。読書クラブのメンバーも積極的に募集するつもりだ。名称は「第一読書クラブ」「第二読書クラブ」「第三読書クラブ」とし、それぞれメンバーが好きな名前をつけてもおもしろいだろうと思った。ヨンジュは明日からブログやSNS、立て看板などを活用してメンバーを募集する予定だ。何人かの常連客にはリーダーになってもらえるか打診し、すでに三人確保した。ウシク、ミンチョルオンマ、そしてヨンジュも顔負けの読書量を誇る常連客サンスだ。

ヨンジュは読書クラブのメンバー募集の案内文を仕上げると、顔を上げてジョンソとミンチョルを見た。ずっとうつむいていたヨンジュが急に視線を向けてきたので、二人もつられて彼女を見た。二人に向かって彼女は言った。

「ちょっと時間いい？」

ヨンジュは読書クラブ部屋の中央に二人を立たせ、そこをどういう空間にするつもりか、ざっと説明した。

「この部屋で読書会をするの。週末には講座も開こうと思っていて。二人の立っているところに大きなテーブルを一つ置くでしょ。椅子は一〇脚ほどいると……あと、壁にエアコンを一つ取り付けて……今悩んでるのは壁をどういう色に塗るかなんだけど、二人の意見を聞きたいと思って」

そう言われ、ジョンソとミンチョルは部屋の中を見回してみた。こぢんまりした空間だった。ヨンジュの言うように大きなテーブルと椅子を入れたら、それ以上は入れようとしても入らないだろう。かといって狭苦しい感じはしない。小さいけれど窮屈ではない空間。お互いの話に集中できそうだ。

「窓はないけど、裏庭に出るドアがあるからそんなに窮屈な感じはしないだろうし……壁にはきれいな絵でも二、三枚かけて……この部屋に入りたくて、っていう理由でもいいから、読書会をやりたいって手を挙げてくれる人がたくさんいるといいんだけど……はたしてそううまくいくか……」

ヨンジュが部屋の中を見回しながら、独り言のようにつぶやいた。

「うまくいくと思いますけど？」ジョンソが指先で壁をトントンと叩きながら言った。

「私が初めてこの本屋さんに来たとき、手を挙げたい気分だったんですよ？」

ヨンジュがジョンソを見た。

「家の近所はひととおり行ってみたんです。どこが一番いいかな、って。フランチャイズのコーヒー専門店も行ってみたし、小規模の店にも行ってみたし。ここが一番落ち着いたから居座るようになったんですよ？　音楽が気に入ったし、ガヤガヤしてないのも良かったし、照明も気に入ったし、それに、誰も私のことを気にかけないところも良かったんです。居心地がいいから、だんだん頻繁に来るようになって。たわしを編んでる途中にふと顔を上げて周りを見回すとなんか安心したっていうか。本のある空間が与えてくれる安堵感みたいなものがあるんだな、って知ったんです」

ヨンジュは、裏庭に出ていくミンチョルに目をやりながらジョンソに聞いた。

「安堵感ですか？」

「ええ、安堵感を覚えました。自分でも、そんな気分になるのが不思議ではあったんですけど。なんか……ここでは、自分が礼儀を守っている限り、誰も私に無礼な態度をとったりはしないだろうなって、そういう安堵感です。あのころの私にちょうど必要な感覚だったんですよ。だからますます来たくなって。本は読まなくても、ここに来るのが好きだったんです。そうこうしてるうちに居座るようになっちゃって」

ヨンジュは、何時間に一度コーヒーを注文すれば店に迷惑をかけないかと聞いていたジョンソの姿を思い出した。あのとき彼女は、礼儀を守ろうと精一杯努力していたということか。互いが互いに迷惑をかけず、かつ各自が自由に行動できる最適の距離を保つには礼儀が必要だと考えていたのだろうか。ヨンジュがジョンソを目で追いつつ何か言おうとした瞬間、いつの間にか中に戻ってきていたミンチョルがヨンジュに言った。

「本屋のイモ、ここ、白い壁のままでもいいんじゃないですか」

「私もそう思ってました。何カ所か汚れてるところだけ上から塗ればいいと思いますけど？」ジョンソがミンチョルの意見に同意した。

「それだけで……大丈夫かな……」

「その代わり、照明をちょっといいものにしたらいいんですよ。店内みたいに」ジョンソがヨンジュの悩みをすぱっと解決してやった。

自分の席に戻ってきたヨンジュはノートに「壁の色　白」と書いた。読書クラブは予定どおりに進めればいいはずだし、来月からは隔週の木曜日に映画の上映や「深夜書店」も計画しておいた。夜間のイベントを頻繁に開くのは負担になるかもしれないけれど、まずはやってみて様子を見るつもりだった。仕事と生活、お金と生活のバランスを適度に保つのは、やはり難しいなと思った。

ヨンジュは、この二年間付き合いのあった町の書店が一軒、また一軒と廃業する様子を目の当たりにしてきた。店主のペースに合わせてのんびり歩んでいて廃業に至った店もあれば、ペースが店主の力量を超えて廃業に至った店もあった。採算が取れなくなるケースや、採算はなんとか取れても今後もハイペースで走りつづけることはできないとの判断から店を畳むケース、さらには、かなり名の知れていた書店の廃業からうかがえるように、ハイペースで走っているにもかかわらず生活が成り立たなくなるケースもあった。

町の書店を運営するのは、道なき道を歩んでいくようなものだとヨンジュは思っていた。どうやって運営すればいいのか、自信を持ってアドバイスしてくれる人が誰もいない事業モデル。それゆえ店主たちは一様に、「その日暮らしの生活」だからと、未来を予測することに慎重になっていた。町の書店がこの先どうなるかは誰にもわからないことだ。ミンジュンに初めて会った日、二年という言葉を口にしたのはそのためだ。あのときも、今も、ヨンジュには知りようがないから。ヒュナム洞書店がどうなるか。

それでも、町の書店はじわじわと増えていた。もしかしたら町の書店という事業モデルは、消えては現れる夢のような概念として定着するのかもしれないと、ヨンジュはふと思った。誰かが人生のある時点で、夢を見るように書店を開く。一年、あるいは二年運営したのち、夢から覚めたように店を閉める。続いてまた誰かが夢を見るように書店を開き、そうやって書店は増えていく一方で、書店が「かつて見ていた夢」になる人も増えていく。一〇年続いている町の書店、二〇年続いている町の書店はなかなかなくても、一〇年後、二〇年後にも町の書店は依然として存在しているだろう。

ヨンジュは考えた。この国の文化では「書店が根を下ろす」こと自体が不可能に近いのかもしれないと。だから、今自分の頭の中にあるアイデアは結局失敗に終わるだろうと。いや、失敗ではないはず、とすぐに打ち消した。どんなことにも例外は存在するし、挑戦したこと自体に意味を見いだすこともできるし（意味づけはいつだって重要！）、過程が楽しければ（大変ではあるだろうけど！）結果にこだわる必要はないし、何より、書店が根を下ろすべく奮闘している今この時間が好きだった。なら、それでいいのではないか？

彼女は再び、目の前の仕事に頭を切り替えた。今考えないといけないのは、毎週土曜日に開く講座の講師のことだ。講座はとりあえず二クラス設けることにした。文章を書くことに関心のある人がぐっと増えているので、二クラスともライティングの講座にした。今日、作家のイ・アルムさんとヒョン・スンウさんに、講師を引き受けてもらえないかとメールを送るつもりだ。文面はすでにできている。

「これでよし、と」

ヨンジュが独り言を言うと、ミンチョルは待ってましたとばかりに彼女を見た。ヨンジュはノートを閉じながら言った。

「ごめんね、忙しそうにして」

ミンチョルがそんなことないという意味で首を振ると、彼女は微笑んで聞いた。

「ミンチョルは学校休みだけど、どうしてるの？」

「いつもどおりです。補習に行って、帰ってきて、また補習に行って、帰ってきて。ご飯食べて、シャワーして、寝るんです」

「なんか楽しいことないの？」

ヨンジュが、わかりきった質問かもしれないと思いつつ聞いた。自分の高校時代だって、特に楽しいことなんてあっただろうか。三年間ずっと、うんざりした気分で過ごしていたことしか記憶にないというのに。

「ないです」

「うん、そっか」

「でも……楽しいことって、絶対ないといけないんですか？　ないならないで生きてけばいいんじゃないのかな」

「まあね。楽しいことを無理やり探すってのも不自然ではあるわね」ヨンジュが言った。

「お母さんもそうだけど……どうして、僕がつまらなそうに生きてるのが気に入らないのかわからないんです。いっそ、勉強しろってガミガミ言われるほうがマシなくらい。生きるってそんなもんでしょ。ただ生きてくんじゃないですか。生まれたから」

ヨンジュは返事をする前に、助けの必要な客がいないかどうか店内を見回してみた。いないことを確認すると、ミンチョルの顔を見た。人生なんて大したことないと早々と悟ってしまった子の顔を。

「まあそうなんだけど、楽しいことがあるってだけで、気が晴れたりもするから」

ヨンジュの言葉にジョンソはうなずき、ミンチョルはよくわからないというような顔をした。

「気が晴れる？」

「気が晴れたら、人生はそう悪いものでもないって思えたりもするから」

ヨンジュは、何か考え込んでいるらしいミンチョルの顔を見た。おそらく、彼女がミンチョルくらいの歳だったころは、ああいう表情をしたことはなかったはずだ。当時、ヨンジュは単純だった。彼と同じく、学校、家、学校、家の繰り返しだったけれど、いつも勉強に苦しめられ、いや、いつも競争に苦しめられ、いつも未来を心配していた。勉強に苦しめられたくなくていっそう勉強に熱を入れ、競争に苦しめられたくなくて常に一位にこだわり、未来を心配したくなくてますます未来のために生きた。そのせいか、ヨンジュは今目の前に座っているミンチョルがうらやましく、また好ましく思えた。ミンチョルは理解できないだろうけれど、ヨンジュは彼が今とてもいい生き方をしていると感じた。

「無力感。所在なさ。空虚感。虚無。一度はまったら、なかなか抜け出せない心理状態よね。涸れ井戸に落ちて、うずくまってるような気分のはず。自分がこの世で一番無意味な存在のように思えて、自分だけが苦しいように思えて、そうでしょ？」

編み物をしているジョンソが、手元から目を離さずに鼻からふーっと長い息を吐いた。彼女の手の動きを見ていたヨンジュは、しばらくして言葉を継いだ。

「わたしは、だから本を読むんだと思う。本って聞くだけでうんざりかな？」

ヨンジュがやさしい表情でそう言うと、ミンチョルは「いえ」と答えた。

「本を読んでみたら、わかることがある。著者たちもみんな井戸に落ちたことのある人なんだってこと。ついさっき這い出してきた人もいれば、ずいぶん前に出てきた人もいて。で、みんな同じこと言ってる気がするの。この先また井戸に落ちることになるだろうって」

「井戸に落ちたことがあって、この先また落ちる人の話を、どうして聞かないといけないんですか？」

　ミンチョルが理解できないというように尋ねた。

「うん……簡単なことよ。人間って、自分だけが苦しいんじゃないって気づくだけでも、がんばれるの。自分だけが苦しいんだって思ってたけど、実はあの人たちもみんな苦しんでるんだな、って。自分の苦しみはここにそのままあるんだけど、なぜかその重さがちょっと軽くなったような気もして。生まれてから死ぬまで、涸れ井戸に一度も落ちたことのない人なんていないはずだって確信できるの」

　ヨンジュは軽く笑みを浮かべて話を続けた。その前でミンチョルはやや深刻な顔をして聞いている。

「そしたら、この無力な状態ともそろそろおさらばしようか、って気になる。で、うずくまっていた身体をぐーっと伸ばしてみたら、なんと！　井戸はそんなに深くなかったのよ。そうとも知らずあんなに鬱々と生きてたなんて、って笑えてくる。で、その瞬間、右斜め三五度の角度からそよそよと風が吹いてくる。ふと、生きてるってすばらしい、って感じるの。風のおかげですっかり気分が良くなって」

「申し訳ないですけど、何言ってるのかわかりません」

　ミンチョルが眉間にシワを寄せて目をパチパチさせながらそう言うと、ヨンジュは即座に謝った。

「うん、ごめん。ちょっと自分に酔ってたわね」

「ところで、イモ」

「うん」

「今の話の中にも〝気が晴れる〟ポイントってあるんですか？」

「うん、ある」

「何ですか？」

「風」

「風？」

うなずいたヨンジュの表情がふわりと柔らかくなった。

「たまにこんなふうに思うの。あー、ほんとによかった。自分は風が好きで、ほんとによかった。

夜風を浴びるとすっきり気が晴れるから、ほんとによかった。地獄には風が吹かないっていうけど、じゃあここは地獄じゃないらしいから、これまたほんとによかった。一日の中にそういう時間さえ確保できれば、それなりに生きていけるような気がするの。人間って複雑にできてるけど、ある面ではすごく単純。そういう時間さえあればいいんだから。気が晴れる時間。一日に一〇分でも、一時間でも。あー、生きてるからこそ、こんな気分を味わえるんだな、って感じられる時間」

「そうそう」

そう小さくつぶやいたジョンソのほうにちらりと顔を向けたミンチョルは、再び深刻な顔でヨンジュを見た。

「はい……だから僕もそういう時間を持つべきだ、ってお母さんは考えてるんですよね？」

「さあ、あなたのお母さんの考えはわたしにもわからない」

「じゃあ、イモは？」

「わたし？」

「はい」

「うーん……」

ヨンジュはミンチョルを見てにっこり微笑んだ。

「涸れ井戸の中から一度立ち上がってみるのもいいような気はする。一回立ち上がってみたらどうか、ってこと。そのあとどんなことが起こるかは誰にもわからない。誰にもわからないから一回やってみたら、ってことよ。気になるじゃない。立ち上がったらどんなことが起こるのか」

## きっぱり断りたかったけれど

最近は、仕事を終えて家に帰るとたいてい六時前後だ。シャワーを浴び、夕食を作って食べ、少し休んでから洗い物まで終えると八時くらいになる。スンウはその時間を境に、まったく別の人間になる。もう無難な会社員を演じる役者でいる必要はない。責任という肩書を脱ぎ捨て、機械的な行動や思考を消し去り、無心になろうと努力するのもやめる。これからは本来の自分自身として存在する時間。今からが本当の時間だ。

ここ数年スンウは、帰宅から就寝までの時間、一度はまったら飽きるまでのめり込む生来の性分を存分に発揮していた。彼がはまっているのは韓国語だ。その前は十数年間、プログラム言語にどっぷりはまって過ごした。だが、もうプログラマーではない。ただ習慣のように出勤し、退勤する、ただの会社員だ。

韓国語にどっぷり浸る時間は、疲れはするが楽しかった。集中できるものがあり、したい勉強を心ゆくまでできるのが良かった。会社で消耗したエネルギーを家で充電した。勉強の結果はブログに記録した。ある程度実力がつくと、実践問題を解くように、ほかの人の書いた文章から誤りを探すようになった。徐々にブログのフォロワーが増えていった。スンウ自身にも、自分はブロガーだという意識が芽生え始めた。昼は会社員、夜はブロガーとして過ごすようになって、もう五年以上になる。

スンウは不思議だった。ブログのフォロワーたちは、顔も知らない彼のことを心から応援してくれた。ブログにコメントを書き込み、率先して本の宣伝をし、彼のコラムをあちこちに拡散する人たち。一面識もない他人のために時間を費やす人たちだった。スンウが誰に言われるでもなく韓国語の文章を勉強し、その結果を惜しげもなく共有しているという点を、みんな高く評価しているようだった。人生に対する彼の姿勢から勇気をもらったと言う人までいた。プライベートをほとんど明かしていない彼にとって、そういう反応は驚きだった。文章は、それ自体が、書いた人間の人生を表すものなのだろうか。だから、ヨンジュはあんな質問をしたのだろうか。

「あなたの文章とあなた自身は似ていると思いますか？」

スンウはまたも思い浮かんだヨンジュの顔を、もう振り払おうとはしなかった。トークイベントの日以来、彼女から受けた印象が消えず困惑することが何度かあった。彼自身も、彼女のどの部分から受けた印象がこんなにも頭から離れないのか、わからなかった。自分を見ながらきらきらと輝いていた目、文章から感じていた落ち着きとも悲しみともつかない雰囲気とは違う、明るくほがらかな態度（彼はヨンジュに会う前にヒュナム洞書店のブログで彼女の文章を読んでいた）、知的な話をしながらも違和感を与えない口調、ユーモアとウイット、もしかしたらこれらすべてを合わせた複合的なイメージのせいかもしれないと思った。

思い浮かんだら思い浮かんだまま放っておけば、そのうち思い浮かばなくなるだろうと思っていた。この先、二人が再び会うことはないだろうから。ところが少し前にヨンジュからメールが届いたのだ。当然、断りのメールを返すつもりだった。だが、まだ返信できずにいた。メールを送った側としては、一週間経ってもどうして返事がこないのかと不思議に思っていることだろう。これ以上待たせるわけにはいかない。今日はなんとしても返事を送らなければ。スンウは返信する前に、ヨンジュから送られてきたメールをもう一度読み返してみた。


ヒョン・スンウさん、こんにちは。

ヒュナム洞書店のイ・ヨンジュです。

まさか、もうお忘れではありませんよね？:)

スンウさんの書かれた本、多くの方が買い求めています。

あらためて、良い本を書いてくださってありがとうございます。

今日ご連絡を差し上げたのは、講座を担当していただけないかお伺いしたかったからです。

当書店でライティング講座を開くことになりました。

毎週土曜日、八週間の予定で、一回二時間です。

もしお引き受けいただけるようでしたら、講座のタイトルは「文章を直す方法」を考えています。

文章の書き方ではなく、すでに書いてある文章の直し方を教えるというコンセプトです。

ご著書を資料にして講義していただければいいかと思いますが、いかがでしょうか？

ちょうど『良い文章の書き方』は一六の章からなっているので、一回の講義につき二章ずつ進めていただければ、ご準備いただくこともそうないのではないかと思います。

スンウさん、いかがでしょう？　土曜日、ご都合つきますか？

本来お電話でご連絡すべきですが、ご負担になってはいけないと思いメールでご提案しました。

ご返信いただけましたら、こちらからお電話差し上げます。

では、スンウさん！

お返事お待ちしています。

イ・ヨンジュ

非常に明瞭でわかりやすい文章であるにもかかわらず、なぜか何度も読み返していた。読むたびに頭の中には、もっとも適切だと思われる返事の文面が浮かんでいた。申し訳ありません、講義をするにはわたしは力不足だと思います、せっかくのご提案ですがお引き受けしかねます、では、失礼します。だが問題は、キーボードに手が伸びないということだ。スンウは、難航が予想されるプロジェクトに投入されるような気分で、重い腕を持ち上げた。なんとかキーボードに指を載せた。あとは文章を何文か打ち込めば、それで終わりだ。「申し訳ありません」で始まる文章を。

断りたかった。いや、断るべきだった。本が出てから、スンウは毎週トークイベントに登壇していた。編集者によると、初の著書を刊行した作家にトークイベントのオファーがこれほどくるのは稀だという。「だからちょっとは喜んでくださいよ！」というニュアンスのことを編集者から言われたけれど、彼は喜べなかった。トークイベントをするたびに一日が吹っ飛び、イベント中に変なことを言わなかったか振り返るのにそのあとの時間が吹っ飛び、数日後に控えるトークイベントが気になってまた時間を浪費し、編集者からはたびたび連絡が入り、さらに新聞社のインタビューまで。一言でいうと、本が出てからというもの、スンウは時間を奪われていた。あちこちに時間をばらまいているせいで、自分の使いたいところに使えずにいた。できるだけ早く、本が出る前の日常に戻りたかった。小学校の算数の公式のように単純だった生活の秩序の中へと戻りたかった。

そういうわけで、講義を引き受けるなんて、とんでもないことだった。講義だなんて。それも定期的におこなう講義。それも毎週。しかも八週間も。どう考えても、この講義は断るべきだ。そう心を決め、「も」と打とうとしたとき、スンウはふと気になった。この数週間自分を振り回していた困惑は消え、純粋な好奇心だけが残った。いったい自分はヨンジュのどういうところに心を揺さぶられているのだろう。誰かのことを思い浮かべて胸が苦しくなるのは本当に久しぶりだった。長らく忘れていた感情だ。そういう感情はもう経験することもないだろうと考えたこともあった。

ならば、この感情に従ってみたらどうだろう。逃げるのは嫌だから。気になるから。わたしは……気になることを我慢できない人間だから。気になっていたことが解決したら？　それは、そのあとで考えればいいことだ。

そこまで考えると、スンウは心のままに七つの文章を打ち込んだ。

こんにちは。イ・ヨンジュさん。
良いご提案をありがとうございます。
土曜日の講義、お引き受けします。
ただ、夕方の時間帯にしていただけると助かります。
では、失礼します。

ヒョン・スンウ

読み返すこともなく、送信ボタンを押した。

## 受け入れられる感覚

　ジョンソはひょんなことから、ジミと一緒にヨンジュの家にやってきた。きりのいいところまで編んでから帰ろうと思っていたら遅くなり、結局、閉店時間になったので、せっかくだからとヨンジュと一緒に店を出たところ、店の前でジミと顔を合わせた。ジミは何のためらいもなくジョンソの腕をつかんでヨンジュの家まで連れてきた。アクリルたわしは今も重宝している、そのお礼をぜひしたいと言って。

　ジョンソはヨンジュの部屋がひと目で気に入った。机が一つぽつんと置かれているリビングは殺風景だが、それよりも、シンプルさがもたらしてくれる心地よさのほうが大きかった。ヨンジュの醸し出す雰囲気にはこの空間が関係しているのかもしれないと思った。少し寂しげにも見えるけれど、一方で誰よりも安定感のある書店主のオンニ。ヨンジュが、天井の蛍光灯ではなくリビングの間接照明を一つずつつけると、ジミは首を横に振りながら「暗い、あー暗い」とうなるようにつぶやいた。

「この部屋、ほんとに気に入ったんですけど？」手を洗っていたジョンソが洗面所から出てきて言った。

「社交辞令なんていらないわよ。あたしは、なんか変わった部屋だなって思うけど」ジミも手を洗いながら洗面所の中から言った。

「嘘じゃないですよ？　瞑想しながら編み物するのにぴったりだと思います。あそこ、あの壁の前で」

ジョンソの指さす壁のほうに二人の視線も移動した。机の向こうの壁、二人がいつも寝転んでおしゃべりするあたりだ。

「ＯＫ、じゃあ今からあの壁はジョンソさんのものね」

ジョンソは、ヨンジュが持ってきてくれた座布団の上に座禅の姿勢で座った。そして、呼吸に集中する代わりに、二人の動きを見守った。二人は、毎日放課後に一緒に遊んでいる友だち同士のように息がぴったりだった。ヨンジュは食器棚からグラスと皿を取り出し、ジミは冷蔵庫から、ご飯にもお酒のつまみにもなりそうなものを取り出した。三五〇ミリリットル入り缶ビール三本と各種チーズ、各種ドライフルーツ、そして、スモークサーモンとかいわれ大根、それに合いそうなソースがリビングの床に並べられた。この家にはローテーブルもないらしいと思ったが、ジョンソの目はすぐに、シンクの横に堂々と立てかけてある小さなローテーブルをとらえた。ただこうやって遊ぶのが楽しいんだろう、このオンニたちは。

「さ、かんぱーい！」

一口、二口とビールが心地よく喉を潤していく。ヨンジュはチーズを一切れ、ジミはソースを添えたサーモン、ジョンソはドライフルーツのみかんを、さっきまでビールを含んでいた口に運んだ。おいしかった。ジョンソにとっては、会社を辞めて以来初めて飲む酒だった。

ジョンソはそっと座禅の姿勢を解いた。脚をまっすぐ伸ばし、壁にもたれてビールをちびちび飲みながら二人の話を聞いていた。二人は、まるで二等辺三角形の二辺のように身体を伸ばして寝転び、なんでもないようなことを真剣に話していた。ジョンソが想像するに、そうやって話しているうちに眠ってしまうこともたびたびあったのだろう。二人は突然身体を起こしてビールを飲み、つまみを食べた。そのあと、たいていはまた寝転んだが、ときどきは座ったまま、ふと思いついたようにジョンソに「かんぱーい」とグラスを向けたりもした。ジョンソは、今日はやけにおいしく感じられるビールを、ためらうことなく飲んだ。

二人は、詳しい事情は説明しないのに、話の途中でしきりにジョンソに同意を求めるような視線を送ったり、意見を求めたりした。それに対してジョンソが何か言うと、そのたびにうなずいて満足そうにした。ジョンソはその状況がただただ楽しかった。だから一〇時半以降は、もう時計にも目をやらなかった。

「ミンジュンがそう言ったの」

ジミが低い声で言った。

「だから、しばらく様子を見ようと思って」

「どんなふうに？」

「考える時間が必要だと思うの。考えてるあいだは、あの人の悪口も言わない。小言も言わない。だから、あたしがあの人の悪口言わないからって寂しがらないで」

「寂しがるだなんて」

「それと、心配もしないで」

「何の？」

「あたしは大丈夫だから」

「わたし、オンニのことは心配してない」

そんなやり取りのあと天井を見て寝転んでいる二人の様子を見ながら、ジョンソは立ち上がった。リビングの壁一面の窓の前に立つと町が一望できた。とても美しい風景だ。目の前に立つ街灯が趣のある雰囲気をいっそう引き立てていて、その向こうには背の低い家々の窓明かりがあちこちから漏れている。手を伸ばせば届きそうなほど近くに見える向かいの家の明かりが消えるのを目にしてなぜか心が安らぐのを感じていたジョンソの隣に、いつの間にかヨンジュが立っていた。窓の外を見ていたヨンジュが、いつものようにやさしい声で「きれいでしょ？」と聞くと、ジョンソは静かな声で「ええ、きれいです」と答えた。そのときジョンソは突然、不思議な感覚を覚えた。受け入れられているという感覚。ヒュナム洞書店を初めて訪れた日にも覚えた感覚だ。どうして今また同じことを感じるんだろう。ジョンソは、この家でも自分が受け入れられていると感じること自体に、自分がその感覚を貴重だと思っていること自体に、驚きつつも悲しみを覚えた。けれど、この悲しみは良い悲しみだと思った。何が問題だったのか、この感情を通してようやく、はっきりとわかるようになったから。

「ところで、瞑想はいつからやってるの？　だいぶ経つの？」

物思いにふけりながら窓の外を眺めていた二人は、声のほうを振り向いた。仕切り直しでもするかのように、ジミが残った食べ物を一カ所に集め、空いた皿を片付けていた。ジョンソから返事がないので、皿を手に立ち上がろうとしていたジミは彼女を見た。

「人が瞑想を始める理由が知りたくて」

「ああ……」
「良いもんなら、あたしもちょっとやってみようかなって」

怒りを鎮める能力が必要

瞑想を始めたきっかけを話すには、なぜ会社を辞めたのか、から話す必要があった。

「私、あまりに腹が立って会社を辞めたんです」

ジョンソは壁にもたれ、つばをゴクリと飲み込んだあと話を始めた。大学を卒業し、会社員生活八年目だった今年の春、彼女は退職を決心した。毎日腹が立っているという状況に、あまりに腹が立ったからだ。出勤途中で、ご飯を食べている途中で、テレビを見ている途中で、瞬間的に腹が立って、目の前にあるものを手当たり次第に叩き壊したくなった。自分でもどうしてしまったんだろうと思い病院に行ってみたが、医者はただ、ストレスを受けないようにしなさいと言うだけだった。

彼女は契約社員として働き始め、契約社員として働き終えた。最初は、二年間一生懸命がんばれば正社員になれるはずだというチーム長の言葉を、額面どおりに信じていた。正社員たちのように本当に一生懸命働いた。彼らのように会社の心配もし、彼らのように残業もしたし、彼らのように家でも仕事をした。熱心に働く彼女の姿を見て、周囲の正社員たちも大いに励ましてくれた。「ジョンソさんなら正社員にしてもらえるよ」だが、してもらえなかった。チーム長は彼女に、すまない、次はきっと大丈夫だと言った。

「そのときチーム長は、労働柔軟化〔九〇年代後半に推進された政策。整理解雇制や派遣労働制が導入された結果、長期失業者や非正規労働者が増えた）がどうとかこうとかって言葉尻を濁したんですよ。当時はそれが何のことか気にもとめなかったんだけど、でもその二年後にも正社員にしてもらえなくて、その言葉を思い出したんです。インターネットで検索してみたら、記事もいっぱい出てきました。労働柔軟化っていうのはつまり、会社の望むときに従業員をサッとクビにできないといけない、ってことじゃないですか。他社との競争で、ある職群を縮小したり廃止したりしないといけないときに従業員を解雇できてこそ、会社が生き残れるんだって。私も最初は、まあそうかなって思ってたんです。昔から父がよく言ってたんですよ。企業あっての国民だって。会社の経営がうまくいってこそ、国民が食べていけるんだって。でも、てことは結局、会社は生き残らないといけないわけだから私はずっと契約社員でいないといけない、ってことでしょう？　クビだって言われたら、黙って大人しく会社から追い出されないといけないってことでしょう？　そのときこう思ったんです。なんなの？　なんでこんな生き方しないといけないの？」

ジョンソはそこまで話して、自分の話にじっと耳を傾けている二人のオンニを見た。ちょっとしゃべり過ぎかなという気もしたが、お酒のせいか、まだ話を続けたかった。幸い、オンニたちの表情には退屈している様子は見られない。ジョンソは目の前の缶ビールを手に取って腕をまっすぐ前に伸ばし、二人の顔を代わる代わる見た。すると二人は待ってましたとばかりに缶ビールを持ち上げて、彼女の缶に軽くぶつけた。彼女はビールを一口飲んで、また話を始めた。

「なんかムカついたんだけど、何が正しいのかはよくわからなかったんです。だから当時はただそのままやり過ごして。でもオンニ、二年くらい前に、看護師の友だちがオーストラリアにワーホリに行ったんですよ。看護師っていえば専門職じゃないですか。でもその仕事が嫌でオーストラリアに行くって言うんです。訳を聞いたら、自分は実は契約職だったんだって。仕事もすごく大変なのに、そのうえ契約職っていう哀《かな》しさもあって、やりがいが感じられないって言うんです。もう何年も心穏やかに眠った記憶がない、どうせ苦労するなら希望の見えるところでするほうがいい、って。そのとき、友だちが教えてくれたんです。病院には契約職の人がほんとに多いってことを。掃除をするおばさんに、施設のメンテナンスをするおじさん、警備の仕事をする若者、そして医者までもが契約職。それを聞いて、はっきりわかったんです。労働柔軟化なんて全部でたらめだって。この先消滅するかもしれない職群だからサッとクビにできるように契約職で雇ったとかいうけど、そんな理屈、あり得ないですよね。じゃあこの先、掃除をする人、施設のメンテナンスをする人、警備の仕事をする人、看護師や医者まで、みんな消滅するってことですか？　そういう仕事はいずれなくなるかもしれないから契約職でとるっていうんですか？　オンニ、私、コンテンツを企画する仕事を八年やってきたんですよ。で、その八年間、ずっと契約職だったんです。コンテンツで食べてる会社がコンテンツを企画する人を契約職で雇う、これ、労働柔軟化のためだと思います？　ただ自分たちの都合のいいように働かせるためでしょう？」

二人のオンニはうなずいた。

「とにかく、私、転職したんです。どうせ正社員にもしてくれない会社で働きつづけるのは嫌だったんです。転職先でも契約職でしたけどね。なんか名目上は〝無期契約職〟ってことになってましたけど、契約職は契約職でしょ、なにが無期契約職よ。ただの言葉遊び。その会社でも、さりげない誘惑は続きました。がんばって働いたら正社員になれるからって残業させたり、特別勤務させたり、自分たちの仕事を押し付けたりする人たちからの誘惑。でも、食べていくために、その言葉を信じてやるふりして残業もしたし、特別勤務もしたし、家に帰ってからも仕事したりしてました。でもいつからか、そういうのが嫌で嫌でたまらなくなったんです。嫌なのに無理してやらないといけないから、毎日腹が立って」

正社員とて、やりたくない仕事をやらなくていいわけではなかった。彼らは社員証を、ジョンソは入館許可証を首から下げているという違いはあっても、どちらも、朝出勤して、周りの顔色を見ながら退勤するというのは同じだから。だが、正社員と契約社員は明らかに違っていた。ジョンソは以前から、会社員がみずからを機械の部品、とりわけ歯車にたとえるのをよく耳にしてきた。いつでも交換可能で、繰り返される日常に閉じ込められている哀しい道具。だが、契約社員は歯車にさえなれない存在だった。歯車がスムーズに回るよう手助けする油のような存在。道具の道具のような存在。会社は契約社員を、水になじめない油のように扱っていた。

「特に、あの事件があってから何もかも嫌になったんです。仕事も、人間も。何があったと思います？　ある日部長が、ちょっと話があるって私を呼ぶんです。新しいプロジェクトを始めるんだけど君が担当してくれないかって。一度思う存分、力を発揮してみたらどうだって言うんです。今回は特別に、君の裁量でやれる部分が多いからって。『これさえうまくやれば、もしかして？』って期待したわけではないけど、それでも、自分の思うとおりに、存分に力を発揮できるっていうのがうれしくて、本当に一生懸命やったんですよ。二カ月間、働く楽しさに久しぶりにどっぷり浸ってたと思います。で、二カ月経って、出来上がったものを部長に持っていったら、あの人、どうしたと思います？　そのプロジェクトから私の名前をしれっと抜いて、ある間抜けな主任の名前を入れたんですよ。その主任は仕事ができないことで超有名な人だったんです。で、部長は私になんて言ったと思います？　申し訳ない、なんてしらじらしく言ったあと、理解してくれって。君はどうせ昇進もできないじゃないか、いいことをしたと思ってくれ、って」

ジョンソは、この社会は人間に無礼な振る舞いをしていると思っていた。互いに無礼に振る舞うのは人間も同じだ。表面上はいい顔をして、心の中では相手を利用してやろうと企《たくら》んでいる人たちであふれていた。さもなければ無関心だった。無関心の根底には不安が渦巻いていた。自分もいつか何かしくじって、あの人みたいになったらどうしよう、という不安。彼らにとって「あの人」とは、まさにジョンソのような人間だった。

ジョンソは特に、自分がひどい人間嫌いになってしまったという事実がつらかった。部長の親切ぶった声を聞くだけで全身の血が逆流するようだったし、主任の間抜け面を見るだけで軽蔑心が湧いてきた。彼らがニヤニヤして廊下を歩いている姿を見かけると、「私よりできることなんて何一つないボンクラどもがいい席をまんまとせしめて、そこから振り落とされまいと必死にしがみついてやがる」と考えている自分自身に気づいたりもした。ジョンソは、自分が誰かをそんなにもひどくけなしているということが、誰かをそんなにも憎むようになったということが悲しかった。だからますます腹が立った。仕事に集中できなかった。仕事が楽しくなくなった。何もかも嫌になった。「このままだと本当に性格が破綻してしまうと思ったんです。毎日腹を立てているから身体もボロボロで。くたくたに疲れてるのに眠れなくて、朝まで一睡もできないまま出勤することもよくありました。だから辞めたんです。どうせその程度の仕事なら、またすぐ見つかるし。会社を辞めたって話したら、友だちは旅行でも行ってきたらって言ってくれましたけど、そんな気にもなりませんでした。何日かどこかへ行ったくらいで、世界旅行したくらいで収まるような怒りだったら、そもそも湧いてこなかったと思うし。どうせいつかはまた仕事しないといけないわけでしょ。そしたらまた腹が立つこともあるはずで。そのたんびに夏休み、冬休みだけを待ちわびるわけにいかないじゃないですか。私は日常の平和が欲しかったんです。怒りを鎮める能力を手に入れたかった。それで、どうしたら怒りを鎮められるか考えていて、瞑想でもしてみようか、って思ったんです」

そこから先の話は、ヨンジュもある程度知っていた。ジョンソが一杯のコーヒーを前にただじっと座っていたのは瞑想をしていたのだということ。ある日アクリルたわしを編み始めたのは、瞑想が難しすぎて別のアプローチを探った結果だということ。たわしが完成したあと本格的に編み物を始めたのは、何かを作るのが意外に楽しかったからだということ。たわしやマフラーを編む合間にそっと目を閉じていたのは、引き続き瞑想をしていたのだということを。

「瞑想をしても雑念は消えませんでした。雑念が消えないから、ずっと腹が立ったままで。目を閉じて呼吸だけに集中しようとしても、あのクソ部長の顔がちらちら浮かぶし、あのクソ主任、じゃなくて今は課長になったアイツのちんたらした歩き方が頭に浮かんで、もうどうにかなりそうでした。これじゃダメだと思って、何かを作ってみることにしたんです。手を動かしているだけでも雑念を追い払うことができるって、どこかで聞いたのを思い出して。やってみてわかったんです。手を動かすから雑念がなくなるんじゃなくて、手を動かしながら何かに集中しているから雑念がなくなるんだって。何時間か編み物に集中したあと現実に戻ってきたら、いいことが二つありました。目に見える結果が生まれること、それと気持ちがすっきりすること。少なくとも編み物をしているあいだは腹が立たないから」

二人のオンニはジョンソの話を最後までじっと聞いてあげた。話が終わると二人は仰向けに寝転び、彼女にも早く寝転ぶようにと言った。ジョンソも身体をまっすぐ伸ばして壁沿いに寝転んだ。編み物をしたあとのように気持ちがすっきりしていて、瞑想をしているときのように頭がぼーっとしてきた。すーっと眠気が押し寄せてくる。何度かまばたきしたあと目を閉じた。ジョンソはぼんやり考えた。こうやって横になっているうちに眠りに落ちたら、気持ちよく目覚められるだろうなと。

## ライティング講座スタート

スンウは厚手のジャンパーを羽織り、バックパックを背負ってヒュナム洞書店へと歩いていた。車で行ってもよかったが、地下鉄の駅から書店までの道を一度歩いてみたかった。この前も思ったが、ヒュナム洞書店は、偶然通りかかって立ち寄るようなタイプの店ではない。町の住民でない限り、わざわざ訪ねていかなければならない場所。こんなところにヨンジュはどういう思いで、どういう理由で書店を構えたのだろうか。

落ち着いた雰囲気の町だった。ほんの一〇分前までガヤガヤした通りを歩いていたスンウは、まるで演劇が終わったあとの舞台を歩いているような気分になった。この町を行き交う人々の手には紙袋ではなく買い物かごが握られているような気がしたし、彼らが路地ですれ違うのは大半が初めての顔ではなくすでに何度か目礼を交わした人たちであるように思えた。ヒュナム洞書店の魅力は、そんなことを思わせる町に位置していることかもしれない。目の前に存在しているのに過去に属しているような町の雰囲気が、人々をヒュナム洞書店へと誘《いざな》うのかも。

二五分ほど歩いてヒュナム洞書店に到着した。スンウは、中に入る前に店先の立て看板を読んでみた。

——ヒュナム洞書店でもついに！　ライティング講座を始めます。毎週土曜日、『毎日読みます』のイ・アルムさん、『良い文章の書き方』のヒョン・スンウさん、作家のお二人と一緒に学びましょう。^^

自分が本を出したという事実にも、作家と呼ばれることにもまだ慣れていないスンウは、立て看板の文章を読んで顔がほてるのを感じた。数年前には思ってもいなかったことが自分の身に起きているのが、ただただ不思議だった。誰にも未来は予測できないという言葉は、確かに正しかった。

ドアを開けて中に入ると、初めて訪問したときと同じく、まず繊細なギターの旋律がスンウの感覚を刺激した。続いて、優雅でやさしい照明の光が彼の目を満足させた。彼はまるで初めてここに来たかのように、店内をじっくり見て回った。のんびりと本を探したり、読んだり、手に取ったりしている人たちを、心の中で一人ずつ数えてみる。最後の一人まで数えると、ゆっくりと振り向いてどこかを見る。その視線の先には、本の会計をしている客の後ろ姿があった。スンウは、客が会計を終えるまで、レジから離れたところで待っていた。そうしているうちに、繊細なギターの旋律も、優雅でやさしい照明の光も、彼の感覚体系から徐々に消えていった。客が立ち去ると、そこにヨンジュがいた。

彼女は、ほどよい厚さの黄緑色の丸首シャツにカーキ色の腰丈カーディガンを羽織り、九分丈のジーンズをはいていた。靴は、見るからに履きやすそうな白いスニーカー。客の後ろ姿を見送っていたヨンジュは、スンウの姿に気がつくと彼に笑いかけた。スンウは落ち着いた表情で彼女に歩み寄りながら、頭をフル回転させてあいさつの言葉を選んだ。そもそも「もっとも適切なあいさつ」

なんてものが存在するのかという疑問が浮かぶと頭の回転が急速に落ちていく気がしたが、表情には出さなかった。

ヨンジュがカウンターの中から出てきて声をかけた。

「スンウさん！　早く来てくださったんですね。道路は渋滞してませんでしたか？」

スンウは質問に合う答えをすんなり選び出した。

「はい、地下鉄で来たので渋滞はありませんでした」

「この前は車でいらしてませんでしたっけ？」

スンウは簡単な質問に簡単に答えた。

「はい、この前は車でした」

彼はヨンジュの目を見ながら、この眼差しのせいかもしれないと思った。今自分がこんなにも緊張している理由は。いや、もしかしたら、今自分がこんなに緊張しているのは、かなりの確率で、このあと予定されている講義のせいかもしれない。工学部出身のスンウは、人前で話をすることはほとんどなかった。たまに技術セミナーで発表することはあったが、話す側も聞く側も、ただ淡々と話し、淡々と聞くという雰囲気だった。より効率的に、よりおもしろく話すためのスキルは特に必要なかった。正確で明瞭であればそれでよかった。だが今日の講義でも、ただ正確で明瞭であればいいのだろうか。スンウは、今日自分がどんな姿で人々の前に立つことになるのか想像がつかなかった。

わざわざ墓穴を掘ったわけだな。

そう考えてしまえば、むしろ緊張が和らぐようでもあった。彼女のせいであれ、講義のせいであれ、とにかく今から何時間かのあいだに何度もあたふたするのは目に見えていた。話も動きも不自然になるだろうし、一〇〇パーセントの力を発揮するどころか、普段どおりに振る舞うことすらできない気がした。それならいっそ、うまくやろうという気持ちを捨てたほうがいいだろう。ほかの人たちに自分がどう映るかさえ気にしなければ、最悪の一日は免れることができるのではないか。

ヨンジュが案内してくれた講義室はこぢんまりして温かな雰囲気だった。店内の音楽がかすかに漏れ聞こえてくるが、静かすぎるよりはいいだろうと思えた。彼女はテーブルの上のノートパソコンを起動し、リモコンでプロジェクターを作動させた。裏庭へのドアのあたりに設置されているスクリーンも下ろした。ヨンジュがスンウの送った資料をパソコンに表示させているあいだ、彼は長方形のテーブルの長い辺の椅子に腰を下ろした。彼女は立ったまま腰をかがめてキーボードを叩きながら、資料はプリントアウトすることもできるのでやりやすい方法で進めてください、飲み物はいつでも注文してください、と言った。

セッティングを終えたヨンジュは明るい顔でスンウの向かいに座った。

「緊張しますか?」

見るからに緊張した顔をしていたのだろうか。

「ええ、ちょっと」

「今日の午後の部で講義された作家さんがおっしゃってたんですけど」ヨンジュがスンウの反応を見ながら言った。

「雰囲気は思ったより良かったそうです。受講生はみなさんフレンドリーで、何を言っても好意的に受け止めてくれたって」

スンウの緊張をほぐそうと言っているのは明らかだった。

「講義の申し込みを受け付けたとき、アンケートをとったんです。今日お見えになる八人のうち、五人はスンウさんの本を購入されていて、二人はブログのフォロワーで、三人はコラムを読んだことがあるそうです。トークイベントをやるたびに感じることなんですけど、こんなふうに作家さんについてすでに知っている人たちが来ると雰囲気がいいんです。今日もそうだと思いますよ」

「あ、はい」

そんなことを言ってもらったからといって緊張は解けないはずだが、それでもスンウはヨンジュの話にじっと耳を傾けていた。もしかしたらこのせいかもしれないと思った。トークイベントの前に読んでいたヨンジュの文章と実際のヨンジュから感じられるイメージの違い。静かで、深みのある川のような文章だと思った。こういう文章を書くのは、川のように穏やかな雰囲気の人ではないだろうか、なんとなくそう思ったような気もする。ところが、実際に対面したヨンジュは、川というより木の葉のようだった。青々としたみずみずしさを放ち、風が吹けば風に身を任せてふわりと飛んでいく木の葉。舞い降りた場所では、目を輝かせてやさしく語り始める。洗練されたマナーと適度な関心を持って。そういう違いがスンウの好奇心を刺激したのではないだろうか。

資料の準備を終えたスンウは、顔を上げてヨンジュと向き合った。この前も思ったが、彼女は人と視線を合わせていることに、特に気まずさを覚えないようだ。こうやって見つめ合っているのが気まずいなら、自分のほうから何か話しかけるなりしたほうが良さそうだ。そう思って頭を回転させようとしたが、すぐにやめた。我ながら可笑しくなった。なにをこんなに緊張して、なにをこんなに硬くなっているのかと。相手はあんなにも平気な顔をして楽しそうに目を輝かせているというのに。

そうやってヨンジュとちょっとした〝見つめ合い合戦〟をしていると、緊張が少しほぐれるようでもあった。彼女と向かい合っているのがだんだん自然に感じられるようになり、この数週間の困惑も、メールの画面の前で迷っていた時間も、そして、なぜしきりに彼女のことが思い浮かぶのかと落ち着かなかった気持ちも、どれも無用だったように思えた。いつしかスンウの心は普段のように落ち着いていた。彼は見つめ合い合戦を終わらせて、こう言った。

「実は、長いあいだ迷っていたんです。この講義のこと」

ヨンジュは、そうだと思っていた、というように微笑んだ。

「そうかなと思っていました。なかなかお返事がこないので。だから、あまりに無理なお願いをしてしまったかなって、ちょっと心配してたんです。講座を開こうと思ったとき、スンウさんのお顔がパッ！と頭に浮かんで、なんかうれしくなっちゃって」

「どうしてわたしのことがパッと思い浮かんだんでしょう？」

スンウが背もたれにゆっくり身を預けながら聞いた。

「お話ししませんでしたっけ？　わたし、スンウさんのファンなんです。スンウさんの書く文章が本当に好きで。だから、いつ本が出るかなって待ち構えてて、ビシッ！と一番乗りでトークイベントの交渉に成功したんですよ」ヨンジュが武勇伝でも語るかのように興奮気味の声で言った。

「こんなに文章の上手な方に講義をしてもらえたらいいだろうなあと思ってたんです。引き受けるって連絡をくださったとき、だから本当にうれしくて。ああ、本屋やってて良かった、って思ったんですよ。好きな作家を自分の空間に招待できるなんて、どんなにうれしいことか。わたしが、小さいころから作家たちをどんなに……」

ヨンジュはちょっと興奮しすぎかなと思って話をやめ、照れくさそうに笑った。

「自分のことばかり話しちゃって」

「いえ」

スンウが頭を振った。

「まだちょっと慣れていなくて。自分のファンだと言ってくれる人と接することに」

ああ、と小さく口を開いたヨンジュは、反省しますというように答えた。

「じゃあ、わたし、ちょっと控えめにしますね」

スンウは軽く微笑んで、こう言った。

「駅からここまで歩いてくる道、いいですね」

「かなり遠いですけど、歩いてこられたんですか?」

「ええ、実は初めてここに来たとき、ちょっと不思議に思ったんです。どうしてこんなに奥まったところに本屋を開いたんだろう。どうしてみんなこの本屋にやってくるんだろう。今日歩いてきて、わかる気がしました」

「その理由は何でしょう?」

しばし彼女のことを見ていたスンウは答えた。

「旅先で、知らない道を歩くときの気分がしたんです。路地をきょろきょろしながら目的地を目指して歩いていくときの気分、初めての場所、知らない場所だからウキウキする気分、そういう気分を味わいたくて人は見知らぬ場所へと旅に出るのかもしれないと思ったんです。そして、ヒュナム洞書店は人々にとってそういう場所なんじゃないかなと」

「ああ」

スンウの言葉に、ヨンジュは感激したように言った。

「こんな不便な場所まで足を運んでくださるみなさんにはいつも感謝してるんですけど、ここに来る道で本当にそういう気分を味わってもらえたらうれしいですね」

「わたしは感じました」

それを聞いてにっこり笑ったヨンジュは、いたずらっぽい表情を浮かべて彼のほうに身を乗り出した。

「ところでスンウさん、一つお聞きしてもいいですか？」

「何でしょう？」

「迷った末に引き受けてくださった理由は何ですか？」

何と答えればいいのだろう。自分でもまだ自分の気持ちをうまく言葉にできないのに。だが、嘘をつくのも嫌だった。少し考えてから、こう答えた。

「気になったからです」

「何がですか？」

「ヒュナム洞書店がです」

「この店が、どうして？」

「なんとなく、ここに何かあるような気がしたんです。人々を引き寄せる何かが。それが何なのか、気になったんです」

彼の答えがどういう意味か少し考えていたヨンジュはあることに思い当たり、すぐに納得した。ジョンソが話していたようなことを言っているのかもしれない。ジョンソを常連客にしたヒュナム洞書店の雰囲気が、スンウまでも引き寄せたのではないだろうか。だとしたらこのヒュナム洞書店、けっこう勝算があるのだろうか。今のままやっていけばいいのだろうか。彼の言葉に気を良くしたヨンジュは、時計を見て立ち上がった。

「そのお言葉、胸に刻んでおきます。わたしがずっと願っていたことなんです。この空間が人々の身近な存在になればいいなって。おかげですごく力が湧きました」

そろそろ宅配便が届く時間だと言って彼女がドアを閉めて出ていくと、スンウはあらためて自分の座っているこぢんまりした空間をじっくり見回してみた。真実を巧妙に隠しつつ、かといってまったくの嘘でもない答えを言ったわけだが、今考えてみると、その答えは本当に真実になったような気がした。間違いなくこの空間には自分を引き寄せる何かがある。気に入った。このあとの時間がどういうふうに流れようとも、もうすでに、今日が最悪の一日になることはなくなったと、スンウは思った。

ヨンジュがある新聞にコラムを書くようになったことに、スンウの直接的な働きかけがあったわけではない。ただ、コラムの担当記者が、彼のおかげでヨンジュの存在を知ったというのは事実だ。これまでに記者がスンウと会ったのは一回きりだ。一度会いましょうという記者の誘いを、スンウはそのつど遠回しに断ってきた。どのみち彼女だって、彼に会いたくてそう言っているわけではなかった。一応担当記者だしたまには様子伺いでもしておかないと、という責任感のために、ただ形式的に誘っていたに過ぎないのだから。お互い気が乗らないのに無理して会って、さも親しげに話をしなければならない状況そのものを、スンウは嫌っているようだった。

担当記者はスンウのそういう性分を早くから見抜いていた。そしてそんな彼のことが気に入っていた。こちらから連絡しなければ向こうから連絡してくることはないので仕事が一つ減ったような気がしたし、二週間に一度、約束の期日にきちんきちんと届くコラムも、これといって手を入れるところはなかった。そもそも、激しい論争を巻き起こしたり、たちの悪いコメントがついたりするような内容ではないので、神経を尖《とが》らせて事実関係を確認する必要もない。文章に長《た》けたコラムニストなので、特に文章を修正する必要もない。スンウのコラムは順風満帆に、平和に進んできた。

とはいっても、スンウに対してまったく無関心でいるわけにもいかないので、ときどき検索ボックスに彼の名前を打ち込んでみていた。そうしているうちに、ある書店のブログで、彼が講義を担当していることを知ったのだ。講義はすでに始まっているばかりか、二次募集までしているらしい。記者の知っているスンウは講義を引き受けるような人間ではなかった。面倒だからと断りそうなものなのに、なぜ？　ヒュナム洞書店？　この本屋、有名なの？　好奇心が湧き、書店のブログをフォローしておいて、時間があるときに読んでみた。そしてそこでヨンジュの文章と出合った。ちょうど、本に関するコラムを書いてくれる人を探しているところだった。最近、独立書店の店主たちの文章をあちこちで見かけていたし、せっかくだからその流れに乗ってみるのもいいだろうと思った。個人的な面が強めの文章ではあるけれど、その部分だけ修正、補完してやれば、新たなコラムニストを無難に発掘できそうに思えた。

そうして日曜日の午前、記者はヨンジュと会うことになった。最初は及び腰だったヨンジュも電話で何度か話しているうちに気持ちを変えたが、それでもまだ不安そうにするので、顔を見るのも兼ねて背中を押してあげようと、直接会うことにしたのだ。そして思いがけずスンウも一緒に。数日前、記者はスンウとの電話中に、ヨンジュがコラムを引き受けてくれそうだという話をした。実はあなたのおかげで彼女のことを知ったのだと、それまでの経緯をざっと説明しても、彼は特に驚いた様子も見せなかった。日曜日にヨンジュとカフェで会う予定だと言ったときも、最初は「あ、はい」と答えるだけだった。そして、あれこれ話したあとそろそろ電話を切ろうかというとき、スンウが淡々とした口調で、日曜日に自分も行ってもいいかと聞いてきたのだ。契約延長の件についても、そのとき話をしようと。記者はそれを聞いた瞬間、なぜ彼が講義をしているのか、疑問が解けた気がした。

「契約の延長はしないとおっしゃると思ってましたけど、急に考えを変えた理由は何ですか？」

カフェで話を終えて立ち上がりかけた記者が、再び腰を下ろしてスンウに尋ねた。これまでずっと無愛想だったスンウに一度は一泡吹かせてやりたいと思っていたので、今この瞬間は、またとない絶好のチャンスだった。記者は意味ありげな笑みを浮かべて彼を見た。記者の表情から何かあると感じたヨンジュも、彼のほうに顔を向けてその横顔を見た。スンウは記者が勘づいたことを察したが、それを表には出さなかった。ただいつもと同じ表情、声でこう言った。

「これからはもっと楽しく文章が書けそうな気がするので」

記者はくすりと笑って立ち上がった。ヨンジュに対してはうまく気持ちを隠しつつ、自分に対しては「記者さんが勘づいたこと、わかってますよ」とでも言うようなセンスのある答えに、それ以上茶化すような真似《まね》はしたくなかった。記者は、自分のような子育て中の母親は週末のほうが忙しいのだと言いつつ、日曜日の朝に時間を割いてくれてありがとう、とカフェをあとにした。

並んで座っていた二人は急に話すことがなくなった。短い沈黙を破ってスンウが言った。

「ご飯でも食べにいきますか？」

二人の前にトンテチム〔スケトウダラと豆もやしの辛味蒸し煮〕をメインとする料理が並んだ。魚料理が大好物だというヨンジュが、カフェの近くにあるトンテチム専門店にスンウを連れていったのだ。スンウはスケトウダラが好きでも嫌いでもなかった。せいぜい、この世にスケトウダラという魚が存在することを忘れない程度に、誰かが食べたいと言えばそれに付き合うくらいだった。

テーブルに並んだ料理の数々を見ると、ほかの魚のように適当にかぶりついて食べればいいという感じではないらしかった。ヨンジュの様子を見ると、どうもそのようだ。彼女は左の手のひらに焼き海苔《のり》を広げ、その上にご飯をのせた。続いて、適当な大きさにほぐしたスケトウダラの身を辛味ダレに絡めてご飯の上にのせ、同じ要領で豆もやしものせた。そして海苔で巻いて口の中へ。口の中をいっぱいにして、もぐもぐ噛んでいるヨンジュはご機嫌そうだった。そんな彼女の姿に笑みを浮かべていたスンウは、箸でご飯をつまんで聞いた。

「それは一般的な食べ方なんですか？」

ヨンジュは口の中のものをすっかり飲み込んでから言った。

「さあ、どうでしょう。わたしもこうやって食べるのは初めてなので」

スンウは、今度は豆もやしをつまんで言った。

「それにしてはすごく自然に召し上がってますよね。いつもそうやって食べているのかと思いました」

おいしいトンテチムにスンウがなかなか箸をつけないのを見かねて、ヨンジュは海苔を一枚、彼の手に持たせてやった。

「これを不自然に食べるほうが難しいと思いますけど」

ヨンジュはその会話が可笑しかったのか吹き出して、海苔をもう一枚手に取った。

「スンウさんも一度、包んで召し上がってみてください。おいしいですよ」

スンウは、ヨンジュがくれた海苔の上に、先ほど彼女がしていたようにご飯とスケトウダラ、豆もやしをのせた。そしてくるくる巻いて口の中に入れた。噛むほどに、いい塩梅《あんばい》の辛味ダレの味が広がって、なるほど確かにおいしい。ヨンジュもスンウと同じタイミングでご飯とスケトウダラ、豆もやしを海苔の上にのせたあと、彼の食べる様子を見守り、口の中が空になったのを見計らって尋ねた。

「どうですか？」

「おいしいですね」

スンウはピッチャーの水をコップに注いでヨンジュに渡した。

「でも、ちょっと辛いですね」

ヨンジュは手にしていた海苔を口に入れながら言った。

「わたしもそう思いました」

昼ご飯を食べて出てきたのに、まだ正午にもなっていなかった。ここから地下鉄六号線の上水《サンス》駅までは歩いて五分。二人はどちらからともなく駅のほうへ歩きだした。ヨンジュが身を縮めて歩くのを見て、スンウは言った。

「寒さに弱いみたいですね」

「そうでもないんです。というか、実はよくわかりません。けっこう耐えられる日もあれば、全然ダメな日もあって。だから、気持ちの問題かもしれません」

「じゃあ今はどうですか？」

「今ですか？」

「はい。おいしいトンテチムをたっぷり食べて家に向かっている今の気持ちはどうなのかなと思って。けっこう寒いと感じるのか、それほどでもないのか」

「うーん……あの人見えますか？」

ヨンジュは前を歩いている男性を指した。三〇代初めとおぼしき男性が、寒くて寒くてたまらないというように、腕組みをして足早に歩いていた。

「あの分厚いマフラー見てくださいよ。マフラーで顔が埋もれてますよね。たぶん、あの人が感じている寒さよりはマシだと思います。あったかいお茶を一杯飲めば吹き飛んでいきそうな寒さ、っていうか。これで答えになってますか？」

スンウは立ち止まって言った。

「じゃあ、あったかいお茶を一杯飲みましょうか？」

スンウがネットで検索して見つけた伝統茶の店は、歩いて一〇分のところにあった。最後に伝統茶の店に行ったのはいつだったか思い出せないほどだと話しながら歩いていると、あっという間に到着した。ヨンジュがメニューの中からカリン茶〔カリンの砂糖漬けを湯で割ったもの〕を選ぶと、スンウも同じものを注文した。二人ともカリン茶を一口含むなり、ああこの味だ、と思った。そして、長らく忘れていた味だ、とも。

「昔、出張に行ったんですが」

スンウがカリン茶をもう一口飲んでから言った。

「どこにですか？」

「アメリカ、アトランタです」

「わたし、スンウさんがどんなお仕事されてるのか、すごく気になってたんです。でも聞けませんでした」

「どうしてですか？」

「神秘主義にキズをつけたくなくて？」

ヨンジュが冗談っぽく言うので、スンウはくすりと笑った。ブログのフォロワーからも、ベールに包まれているようだと言われたことがあった。

「近ごろは、自分のことについて話さないだけでも神秘主義ってことになるらしいですね。わたしは平凡な会社員で、毎日出勤しては退勤するという生活をしてるだけなんですが。自分のことを何でもオープンにする社会ですよね、今は」

スンウの言葉に同意するというようにヨンジュはうなずいた。

「そういえばそうですよね。わたしは、ただ……話したくないと思ってることを聞いても、答えてもらえないかなと思って。わたしもそういうタイプなんですよ。話したくないことを聞かれたら、すっごく険悪になるんです」

「わたしは険悪にならないようにしますよ」

スンウはいつもよりやわらかな表情でヨンジュを見た。

「前はプログラマーとして働いていたんです」

「おお、工学部男子！　今は違うんですか？」

「部署を変わったんです。品質管理の仕事をしています、今は」

「どうして部署を変わったんですか？」

「くたびれたからかな？」

「くたびれたからですか？」

「ええ、くたびれたから。でも、わたしが話そうとしていたのは……そのことではなくて」

「あ、はい」

「アメリカに二カ月ほど滞在したことがあるんです。仕事が忙しくて、ろくに休みも取れない毎日でした。そんなある日、フィールドテストに行った先で偶然、韓国料理のレストランに入ったんです。その店では、水ではなくジャスミンティーを出してくれました。韓国でもたまに飲んでいたので特に何も思わずに飲んだんですが、出張が終わって家に帰ってからも、やけにその味が思い出されて。で、それ以来、家でもジャスミンティーを飲むようになったんです」

「アメリカで飲んだ味がそのまま再現されましたか？」

「いいえ」

「うーん」

「味は再現されませんでしたが、ジャスミンティーが当時の記憶を呼び覚ましたんです」

「どんな記憶ですか？」

スンウは、温かいティーカップを指で撫でながら大きく見開いた目で自分を見ているヨンジュのことを見た。

「あのときは本当につらかったんです。何もかも投げ出して家に帰りたいと、ほぼ毎日考えていた気がします。でも、偶然入ったそのレストランで、なぜか癒やされた気分になって。雰囲気のためなのか、親切な店長さんのためなのか、どうしてかはわかりませんが、そこの何かにすごく励まされたんです。そのおかげで仕事もやり遂げられたんだと思います」

「ありがたい場所ですね」

「ええ、本当に。それで、どうしてこの話をしたかというと……」

「……」

「この伝統茶の店のことも、長く記憶に残るような気がします。そんな感じがするんです。この先何度も、今日という日を思い出すことになるだろうって」

「最近、つらいことでもあったんですか？」

ヨンジュの言葉にスンウは吹き出した。ヨンジュは、彼が声を出して笑う姿を不思議そうに見つめた。誰でもそうやって笑うことくらいあるとわかっていながらも、なぜか不思議だった。普段のスンウからはあまり想像できない姿だったからなのか、それとも、大笑いする姿に意外と違和感がなかったからなのか。いつもよりやわらかなスンウの表情は、彼を少し違う人のように感じさせた。

「わたしも一つ思い出したことがあるんです」

ヨンジュが、笑みを浮かべているスンウを見て言った。

「何ですか？」

「以前、会社勤めをしてたころのことなんですけど」

「長く勤めてたんですか？」

「一〇年は軽く超えてました」

「いつ辞めたんですか？」

「三年くらい前ですね」

「会社を辞めてすぐに書店をオープンしたんですか？」

「ええ、辞めてすぐ」

「辞める前から計画してたんですね？」

「いえ、そうではないんです」

「じゃあ？」

「スンウさん」

「はい？」

「わたし、険悪になりそうです」

ヨンジュがスンウの質問を遮って笑みを浮かべると、彼はひと息置いて「わかりました」と答えた。

「ある日、夜一一時に会社を出たんです」

「残業すること、よくあったんですか？」

「よくありました。それはもうしょっちゅう」

「残業をしょっちゅうしてたら、会社を辞めたくなりますよね」

「そうなんです……で、その日会社を出たんですけど、急にどうしてもビールが飲みたくなって」

「ビール……」

「それもただのビールじゃなくて、立ち飲み屋さんのビールが飲みたかったんです」

「立ち飲み？」

「そうです。腰を下ろしたら、疲れがちょっと収まるじゃないですか。それが嫌で。すっごく疲れた状態でビールが飲みたかったんです。そしたらどんな味がするだろうって……」

スンウは興味深そうな顔でヨンジュの話を聞いていた。

「どんな味がしたんですか？」

「極上の味」

「わざわざ立ち飲み屋に行ったわけですね？」

「ええ、そうです。すごく混雑してて。なんとか一人分のスペースが空いたんです。そこに立って一杯飲んだんですけど、ほんとに幸せな気分でした」

「幸せって、そう遠くにあるわけではないんですね」

「わたしが言いたかったのはそれです」

「幸せ？」

「ええ、幸せはそう遠くにあるわけじゃない、ってことが言いたかったんです。幸せは、遠い過去とか、遠い未来にあるわけじゃなかったんです。すぐ目の前にあったんです。その日のビールのように、今日のこのカリン茶のように」

ヨンジュはにっこり笑ってスンウを見た。

「じゃあ、幸せになるにはビールを飲めばいいわけですね、代表さんは」

ヨンジュはスンウの言葉にふふ、と笑って言った。

「正解！」

「もっと幸せになるには、くたくたに疲れた状態で立って飲めばいい、と」

「それも正解です！」

ヨンジュがさっきより大きな声で笑いながら言った。

「わたし……」大笑いしていた彼女が、ふと声のトーンを落として言葉を継いだ。「そうやって、幸せはそう遠くにあるわけじゃないって思ったら、ちょっと生きやすくなるような気がしたんです」

一瞬でがらりと雰囲気が変わった彼女の顔を見て、スンウは聞いてみたかった。生きるのがどうしてそんなにつらいのか。スンウの知る限り、「こうこう、こうすれば生きやすくなる」と言う人は、そういうことを言わない人よりも、生きるのがつらいと感じている人だった。あまりにつらくて、そのつらさから解放されたくて、しきりに方法を考えるのだ。生きることに耐える方法、この先、生きていく方法を。

彼は誰かと話をするとき、こういうところが一番難しいと感じた。はたしてどこまでなら聞いていいのか、どこで止めるべきなのか。好奇心が無礼さに変わる瞬間を、どうすれば見極められるのか。彼自身の経験が一つ教えてくれるのは、よくわからないときはとりあえず立ち止まるほうがいい、ということだ。質問してもいいかわからないときは質問しないこと。何を言えばいいのかわからないときは聞き役に徹すること。この二つを守るだけでも、少なくとも無礼な人間になることは避けられる。

「スンウさんはどういうときに幸せですか？」

スンウが黙って自分の話を聞いてばかりいるので、ヨンジュがそう聞いた。幸せか……彼は幸せについてあまり考えてみたことがなかった。人間は幸せを追い求めるものだとよく言うけれど、そんなことはどうでもいいと思っていた。「どうすれば幸せになれるか」よりも「どうすれば充実した時間を過ごせるか」を意識して生きてきた。時間を有効に活用して生きること、スンウにとって幸せな人生とはそういう人生かもしれない。

「幸せがどういうものかよくわからないので、答えにくいですね。さっきおっしゃってましたよね。ビールを飲んで幸せな気分だった、って。それがどんな気分なのかは、よくわかる気がします。代表さんご自身が幸せだと感じるなら、それは間違いなく幸せなんだと思います。でも何を幸せだと感じるかは、人それぞれ違うような気がします。わたしにも、わたしに合う幸せがあるんでしょう。でも本当に難しいですよね。わたしにとって、幸せってどういうことでしょう。幸せって何でしょう」

「幸せとはいったい何なのか、については、いろんな意見がありますよね。アリ……。あ、また」

ヨンジュはそこまで言って、「またか、また」と心の中で自分を叱った。書店を運営するようになってから、本の内容を引用したり、「誰それがこう言っていた」という言い方をしたりすることが増えた。客に、こういう状況のときに読むといい本を推薦してほしい、と言われたときにサッと答えられるよう努力してきたのが習慣になったせいだ。本に関するコラムを書くようになって、その習慣はますます定着した。ある考えが浮かぶと、それについて書いてある本や関連のある本が自然と頭に浮かんだりもした。そんなわけで、話の中にやたらと引用が交じり、作家の名前が交じり、理論が交じった。自分で自分の話をつまらなくしているようなものだ。いや、正直、ヨンジュ自身はつまらないとはまったく思っていなかった。ただ、たまに相手が閉口することがあった。

「何が、あ、また、なんですか?」

「なんでもないんです」

「何がですか?」

「なんでもないんです」

「アリ……は、アリストテレスと言いかけたんですか?」

ヨンジュはそれには答えず、ティーカップを手で包み込んだ。

「『ニコマコス倫理学』? 読んだことはありませんが、そういう本があるのは知っています。その本でアリストテレスが幸福について述べているということも。アリストテレスは幸福をどういうものだと言っているんですか？」

　彼は全部お見通しなのだと思うとヨンジュは少し恥ずかしくなって、ぬるくなったカリン茶を二口立て続けに飲んだ。言いかけてやめたのもバカみたいだったし、今こうやって恥ずかしそうにしているのもバカみたいに見えるかもしれない。そう思って彼をちらりと見てみると、穏やかな顔で自分の次の言葉を待っていた。いくら退屈な話を延々としても、表情ひとつ崩さず最後まで聞いてくれそうな顔だった。だから、言いかけてやめた話をすることにした。

「そのアリ……という人は幸福と幸福感を区別したんですけど、彼の言う幸福は、一生涯かけて実現するものなんです。画家になろうと決めたなら、偉大な画家になるために生涯にわたって努力しなければならない、と。そうして偉大な画家になったら、その人は幸福な人生を生きたことになるんです。前はそういう考え方が好きでした。気分なんて変わるものだから、同じ状況でも今日は幸福で、明日は不幸だっていうこともありますよね。たとえば、今日はカリン茶を飲んで幸福だと感じても、明日はいくら飲んでもそう感じないかもしれない。そういう幸福は魅力的ではないように思えて。だから、生涯かけて何かを実現することが人の幸福を左右するなら、一度チャレンジしてみてもいいかなと思ってたんですよ。努力することには自信があったんです、そのころは」

「誰かが聞いたらうらやましがりそうなフレーズですね」

「何がですか？」

「努力することには自信があったんです、っていうフレーズです」

「どうしてですか？」

「努力できるのも才能のうちだ、ってよく言うじゃないですか」

「ああ……」

「でも、どうして考えを変えたんですか？　どうして、アリという人の言う幸福が嫌になったんですか？」

「幸せじゃないからです」

ヨンジュはやや上気した顔で話を続けた。

「一生涯かけて何かを実現する、いいことです。でも、アリという人の言っていることが、だんだんこう思えてきたんです。彼の言う幸福とは、最後の瞬間のために長い人生を人質にとられているのと同じだ、って。最後の瞬間の一度きりの幸福のために、生涯、努力のし通しで不幸に生きていかないといけないんだ、って。そう考えると、幸福っていうものがなんだか恐ろしくなったんです。自分の生のすべてを、たった一つ何かを実現するために費やしてしまうなんて、あまりにも虚しいなって。だから、わたしは幸福ではなく幸福感を求めて生きようって、考えを変えたんです」

「それで今は幸せですか？」

ヨンジュは小さくうなずいた。

「前よりは」

「じゃあ、考えを変えて良かったわけですね」

ヨンジュはスンウの顔をじっと見つめた。はたして考えを変えたのが良かったのかどうか、自分でもまだよくわからないという目で。

「応援します」

ヨンジュの目が少し大きくなった。

「わたしをですか？」

スンウはやさしい目で彼女を見ながら言った。

「はい、代表さんの幸福感を応援します。しょっちゅう感じられるといいですね、幸福感」

ヨンジュは何度かまばたきしたあと、カリン茶を一口飲んだ。誰かから応援してもらうのはとても久しぶりのような気がして、だから力が湧いて、力の湧く感じが良くて、彼女はカップをテーブルに置いて笑顔を見せた。

「応援ありがとうございます、スンウさん」

いつしか五時になっていた。時間を確認した二人は、いつの間にこんなに時間が過ぎたのかと驚いた。伝統茶の店を出て、自然と駅のほうへと歩きだす。地下鉄の駅の入口で二人は向かい合った。今日は楽しかったですと言うヨンジュに、スンウはポケットから取り出した瓶入りのカリンの砂糖漬けを差し出した。彼女がトイレに行っているあいだに買っておいたらしい。受け取ったヨンジュは、こんなに細やかな心遣いができるなんて、と言ってにっこり笑った。

「飲むたびに幸せになってくださいい」

「ほんとに。幸せにならないと」

スンウは軽く頭を下げてあいさつすると歩きだした。突然吹いてきた風にヨンジュはきゅっと身を縮めて彼の後ろ姿を見守った。そして階段のほうに向き直り、手に持っていたカリンの瓶をかばんの中に入れた。話がよく合う人と会うとやはり気分がいいものだなと思いながら。

## オンマたちの読書クラブ

ミンチョルオンマは、ミンチョルが来店するタイミングを探り出し、それを避けて平日の午後早くか土曜日に書店にやってきた。読書クラブのリーダーになってからはヨンジュにいろいろ聞きたいことがあり、二日に一度は必ず足を運んでいた。

今日ミンチョルオンマは、それまで目礼を交わす程度だったジョンソと同じテーブルについていた。空席がなくて困っているカップルの客を見て、ミンチョルオンマが彼女に相席を提案したのだった。縄編みのマフラーを編むのに全神経を集中させていたジョンソは、ミンチョルオンマの提案に驚いて周囲を見回し、隣の椅子に移動するという行動でその提案を受け入れた。二人は並んで座ってそれぞれ自分のやることをやりながら、合間に言葉を交わしていた。

「ミンチョルが、編み物のイモが編み物してるのを見てると一時間なんてあっという間だって言ってたけど、そう言うのもわかるわね」

ミンチョルオンマが赤い縄編みマフラーを手で撫でながら言った。

「私も、編んでると二、三時間なんてあっという間に過ぎてるから好きなんです」

ミンチョルオンマの笑い声に、ジョンソは顔を上げた。

「ところで、今何をされてるんですか？」

ジョンソはリズミカルに動かしていた手を止めて、ミンチョルオンマの前にあるノートパソコンに目をやった。

「ああ、これ……」ミンチョルオンマが照れくさそうな顔をして言った。

「私、読書クラブのリーダーなのよ。リーダーをするには、まずは自分の考えを整理しとかないと、と思って。それで文章にしてみてるとこなんだけど、うまくいかなくて。でもやらないといけないの。これをやっとかないと、しどろもどろになっちゃうのよ」

最初は、特に心配することもなくヨンジュの依頼を引き受けた。地元のおばさんたちが一緒に本を読んで話をするだけなのに、なにも難しいことはないだろうと思っていた。時間を持て余し、退屈しのぎに文化センターに通っているオンマ五人を読書クラブに加入させ、堂々たる「第一読書クラブ」のリーダーになった。名称は「オンマたちの読書クラブ」に決めた。一冊目の本として、朴《パク》婉緒《ワンソ》の『夕暮れの邂逅《かいこう》』を読むことにした。ヨンジュが選んでくれた本だ。

だが、最初の読書会、最初の瞬間から、ミンチョルオンマは当惑した。何か話そうとすると急に頭の中が真っ白になった。胸はドキドキし、手は震えた。慌てて、とりあえずメンバーたちには自己紹介をさせておいて、部屋から出た。ミンジュンに冷たい水を頼んだ。それを一気に飲み干したあとヨンジュをつかまえて、大変なことになったと訴えた。口が開かない、誰かに口をぴったり縫い合わされたみたいだと、べそをかいた。ヨンジュは、そんなミンチョルオンマの手をぎゅっと握り、ゆっくり手順どおりにやれば大丈夫、みんな理解してくれる、誰でも最初は難しいものだと言葉をかけてくれた。

ミンチョルオンマは大きく深呼吸をしてドアを開けた。再びオンマたちの前に座って、さっそくメモ用紙に目を落とした。進行の手順をゆっくりと読みながら気持ちを落ち着けた。ヨンジュの言うとおり、最初から完璧にはできないものだ、みんなも理解してくれるはずだと考えながら、涙が出そうになるのをぐっとこらえた。自己紹介を終えたメンバーたちはみんな自分をじっと見ている。見慣れた顔が、今日はなぜか見知らぬ顔に見えた。テーブルの下で両手をぐっと握りしめ、なんとか口を開いた。

「えー……みなさん。では……今から本当の自己紹介を始めます」

自己紹介なら今やったばかりなのにどういうこと、と目をぱちくりさせているメンバーたちに、彼女はもう一度深呼吸をしたあと、はっきりした口調で話し始めた。

「こんにちは。私の名前はチョン・ヒジュです。長いお付き合いの人も、私の名前は聞き慣れないですよね？　この読書会では、みんながお互いのことを本人の名前で呼び合いたいと思っています。私も、ミンチョルオンマではなくヒジュと呼んでもらいたいです。誰それの妻とかオンマとかではない、自分の名前でもう一度自己紹介をしてみてはどうでしょう？　ミンジョンさん、ハヨンさん、スンミさん、ヨンスンさん、ジヨンさん、みなさん最近、どんなことを考えていますか？」

その日当惑したことはもう一つあった。最初は恥ずかしがって尻込みしていたメンバーたちが、そのうち競い合うように話をし始めたのだ。顔を合わせればいつも夫の話、子どもの話ばかりだったオンマたちは、その二時間、自分のことだけを話せるのが楽しくて仕方ない様子だった。泣いたり笑ったりしながら、隣の人を軽く叩いたり、抱きしめたり、ティッシュペーパーを渡したり、共感したり、意見したりもしつつ、自分自身の人生について、とつとつと率直に打ち明けた。熱気に包まれたその雰囲気のせいで、ヒジュはその夜、ほとんど眠れなかった。明け方、ヒジュは考えた。

明日、ノートパソコンを買おうと。次回はもっとちゃんと準備していこうと。

「オンマたちの読書クラブ」は早くも四回目の読書会を前にしていた。今回も朴婉緒の本を読むことにした。メンバー全員が彼女の大ファンになったので、せっかくやるなら全作読破を目標にしてもいいだろうと思った。今回の本はヒジュ自身が選んだ。インターネット書店で本の紹介文を読みメンバーに共有すると、みんな気に入ったという。タイトルは『立っている女』だ。ヒジュはすでに読み終わって再読しているところで、読んでいる途中頭に浮かんだことはノートパソコンに記録した。パソコンに何かを打ち込んでいたヒジュは、ふと横を向いてジョンソに言った。

「ミンチョルが、最近お母さんがあんまり構ってこなくなった、って言ってない？　自分で考えてもほんとに構わなくなった。やらないといけないことがあるから、息子のこと考える時間が減ったのよ。そりゃ、まったく気にならないわけじゃない。そうはならないわよね。でも、言うこと聞かない子どもを育てるうえで、読書クラブには何かと助けられてるの。息子にばかり向かおうとする気持ちを引き戻してくれて。それだけでも充分。あの子のことで、もうどうにかなりそうだったんだから」

ヒジュとジョンソはもう何時間も、並んで座って文章を書き、編み物をしていた。そのときヒジュの目に、ある男性が読書クラブ部屋に入っていくのが見えた。今日も読書会があるのかと思ったが、考えてみたら今日は講義のある日だ。じゃあさっきの男性は作家に違いない。男性はすぐ部屋から出てきてミンジュンに飲み物を注文すると、ヨンジュのほうに歩み寄って話しかけた。どこか疲れて見えるところが、いかにも天性の作家だ。ひどく痩せているところもやはり、いかにも天性の作家だ。作家といえばかなり気難しいイメージがあるが、ヨンジュの言葉にうんうんとしきりにうなずいている様子を見ると、そういうタイプではなさそうだ。遠くから口元を見ているだけでも、静かに落ち着いて話をしているように思えた。疲れているように見え、ひどく痩せていて、相づちもよく打ち、話も上手な作家とは。ヒジュは、作家とヨンジュが言葉を交わす様子を見て微笑んだ。ひとりでに笑みが浮かんだ。

書店を開いて食べていけるだろうか？

コラムの連載を始めてひと月ほど経ったころ、ある新聞社から連絡がきた。町の書店主であるヨンジュにインタビューしたいと言う。少し迷ったが、提案を受け入れた。書店が根を下ろすのにプラスになるように思えたからだ。

新聞にインタビューが掲載されると、書店を訪れる客に変化が見られた。知り合いに会ったかのようにヨンジュに目礼をしたり声をかけたりする客が出てきた。客が増え、それにつれて売上も増えた。たった一度インタビューが載っただけでこんなに変化があるのかと驚いた。インタビューのように載った途端に反応があるわけではなかったが、コラムを読んで訪ねてくる客もいた。ヨンジュに声をかけてくる客は、以前は彼女のSNSの文章に言及することが多かったが、最近はコラムの内容に触れる人のほうが多い。コラムがおもしろかったという感想から、これからも良い本をたくさん紹介してほしいというお願いまで。町の住民の中にも、コラムを読んで初めて来てみたという人がいた。三〇代初めとおぼしきその客は、このコラムを書いた人の運営する書店はうちの町にあるのだと、友人たちに自慢までしたという。ちょくちょく顔を出しますと言って帰っていった彼女は、実際に数日おきに訪ねてきた。未来に関心が高いのか、来るたびに人工知能関連の本や未来予測本を買っていった。

最近は、原稿の依頼もけっこう入るようになった。携帯電話の向こうの聞き慣れない声の主たちは、ヨンジュに壮大なテーマを提示してきた。町の書店の未来や、読書人口減少の理由、あるいは本の物性が読書に及ぼす影響、といったテーマ。考えてみたこともないようなテーマのときは断ったが、ヨンジュ自身も関心のあるテーマ、たとえば、本の物性が読書に及ぼす影響、などの場合は引き受けた。文章を書くときはうんうん頭を抱えたが、それでも一生懸命書いた。書店の存在をより多くの人に知らせるチャンスだと思ったからだ。本と同じく書店も、まずはその存在が知られてこそ、生き残るチャンスをつかむことができるのだから。

ＳＮＳを通して、本や書店に関心のある人だけに知られていたヒュナム洞書店だ。だが今はもっと大きな世界へと広がりつつあるのを実感していた。間違いなく書店にとっては良いことだけれど、ヨンジュにはだんだん荷が重くなりつつあった。書店に人がたくさん来るというのは、彼女が一日の多くの時間を客の対応に費やさねばならないことを意味した。一日、一週間、一カ月単位で繰り返し処理してきた業務に加え、新たに始めたことにも気を配らねばならず、彼女はすでに一日に何度も仕事の流れを途切れさせていた。ああ、これ、いつか取り返しのつかないミスをやらかすな、という時点になってようやく、このままではダメだと考えるようになった。

そして、まさにそのとき、意外な人物から意外な提案が舞い込んだ。書店の流れが途切れるところには必ずヨンジュがいる、という事実を見抜いたサンスが、彼女にこう聞いてきたのだ。

「ここが一番忙しい時間帯はいつです？　店長さん」

ヨンジュのさらに上を行く「本の虫」で、ヒジュとは別の読書クラブのリーダーでもあるサンス。噂《うわさ》によると、彼にとって一日二冊の読書は朝飯前なのだとか。

「え?」

「店長さんが一番バタバタするのはいつか、ってことです」

いつものようにつっけんどんな物言いだった。ツンツンはねているロン毛が、その声とよく似ていた。

「それはちょっとわたしにも……」

「一回考えてみてください」

ヨンジュは本当に考えてみた。

「うーん……閉店前の三時間くらいかな?」

「じゃあその三時間、俺が手伝いますよ」

「え?」

「俺をバイトとして使えってことですよ。なんでこんな簡単な問題を解決できずにいるんですか」

サンスは、バイト代は最低賃金でいいと言った。その代わり自分はレジ専門のバイトなのでほかの業務は言いつけないでほしい、とも。レジだけでも確実にやってくれる人がいれば少しは楽になるのではないか、という理屈だ。手が空いているときは本を読むつもりなので、それが嫌ならほかのバイトを雇うなりしたらどうだと言うサンスに、ヨンジュは一時間だけ時間をくれと言った。一時間後、彼女は、店の隅で本を読んでいるサンスのところに行って、こう言った。

「週六日、一日三時間、まずは三カ月。どうですか?」

「OK」

サンスは、言ったことはきちんと守る人間だった。椅子に座って本を読み、客が来ると慣れた手つきで会計をし、また本を読んだ。自分の役割と決めた小さな枠から徐々にはみ出すようになったのは、ひとえにサンス自身の性格のためだ。彼は、自分が本に詳しいことを表に出したがるタイプだった。レジ前に座っていて、本を推薦してほしいと客に頼まれると、面倒くさそうな顔をしながらも本に関する知識を大放出し、結果、店を出ていく客の手には本が二、三冊握られている、という具合だった。その後サンスは、書店をよく利用する客たちから「つっけんどんだけど何でも知ってるバイトのおじさん」という長いニックネームで呼ばれるようになった。

ヒュナム洞書店の存在がほかの地域にまで知られるようになると、書店の開業を考えているという人が連絡してきたり、実際に訪ねてきたりすることもあった。そうやって訪ねてくる「未来の書店主」が一人、二人にとどまらないため、ヨンジュは単発のイベントを開いてみることにした。定期的に開くイベントより単発のほうが負担も少ないし、短時間で書店をＰＲするいい機会になると考えたからだ。

ヨンジュは、普段から付き合いのある書店主二人と、火曜日の午後八時に人々を出迎えた。未来の書店主十数人が三人の話に耳を傾けた。みんなが一番知りたがっていたのは、やはり生計についてだ。書店を運営して食べていけるのかということ。書店という夢を抱いてきた彼らは、これで大儲けしようなどとはそもそも考えていないようだった。ただ自分の好きな仕事をしながらほそぼそと稼いでいければそれで充分だという感じだった。Ａ書店の店長が、自分もこういう話をするのは初めてで、とはにかみながら言った。

「やっぱりそれが一番気になりますよね。食べていけるのか。私の場合は、なんとか食べていけるという感じです。店の賃料とか光熱費とか引いて手元に残るのは、月に一五〇万ウォン前後です。

そこから自宅の家賃や光熱費を払うとなると……やっぱり苦しいですよね？　それで半年前に実家に戻ったんです。一九で独立して、三六でまた親元へ……。これ以上は言わないでおきます。だからみなさん、よーく考えてください。書店の仕事というのはけっしてロマンチックなものではありません。でも、それでもどうしてもやりたいというならやってみてほしいと、そう言いたいです。一度やってみれば、あとになって後悔することもないでしょうから」

B書店の店長は、A書店店長の話が他人事《ひとごと》とは思えないと、泣くジェスチャーをした。それでもA店長よりは少し前向きな話を聞かせてくれた。

「まず、私は、A店長より稼ぎが多いときもあれば、少ないときもある、ということをお伝えしておきます。先月は稼ぎが少なかったなと思ったら、今月はめいっぱいイベントを開いて集客して、で、くたびれたなと思ったらちょっと休んで。で、また積極的にガンガンやる、という感じで運営しています。私もほかの店長さんたちと同じく、はたしていつまで書店を続けられるだろうってよく悩みました。たとえばみなさんも、いろんな悩みを抱えながら書店を開きますよね？　その悩みは間違いなく、書店を開いたあとも、なくなることはありません。私が言いたいのはこういうことです。私たちはどんな仕事をしても悩むことになると。書店じゃなくてほかの仕事をしても悩みは出てくるはずだし、それとは違うまた別の仕事をしても悩むことになる。つまり、自分はどういう仕事をしながら悩むのかと。私は今のところはまだ、書店を運営しながら悩みつづけてみようと思っています」

次はヨンジュの番だ。

「わたしも今もまだ悩みつづけているということをまずお伝えしておきます。そして、何はさておき、これだけはぜひお伝えしたいです。稼げなくても半年から一年くらいは書店を維持できるくらいの資金を、前もって用意しておいてほしいと。難しいのはわかっています。大金ですよね。でもそれくらいの時間の余裕は必要だと思うんです。書店が根を下ろすには。もちろん、一年で根を下ろせるという意味ではありません。わたしももう三年目になりますが、いまだに、どうやったら根を下ろせるか悩んでいるところです」

A店長がうなずきながら言った。

「五年目でも同じです。私は、根を下ろすというより、どうすれば長く続けていけるかを考えるほうですが。まあでも、根を下ろした書店がまったくないわけではないじゃないですか。ですよね？」

B店長がくるくると目を動かしながら、根を下ろした書店の名前をいくつか挙げた。多様な活動によって何年も高収益を維持している店や、地元の人気スポットとして名が知られている店だ。参加者たちはそれらをノートやスマートフォンに記録した。書店主三人がさらに何度か順繰りに話をしたあと、質疑応答がおこなわれた。夜一〇時を過ぎて、ようやくお開きとなった。

ミンチョルは、今では母親に言われなくても週に一、二回は書店に顔を出している。制服は目立つからと、こざっぱりした服に着替えてくることもある。忙しいヨンジュに代わって、今日はミンジュンが彼の話し相手だ。書店が忙しくなったとはいえカフェテーブルの数は決まっているので、ミンジュンはそう忙しくなったとは感じていなかった。全体的に仕事が増えたことは増えたが、対応しきれないほど大勢の客が一度に押し寄せるわけでもない。ミンジュンのそばをうろうろしていたミンチョルは、注文する客がいないのを見計らって聞いた。

「最近、本屋のイモ、すごく忙しいんですか？」

「うん」

「なのに、どうして全然手伝わないんですか？」

「僕はコーヒーを淹れないといけないから」

「もともとコーヒーを淹れるだけっていう契約なんですか？」

「うん。なんだ、僕が悪いヤツみたいに見える？」

「ちょっとはね。でも、もともとそういう契約なら、僕がどうこう言うことじゃないですよね」

ミンチョルの正直な反応に、ミンジュンはくすっと笑って言った。

「店長さん、仕事をだいぶ増やしたんだ。この本屋を大きくしようと思ってのことなんだけど。それでもってフーフー言ってる」

「フーフー言いながら、どうして？」

「試してみてるんだって」

「何をですか？」

「どこまでやれるか」

「ふーん……まあ忙しいのはいいことだから」

ミンジュンは、コーヒーを淹れながらミンチョルをちらりと見た。

「そんな心にもないこと、よく言うな。おまえ、忙しいのはいいことだなんて思ってないじゃないか」

「みんな忙しそうに生きてるじゃないですか。みーんな」

「おまえは違うだろ」

「僕は例外だと思います」

ミンジュンはゆっくりとうなずいた。

「そうだな、例外として生きるのも悪くはないな」

「そうかな……」

「さ、おしゃべりはこれくらいにして、これ一回飲んでみて」

ミンジュンはサーバーを持ち上げてカップにコーヒーを注いだ。

「苦いのは嫌なんだけど」

「苦くないさ。飲んでみて」

近ごろミンジュンは、暇さえあればハンドドリップでコーヒーを淹れている。味見役はたいていジョンソかミンチョルだ。高一のころからコーヒーを飲んでいたというミンチョルは、カフェインの影響をまったく受けないという。

「僕は覚醒しない人間らしいです」

いつだったかミンチョルがそう言って以来、彼はミンジュンの最高の顧客になった。苦いのが苦手な彼のために苦味をなくすよう努力してきたのだが、今回はうまくいったようだ。

「なんか甘いです」

「おいしいか?」

「僕はどういうのがおいしいのか、わからないから。でも一つ不思議なのは」

ミンチョルはやけに間を置いて言った。

「コーヒーが口の中で溶ける感じです」

「それはどういう意味？」

「なめらかだから、かな」

「なめらかだから溶ける感じがする？」

ミンジュンもサーバーからコーヒーを注いで一口飲んでみた。

「とにかく、これおいしいと思うけど？　だんだん実力が上がってきてる気がします」

「もともと実力はあったさ」

もう一口飲みながらミンジュンが返した。

「そうかな」

「もともと実力はあったけど、おまえの口に合うコーヒーが淹れられなかっただけさ。これで、もうおまえの舌もつかんだってわけだな」

「それ、なんかちょっと気分悪いんですけど」

ミンチョルはぶーぶー言いながらも、コーヒーをもう一口飲んだ。当初より口数の増えたミンチョルを眺めていたミンジュンは、次のテイスティングの日を決めた。

「あさって、同じ時間。大丈夫？」

「はい、大丈夫です」

関心のないふりをしながらも、ミンチョルは彼の頼みを断ることはなかった。

「あさってはもっとおいしいの淹れてやるから」

「おいしいかどうかは飲んでみないとわからないでしょ」

残りのコーヒーもすっかり飲み干したミンチョルが、カップを置きながら言った。

「じゃあ僕、イモにあいさつしてそろそろ帰るね」

ミンジュンはカップとサーバーを片付けながらヨンジュのほうに目をやった。

「うん、あいさつできそうならね」

ミンチョルはヨンジュが電話を切るのを待っていた。ヨンジュは申し訳なさそうにあいさつのジェスチャーをしていたが、彼は電話が終わるまで待つつもりでそのまま立っていた。電話が終わるなりヨンジュが駆け寄ってきてあれやこれやと質問すると、ミンチョルはそれら一つひとつに答えていた。「うちのお母さん、最近、なんか論文でも書いてるみたいです」と言うと、ヨンジュは声を出して笑いながら彼を店先まで見送りに出た。ミンチョルはぺこりと頭を下げると、寒いのか身を縮めて歩いていった。その後ろ姿を見ながらヨンジュは、中高生向けのイベントをやってみようかと思ったが、いやダメだダメだ、と思い直した。今でも充分、やることは多い。

# 今日はバリスタのいる月曜日

——バリスタのいない月曜日
——本日ヒュナム洞書店ではコーヒーの注文はお受けできません。
——コーヒー以外の飲み物は注文可能です。
#バリスタは週五日勤務　#バリスタの生活の質のために　#わたしたちみんなのワークライフバランスを応援します

　ミンジュンが出勤しない月曜日はコーヒーの注文は受けない。知らない客がいるかもしれないので、ヨンジュは毎週月曜日、同じ内容の案内文をブログとSNSに載せる。今では、初めての客を除いて月曜日にコーヒーを注文する人はいない。たまにいても、事情を説明すると、バリスタのワークライフバランスを応援しますと言って理解してくれた。すっかり定着した、ヒュナム洞書店の「月曜日の文化」だ。ところが、その文化をミンジュン自身が壊しているなんて。ヨンジュとしては納得がいかなかった。

　最初は、たまのことだろうと思っていた。月曜日の午後、書店にやってきたミンジュンは、何時間かだけいてもいいかとヨンジュに聞いた。コーヒーを誰かに試飲してもらいたいのだが、家ではそれができないので、と言う。ヨンジュは、試飲してくれと三〇分おきにやってくるミンジュンを拒みきれずカフェインの洗礼をたっぷり浴びたその日の夜、一睡もできなかった。

一晩眠れなかったことは大した問題ではない。本当の問題は、その後ミンジュンが毎週月曜日、店に来るようになったことだ。前もって約束でもしてあったのか、みんなが交代で「月曜日の試飲」を引き受けていた。ジョンソがミンジュンの来る時間に合わせて来店しせっせとコーヒーを飲んでやり、ジョンソがいないときはヒジュが、ヒジュがいなければミンチョルが、ミンチョルがいなければサンスがコーヒーを飲んだ。ミンジュンは、まるでレントゲン写真を確認する医者のように、みんながコーヒーを飲む様子を真剣に、細かく観察した。彼らの微妙な表情の変化とともに、ミンジュンの表情も明るくなったり暗くなったりした。あの目！　みんなの反応が気になって仕方ないというあの目！　あんな目をしている人に向かって、月曜日に出てきてどうしてそんなことをしているのか、などと責められようか！

ヨンジュは客の戸惑う様子を見て気をもんだ。「バリスタのいない月曜日」にすっかり慣れた客たちは、ミンジュンがここのバリスタであることはもちろん知っている。それなのに彼がバリスタゾーンでせっせとコーヒーを淹れているものだから、思わず曜日を確認したりもした。コーヒーを注文してもいいのかと聞いてくる人もいたし、聞くこともなく注文しようとする人もいた。ＳＮＳの案内文も台無しの店内の雰囲気にじりじりしたヨンジュは、あらためて考えてみることにした。この状況をどうすればいいのだろうか。

「店長さん、僕のせいで困ってますよね。あと何回かだけやらせてください。そしたらちょっとカンがつかめそうな気がするんです」

やきもきしているヨンジュの気持ちに気づいたのか、ミンジュンは先週そう言ってきた。ヨンジュは今こそ決断を下す時だと直感した。予行練習はもう終わり。
「ミンジュンさん、じゃあ、こうしてみるのはどう？」

——（今日は）バリスタの「いる」月曜日
——ヒュナム洞書店でもハンドドリップコーヒーを販売します。
——三時から七時まで、半額イベント。
——コーヒー以外の飲み物も注文可能です。
#ヒュナム洞書店のバリスタは進化中 #心を込めたハンドドリップコーヒー #コーヒーを飲みにきてください #毎週やるイベントではありません

このイベントをやるようになってからだろう。ヒュナム洞書店にコーヒー目当ての常連客が目に見えて増え始めたのは。

わたしが添削しましょう

一気に増えた仕事をミスなくこなそうと、ヨンジュはかなり緊張した状態で日々を過ごしていた。笑顔の合間に疲労の色がありありと浮かんでいた。「でも、サンスさんのおかげで仕事がだいぶ減った気がします」とは言っていたけれど、それでもまだやるべき仕事は多かった。今月のフェア図書の紹介文を書いていたヨンジュにジョンソが話しかけた。

「めちゃくちゃ気を張ってる様子がにじみ出てますよ、オンニ」

ジョンソの言葉にヨンジュは吹き出しながら言った。

「ほんと？　自分ではうまく隠せてるつもりだったんだけど」

ヨンジュが冗談っぽく返してきたので、ジョンソはわざと、もっと深刻な顔をして言った。

「だいぶ忙しいんですか？　それならちょっと仕事を減らさないと、オンニ」

ヨンジュはちらりとジョンソの顔を見た。

「そこまで忙しいわけじゃないの」

ジョンソの気持ちを受け取ったというように真面目な声で答えた。

「まあ、緊張度がちょっと高まっただけだと思う。この前まで緊張度6くらいで毎日過ごしてたとするでしょ。6くらいなら、その状態が半年続いても二年続いても生きていける感じだった。でも最近は8くらいかな。これじゃあ長くもたないよね。人間って、強度の高い緊張感をどれくらい保てると思う？　そう長くはない。ずっと保とうとしてるうちに身も心も壊れてしまう。そういう人、多いよね。だけど！」

ヨンジュは、力を込めるように軽く深呼吸してから続けた。

「今すぐ壊れてしまうほど大変なわけじゃないの。本屋っていうのは、いつお客さんが増えるかまったく予想がつかない。増えたかなと思っても、あるときからその人たちは来なくなる。永遠にバイバイ。だから、今のように忙しい時期も、そのうち嘘みたいに過ぎ去るかもしれない。わたしがいろいろ始めたから最近はちょっと忙しいけど、たぶんもう少ししたら、またこの本屋も忘れられるんじゃないかな。そしたら前みたいに緊張度6くらいで過ごすようになるでしょ」

「なんですか、それ」

ジョンソが困ったように言った。

「話を聞いてたら、6がいいって言ってるのか、8がいいって言ってるのかわからないじゃないですか。まあでも、良かったです」

「何が？」

ヨンジュが聞いた。

「自分がどんな状態にあるのかわかってる人は心配いらない、って言いますから。オンニのこと、そんなに心配しなくてもいいみたいで良かった、ってことです」

ヨンジュは、心配しないでというようにジョンソの肩にそっと手を置いて言った。

「一つ残念なことはあるの。最近、ほんとに本が読めなくて。読む時間がない。こうやって話してみると、確かに問題ね。本を読む時間もないなんて」

午後九時。書店のドアを閉めて戻ってきたヨンジュの隣では、スンウが彼女の書いた文章を添削していた。ヨンジュは彼の真剣な横顔にもすっかり慣れた。最初はその横顔にあんなにも気圧《けお》されていたのに。

第一回目のコラムを新聞社に送る前、ヨンジュはほとんどパニック状態だった。原稿はすでに何日か前に書き上げていたが、はたしてそれが新聞に載せるのにふさわしい文章かどうか、まるでわからなかった。不思議なことだった。読者としては、良い文章と良くない文章を簡単に判断できる。もちろん、自分の好みがたっぷり反映された判断ではあるけれど。ところが自分の文章となると判断がつかなかった。まるで、文章というものを一度も読んだことのない人のように、本当にさっぱりわからなかった。この文章、世に出してもいいものだろうか。

同じ文章を何日も繰り返し読んでいるうちに、ふと、これは世に出してはいけない文章だと確信しかけたそのとき、スンウからショートメッセージが届いた。コラム執筆の進み具合を問う簡潔な質問に、ヨンジュは、複雑な思いを長々と綴った返事を送った。続いてスンウは、文章の添削を申し出る簡潔なメッセージを送ってきて、彼女は待ってましたとばかりに提案を受け入れた。

あくる日、スンウがやってきた。ヨンジュはかなり緊張しながら原稿を渡した。文章を書くのも難しいけれど、それを人に見せるのはもっと難しい。ブログに記事を載せるだけでも毎回ドキドキするのに、今回はなんと新聞だ。そして、目の前にいるこの人はいったい誰か。出版社の社長と文章に関して激しい論戦を繰り広げた、文章の専門家ではないか。スンウは自分の原稿を読んでどう感じるだろうか。隣に座って読んでいるその無表情な横顔からは、文章を良いと思っているのか悪いと思っているのか、まったく読み取れなかった。やがて最後の一文を読んだスンウは原稿をテーブルに置いた。そしてかばんからボールペンを取り出すと、彼女に言った。

「修正すべきところをボールペンでチェックします。理由も書き添えておきます」

彼の表情にはやはり、文章をどう思ったかについての手がかりは何も浮かんでいない。ヨンジュは思わず、消え入りそうな声で聞いた。

「文章は大丈夫……でしょうか？」

「ええ、大丈夫です。言わんとすることはわかります」

それははたして、文章を大丈夫だと思った人の言うセリフだろうか。

「良くはない……ですよね？」

ヨンジュはいても立ってもいられない気分だった。

「良いですよ。代表さんの気持ちが伝わってきます。書店の人がどんなふうに一日を過ごしているのか、目に見えるようです。それに、祈るような思いでお客さんを待つ気持ちもよく理解できます」

ヨンジュはスンウの顔を注意深く観察し、彼が単なるリップサービスで言っているのか、それとも本心から言っているのかを探ろうとした。だが、いつものように彼の表情は読み取りづらく、ある意味、とても穏やかにも見えた。ああいう表情だということは……少なくとも、目も当てられないほどひどい文章ではないということだろう、とヨンジュはいいように解釈することにした。

だが、それは彼女の勘違いだったのだろうか。スンウはボールペンを手に取ると、容赦なく下線を引き始めた。少なくとも彼女の目には明らかに、容赦なく引いているように見えた。ボールペンで勢いよく下線を引いた文章の横には、きれいな字で、その文章の何が間違っているのか簡単に説明が書き添えられた。一〇分経っても、彼はまだ最初の段落から次に進めずにいた。ヨンジュにはその一〇分が一時間のように感じられた。さまざまな思いがいっぺんに押し寄せてきた。自分の文章はこんなにひどかったのだという事実を潔く受け入れようという気持ちになったかと思えば、それにしてもなにもそこまで線を引っ張りまくらなくてもいいのではと恨めしい気持ちになったりもした。だが、四段落目に入ったあたりからは気持ちが一つにまとまった。原稿ひとつにどうしてあも真剣に取り組んでいるのだろう、という気持ち。

スンウはもう一時間近く、一言もしゃべらず原稿に集中していた。ヨンジュはもう、恨めしく思う気持ちはまったくなかった。彼が添削を申し出たのは、こうやって丁寧に、最善を尽くして添削するという意味だったのだと理解した。彼がこれまでに成し遂げてきたものがあるとしたら、それはこういう姿勢から生まれていたのだろうと思った。疲れているようにも、くたびれ果てているようにも見えるその表情も、そういう姿勢の結果だったのだと知った。礼儀上、スンウの隣に座って残業していたヨンジュは、彼が最後の段落を修正しているのを見て、冷蔵庫から瓶ビールを二本取り出してきた。栓を抜き、一本を彼に差し出した。深くうつむいていたスンウは驚いて瓶ビールを見つめた。そしてビールを受け取ってこう言った。

「ずいぶんお待たせしていますよね。もうすぐ終わります」

検討を終えたスンウはまず、下線のせいで気を落とさないでほしいと言った。ベテランのプロの作家でもない限り、誰でもこれくらいは線が引かれるものだという。そのままでもいいような部分もあえて全部チェックしておいた、と付け加えた。そして「文章は全体的に論理的なので、内容についてては手を入れる必要はない」と言ってヨンジュを安心させた。しかし、その直後に「ところどころ、ごくわずかに論理がねじれている部分があるので、そこだけ直せばよい」と言って彼女を混乱させた。だが説明を聞いてみると、論理のねじれは文章を少し修正するだけで直せることがわかった。二人は一時間かけて文章を直していった。ついに最後の一文となった。スンウは言った。

「『お客さんが待たれた』は不自然な文章です」

「どうしてですか?」ヨンジュが尋ねた。「あ……受け身……」何かに思い当たったように言った。

「ええ、そうです。そのせいです」

スンウは受け身について簡単に説明した。

「受け身というのは、何かをされる、という意味ですよね。『食べる』が受け身になった『食べられる』のように。でも、この『待たれる』は、『待つこと』を『される』という意味になるので不自然ですよね。だからこう直せばいいんです。『お客さんを待った』」

「あ、はい。でも……」

「はい」

スンウは言葉を促すようにヨンジュを見た。

「そう直すと、お客さんを待つわたしの気持ちが充分に表現されないように思うんです」

「どうしてですか?」

「知らず知らずのうちにお客さんが待たれる気持ち。そういう切実な思い。そういうのは『お客さんを待った』からは感じられませんよね」

「うーん……」

それを聞いて、再び原稿に目を落としていたスンウは、やがて顔を上げて彼女を見た。

「もう一度最初から読んでみてください。この文章全体が、代表さんのそういう気持ちをよく表していますよね。もしかして、その気持ちが伝わらないのではないかと思って、この一文で再度強調しようとされたんですか？　それには及びません。これで充分です。それに、この文章のほうがあっさりしていて良いです」

ヨンジュはもう一度最初から読み返しながら、自分の気持ちが文章にしっかり反映されているか、よく検討してみた。彼女が読んでいるあいだ、スンウはボールペンをいじりながら静かに待っていた。ヨンジュはうなずいて、こう言った。

「おっしゃっていること、理解できました」

「はい」

「本当にありがとうございます。こんなに時間がかかるとわかっていたらお願いしなかったのに」

「いえ。わたしも楽しかったです」

「スンウさん、いつごろならご都合つきますか？　お食事ごちそうさせてください。本当に感謝しているので」

「どうぞお気遣いなく」

スンウがボールペンをテーブルに置いて言った。

「その代わり、あと何回かだけわたしの添削を受けてください」

お礼がしたくて言っているのに、それだとあべこべでは？というように、ヨンジュはやや目を見開いた。

「あと何回かやってみたら、一人でも推敲できるようになると思います。そうなれば、今回みたいに自分の文章が良いのか悪いのかと不安に思う必要もないでしょうし」

「じゃあ、お忙しいでしょうから、次は、まず自分でやってみます。それでもどうしても不安なら……」

いくらなんでも時間を取らせすぎると遠慮するヨンジュの言葉を、スンウは軽く遮った。

「わたし、忙しくないですよ。だから気にしないでください。次からは、原稿を書き終わったら、変に一人で悩んでいないですぐに送ってください」

すんなり返事ができずにいるヨンジュに、彼は重ねて言った。

「わかりましたね？」

「はい、わかりました。先に言っておきます。ありがとうございます」

ヨンジュは、その日スンウと一緒に修正した原稿をすぐに担当記者にメールで送った。これ以上検討したからといって良くなるものでないならさっさと手放してしまおう、という気持ちで。スンウは、車で来たのでビールは飲めないと言い、二人はヨンジュがビールを飲み終わるまで話をしていた。「何かを待つこと」について話しているうち、これまでの人生で一番待ち焦がれたものは何か、お互いに披露しようということになった。ヨンジュはここ数年間の切実な思いを込めて「お客さん」と答えた。スンウはしばらく考えた末に「思いつかないですね」と答えて、ヨンジュから裏切り者呼ばわりされた。店内をぐるりとひと回りし、照明を消し、外に出てドアを施錠するまで、会話は途切れることがなかった。

その日と同じく、二人は今日も一緒に書店を出た。あいさつをして、それぞれの方向に何歩か歩きだしたところでスンウがふと立ち止まった。その気配にヨンジュが振り向き、スンウも身を翻して彼女を見た。どうかしたのかという顔で彼のほうに向き直ったヨンジュに、スンウは聞いた。前に、待つことについて話をしたのを覚えているかと。小さくうなずくヨンジュに、彼は聞きたいことがあると言った。何だろうと目を見開く彼女にこう聞いた。

「あのとき、お客さんだと答えていましたよね。お客さん以外に、今この瞬間に待っているものがあるのかどうか聞いてみたくて」

特に思いつかず、ヨンジュがないと答えると、彼は言った。

「あの日、わたしは思いつかないと答えましたよね。実はあのとき、自分が何を待っているのか、おぼろげながらわかるような気もしていました。でもなぜか、あんまり急いで自分の気持ちに気づこうとしないほうがいいように思えたんです。急いで気づこうとするのではなく、ゆっくりと確かめていきたかったんです」

ヨンジュは、何の話をしているのか理解できないという表情でスンウを見ていて、そんな彼女を見ながら彼は淡々と言葉を継いだ。

「今この瞬間にわたしが一番切実に待っているもの」

二人は三メートルほど離れて向かい合っていた。

「誰かの心です」

その言葉の意味を理解しようとヨンジュがスンウをじっと見ていると、彼は穏やかな笑みを浮かべて言った。

「あの日、裏切り者、なんておっしゃいましたよね。遅まきながら、裏切り者の汚名を返上したくて、こうしてお話ししたんです。では代表さん、お気をつけて」

スンウの後ろ姿を見ていたヨンジュも、やがて家に向かって歩きだした。誰かの心。誰かの心、か。スンウはどうしてそんなことを言ったのだろう。ヨンジュの頭にふと、カリンの砂糖漬けを差し出していた彼の姿が浮かんだ。自分の幸せを応援すると言ってくれた彼の言葉も。なぜあの日のことが思い浮かんだのか自分でも不思議に思いつつ。ヨンジュはしばし立ち止まってスンウのほうを振り返っていたが、再び物思い顔で歩きだした。手に持っていたニット帽を深くかぶった。

## 率直に、心を込めて

会社帰りのスンウが書店に着いたとき、ちょうどヨンジュはミンチョルと話をしているところだった。彼女が席を立つと、成り行き上、スンウとミンチョルは同じテーブルにつくことになった。彼女はミンチョルにスンウを「作家さん」だと紹介し、スンウにはミンチョルを「弟分」だと紹介した。スンウは大して気にとめることもなく、ミンチョルの向かいの席でヨンジュの原稿を検討し始めた。だが、目の前の彼が、何をするでもなくただじっと座っているので、やはり少々気になった。しかも、ミンチョルとかいうその子は、ずっと自分を見ているようだ。

「いつもそうやって何もせずに座ってるの？」

仕方なく顔を上げたスンウは、何もしないでぼーっと座っているミンチョルに話しかけた。

「はい」

「ユーチューブでも見るとか」

「それは家に帰って見ればいいので」

ミンチョルの返事にスンウは、じゃあ君には構わないでおくよ、という意味で軽くうなずき、また原稿を読み始めたのだが、今度はミンチョルがスンウに話しかけた。

「作家さんは文章を書くのが楽しいですか？」

実はミンチョルは、いつ話しかけようかとタイミングを計っていたのだった。最近、作文のせいで苦しんでいたからだ。数週間前、ヒジュはミンチョルにまた条件をつけた。塾に行くのが嫌なら二週間に一度、何か文章を書くように、というものだ。もし書かないなら塾で夜中の一二時まで勉強してもらうと脅すヒジュに、彼も彼なりに反抗してみた。塾に行けというなら本屋にも、もう行かないと。するとヒジュはまばたきひとつせず、じゃあそうしなさいと言った。ミンチョルが本屋に行くのが好きになっていることを見抜いていたのだ。塾は学校と同じくらいつまらないので、彼は仕方なく文章を書くことに同意した。するとヒジュは断固とした声で、もう一つ条件をつけた。書くことより大事なのは「ちゃんと」書くことだと。

「いや」

スンウが顔を上げずに答えた。

「でも不思議です。文章を書くって僕にはすごく難しいんだけど、作家さんはそれを仕事にしてるんですよね」

スンウはやはり顔を上げないまま、文章にペンで下線を引きながら言った。

「書くのを仕事にしたことはないんだけど」

「じゃあ何の仕事をされてるんですか？」

「普通の会社員」

ミンチョルはスンウのそっけない態度にもめげず、さらに話しかけた。そしてさんざん話しかけたあと、今さらのように、もしかして今時間はあるかと聞いた。どういう意味かとスンウが顔を上げると、聞きたいことがあるのだが、もし忙しいならやめておく、と言った。ミンチョルは、今自分がいつもより大胆になっていること、そして普段より口数が多くなっていることを自覚し、それはもしかしたらスンウが作家だからかもしれないと思った。作家なら、自分一人ではとうてい解けない最大級の難問を、代わりに解いてくれるのではないだろうか。

ミンチョルがそう言うと、スンウは少し考えたあと、握っていたペンをテーブルに置いた。スンウが椅子に背をもたせかける様子を見て、ミンチョルはうれしそうに笑みを浮かべてさっそく質問した。

「普通の会社員って、どんな仕事をされてるんですか？」

「普通に平凡な仕事」

「うーん」と声を出して少し口ごもっていたミンチョルは、さっきよりも真剣な顔で聞いた。

「じゃあ作家さんは、普通の会社員として普通に平凡な仕事をするのと、文章を書くのと、どっちのほうが好きで、どっちのほうが得意ですか？」

今度はスンウが「うーん」と声を出した。いったいこの子は何が知りたくてこんな目をしているのだろうか。このまま話がとめどなく長くなっていくのではないか。スンウはミンチョルの鋭敏な目を見つめて聞いた。

「どうしてその質問をしているのか、聞いてもいいかな」

ミンチョルは、最近深刻に悩んでいる問題が、ちょうどその質問と関連があるのだと言った。好きなことをすべきなのか、得意なことをすべきなのか知りたいのだという。お母さんが決めた作文のテーマでもあり、実際に自分も知りたいと思っているのだと。

ミンチョルの唯一好きな国語の先生がこの前、こんなことを言ったという。「人は、好きなことをしてこそ幸せになれる。だから君たちも、自分が楽しいと思うこと、ワクワクすることを必ず見つけなさい。社会に認めてもらえることよりも、君たちの好きなことをしなさい。それを見つければ、周囲の人の言葉にあまり振り回されずに生きられる。みんな、勇気を出して。わかった？」

先生の話に感動した子がたくさんいたと、ミンチョルは言った。ある友だちは、それがいかにヤバい話か、興奮して大騒ぎしていたという。自分たちも心を持つ存在であることを認めてくれたという意味でヤバいのだと。その子は声を大きくして言ったそうだ。「みんな、考えてみろよ。先生たちの中であんなふうに言ってくれる人がほかにいるか？　親の望むこととまったく逆のことを言ってくれる先生が、今どき、どこにいるよ。だからあれはヤバい話なんだ。ヤバい話は覚えとけって言うじゃないか！」

友人たちは先生の話に感激していたようだが、実はミンチョルはその話のせいで初めて不安になったのだという。そうなのか？　本当に、好きなことをしないといけないのか？　でも自分には好きなこととなんてないのに。何かをしていてすごく楽しいと思ったことも、ワクワクしたこともなかった。どれも似たりよったりだった。おもしろいと思ってもじきに飽きた。これがなかったら死んでしまうと思うようなこともなかったし、死んでもやりたくないと思うようなこともなかった。かといって得意なこともない。どれもそこそこ、中間くらい。ミンチョルは、好きなことも、得意なこともない自分はどうやって生きていけばいいのだろうと途方に暮れていた。

スンウは、ミンチョルが何を言いたいのか、何を知りたいと思っているのか、わかるような気がした。ミンチョルの悩んでいることは、彼の年代だけの悩みではないから。三〇を過ぎても、四〇を過ぎても、同じ悩みを抱えている人は多い。もしかしたらスンウ自身も五年前、同じようなことで悩んでいたのかもしれない。唇がガサガサに荒れ、いつもむくんだ顔をしながらもあの仕事をあんなに長く続けていられたのは、おそらく未練のせいだろう。好きなことができるようになったのに、今になって手放してしまってもいいのか、という。スンウは好きなことをしていても幸せではなかった。それでも、好きなことを手放してしまったら、一生後悔しながら生きていくことになりそうで不安だった。

「なんか気持ちがモヤモヤするんです。ほかの先生たちは、もっとがんばれ、としか言わないじゃないですか。点数順に並ばせて『見てみろ、おまえはこんなに後ろなんだぞ』って人を傷つけて、もっとがんばれ、もっともっとがんばれ、って。でも、いくらがんばって上にいっても結局は、なんだかんだ、また並ばされるわけでしょ。おかしいじゃないですか。だから、先生の言うことは無視すればいいと思ってたんです。でも、国語の先生の話は無視できないんです。無視してもいいのかなあって」

ミンチョルは本当にモヤモヤするのか、眉間に軽くシワを寄せた。話をしながら、だんだんうなだれてきた。

「僕、得意なこともないけど、好きなこともないんですよ。ほんとに、好きなことがないんです。前はほんとに一つもなかったんだけど、最近はまあ、ここに来てイモたちと話をしたり、ミンジュン兄さんと話をしたり、コーヒーの味見をしたり、編み物してるのを見たり、そういうのは退屈じゃないなって思うくらいです」

「気持ちがモヤモヤしてるんじゃなくて、焦ってるんじゃないのかな」

「え？」

ミンチョルが顔を上げて聞き返した。

「得意なことなり、好きなことなり、早く見つけなきゃと思って気持ちが焦ってるように見える」

「そうなのかな。うーん……そうかもしれない」

ミンチョルはスンウから視線を外してつぶやくように言ったあと、また彼を見た。

「本当に、何でもいいから早く見つけないといけない気がするんです」

「そんなに慌てなくても。慌てることないさ。ここに来て遊んでるのが退屈じゃないなら、とりあえずしょっちゅう来たらいい。今の状態のまま過ごしてみるのも悪くないと思うけど」

ミンチョルはすっきりしないというように、またテーブルに目を落とした。

「好きなことを見つけたら幸せになれると思うか？」

ミンチョルは小さく頭を振った。「それはわかりません。でも先生がそう言ってたんだから、なれるような気もします」

「好きなことをしたら幸せになる……なるかもしれないな。そういう人も確かにいると思う。でも、得意なことをしたら幸せになる、っていう人もいるはずだけど」

ミンチョルは眉間に軽くシワを寄せた。

「ケースバイケースってことですか？」

「好きなことをしたからって、みんながみんな幸せになるわけじゃない。好きなことを良い環境でやれるならともかく。考えようによっては、環境のほうが大事だって言えるかもしれないな。好きなことを楽しんでできる環境が整ってなかったら、好きなことだって手放してしまいたくなるんだ。だから、とりあえず好きなことを見つけろ、そしたら必ず幸せになる、っていう考え方は、誰にでも当てはまるわけじゃない。ある意味、そういう考え方は純粋すぎるとも言えるし」

中学生のころからプログラマーを夢見ていたスンウは、夢を叶えた。携帯電話を作る会社に就職し、ソフトウェアの開発者として働き始めた。好きなことを一日じゅうしていられるようになって、最初は本当にうれしかった。残業も苦にならなかった。だが、働きだして三年が過ぎると、徐々にくたびれていった。スンウが仕事好きで仕事ができるという噂は、一種の足かせとなった。業務は均等に分配されなかった。仕事のできる人間ほど負担が大きくなる構造。一日おきに残業し、一カ月おきに出張に行った。スンウは耐えに耐え、ついにすべてを断念した。仕事が好きなことと、その仕事をこれほど無礼な環境ですることはまた別の問題だと確信したその日、部署異動を願い出た。プログラミングはぴたりと止めた。そして残業もしなくなった。その日の選択を後悔したことはない。

「じゃあ得意なことも同じじゃないんですか？　得意なことを楽しんでできる環境が整っていなかったら……」

「同じさ」

ぎゅっと顔をしかめたミンチョルの言葉にスンウがうなずいた。

「だからって、何もかも環境のせいにして、ただじっとしてるわけにもいかないだろ」

「じゃあどうしたらいいんですか？」

「先のことなんて誰にもわからないさ。自分がそれを楽しんでできるかどうかを知るには、とりあえずやってみるしか」

スンウは好きな仕事を五年、好きではない仕事を五年した。どちらのほうが良い人生だっただろうか？　さて、どうだろう。しいて言うなら後者の人生だ。より気楽でゆとりのある暮らしができたからではない。好きではない仕事をしているうちに空虚になり、その空虚感をなんとかしようと韓国語に没入し、そうこうしているうちにここまで来た。人生は、仕事だけをもって評価することはできない、複雑で総体的な「何か」だ。好きな仕事をしていても不幸かもしれないし、好きではない仕事をしていても、その仕事以外の別の何かのおかげで不幸ではないかもしれない。人生は微妙で複合的なものだ。人生の中心で仕事は非常に重要な役割をするけれど、だからといって人生の幸不幸を決めるわけではない。

「じゃあ、悩んでないで、適当に何かやってみろってことですね」

まだモヤモヤがすっきりしないミンチョルが、思いに任せて言ってみた。

「それも悪くはないさ」スンウが答えた。

「適当に何かやってみたら意外におもしろかったってこともある。たまたまやってみただけなのに、思いもよらず、一生続けたくなるかもしれない。そんなこと誰にわかる？　やってみないとわからない。だから、どんなことをすればいいのか今から悩むんじゃなくて、まずはこう考えてみたらいい。どんなことでもいったんやり始めたら、何よりも、心を尽くすことが大事だ、小さな経験を丁寧に積み重ねていくことが大事なんだ、って」

ぼんやりした目で話を聞いているミンチョルを見て、スンウはうーん、と声を出した。三〇過ぎの大人にも容易でないことをこの高校生に要求してしまったかなと、慌てて考えを巡らせた。まずは、ミンチョルが今すぐできることを提案してみることにした。

「話を整理しよう。だから、まず君、いや、ミンチョルっていったね。ミンチョルが今やらないといけないのは作文だよな。ほかのことは考えないで、その作文を心を込めて書いてみるんだ」

ミンチョルの口からため息が漏れた。

「書いてるうちに、もっと書きたくなるかもしれないし」

「それはないと思います」

「そんなことわかんないさ。先回りして未来を決めちゃダメだ」

ミンチョルはふくれっ面でスンウを見た。

「作家さんの話聞いてたら、ますます頭がこんがらがってきました。結局どうすればいいのか。得意なことをすべきか、好きなことをすべきか、っていうのが作文のテーマなのに、どういう結論にすればいいのかわかりません」

「わからないなら、わからないって書けばいいさ」

「何かはっきりした結論を出さなくてもいいんですか？」

「無理やり答えを出そうとしたら、自分の気持ちにきちんと向き合えなくなる。自分の気持ちをねじ曲げたり、あざむいたりするかもしれない。だから、率直に書けばいい。今悩んでるんだろ？だったら、僕は今悩んでいる、って書けばいい。いったい何が正解なのかわからない、ってぼやくのも一つの方法だ。しかもミンチョルは今その問いを、作文のためだけじゃなくて自分の人生のためにも真剣に考えてるんだろ。だったらなおさら、性急に答えを出しちゃいけない」

ミンチョルは一本指で頭をかきながら言った。

「はい、なんとなくわかる気もするような……」

「気持ちがすっきりするのだけが良いことじゃない。複雑なら複雑なまま、モヤモヤするならモヤモヤしたまま、その状態に耐えながら考えつづけないといけないときもある」

「この状態で考えつづける……」

「そうさ」

「作家さん、じゃあ文章をちゃんと書くにはどうしたらいいんですか？　お母さんはちゃんと書いて出せって言うんです」

スンウはテーブルのボールペンを手に取って言った。

「さっき言っただろ。率直に書けって。心を込めて書けって。率直に、心を込めて。そうやって書いた文章が、ちゃんと書いた文章なんだ」

## コーヒーを淹れるときはコーヒーのことだけを考える

ミンジュンは、ヨガが終わると家に戻ってシャワーを浴び、毎日ゴートビーンに向かう。最近、彼はゴートビーンで焙煎を学んでいる。コーヒーが作られていく過程をもっと詳しく知れば、コーヒーの味を出すのにも役立つだろうと思ってのことだ。ジミや焙煎士たちのモーニングコーヒーを淹れるのも彼の仕事だ。それぞれの好みに合わせて味を淹れ分ける。ある意味、書店よりもここのほうがコーヒーの練習には好都合だ。使いたい豆がいつでも手に入るし、もしないときは、ジミにうまく言えばすぐに仕入れてくれるからだ。

彼が毎日ここに来てコーヒーを淹れる理由は、何よりも、ゴートビーンのスタッフたちがコーヒーの味にとことん真摯に向き合っているからだ。たわいない冗談を言い合っていても、ミンジュンがコーヒーカップを差し出すと、それまでとは打って変わって真剣な顔になる。香りを嗅ぎ、味を吟味し、喉ごしを感じる、その一つひとつの過程に繊細に反応する。自分たちの焙煎した豆がどういう味を出すのか、どういう味が出ないといけないのか、彼らはミンジュンの淹れたコーヒーを通して感覚をつかんでいく。彼の淹れるコーヒーの味が微妙に違っていると、そのつど味の違いも指摘してくれる。偶然ではなく練習によって微妙な違いを出せるようになったら一人前のバリスタだと、ジミは彼の肩を叩いて言った。

ミンジュンはもう揺らがないことにした。揺らぎたくないのに揺らいでしまうときは、揺らがない何かにすがればいい、ということを学んだ。だからコーヒーにすがった。心を空にしてコーヒーに集中した。心を開いてコーヒーに集中した。揺らがない何かにすがって、やれるところまでやってみる。わざわざ口に出して言うほどでもないそんな平凡な考えが、彼にとって大きな力になってくれていた。

彼はコーヒーを淹れるにあたって目標を立てなかった。文字どおり、本当に自分にできる範囲でやるのだ。できる範囲でやっていても実力はついた。コーヒーがおいしくなった。なら、それでいいのではないか。今のようなペースで、今のような気持ちで成長していけばそれで充分ではないか、という気がした。世界最高のバリスタになってどうするというのか。全人生を捧《ささ》げたあとに「最高」という賛辞を贈られてどうするというのか。そこまで考えてミンジュンは、今自分は「すっぱい葡《ぶ》萄《どう》」のキツネになっているのかとふと思ったが、そうではないと結論づけた。目標を下げればいい。いや、そもそも目標をなくせばいい。その代わり、今日自分がやることに最善を尽くす。最善のコーヒーの味。彼は最善だけを考えることにした。

ミンジュンはもう遠い未来を想像したりはしない。彼にとって現在と未来の距離とは、ドリッパーに何度か湯を注ぐ程度の時間に過ぎない。彼が自分でコントロールできる未来はその程度だ。湯を注いでコーヒーを淹れながら、そのコーヒーがどういう味になるか想像する程度の時間。続いて、また同じような長さの未来が延びていく。それを繰り返していくのだ。

たかだかその程度の未来のために最善を尽くすのがまどろっこしく感じられることも、時にはある。そういうときは腰を伸ばして立ち、未来の長さをもう少し延ばしてみる。一時間の未来、二時間の未来、あるいは一日という未来。これからは、コントロール可能な時間の中でだけ、過去、現在、未来について考えることにした。それより先のことを想像する必要はないはずだ。一年後にどういう人生を歩んでいるか、それを知るのは人間の能力では不可能だから。

いつだったか、そういう思いをジョンソに打ち明けたことがある。ジョンソは彼の話をすぐに理解し、さらに拡張してこんなふうに解釈してくれた。

「コーヒーを淹れるときはコーヒーのことだけ考えるってことでしょ、つまり」

「そういう……ことになるかな……」

「まさにそれが宗教でいう修行の基本姿勢なのよ。今この瞬間に完全に存在すること。今ミンジュンさんはそれをやってるんですよ」

「修行ですか?」

「よく、現在を生きろって言うじゃない。口で言うのは簡単だけど、現在に生きるって、いったいどういう意味でしょう。それは、今自分のしている行為に全神経を集中させるってことなの。息をするときは吸う息、吐く息だけに集中して、歩くときは歩くことだけに集中して、走るときは走ることだけに。一度に一つのことだけに集中すること。過去や未来のことは忘れて」

「はあ……」

「成熟した人生の姿勢なの、今この瞬間を生きるってことは」

「そうなんですかね……」

「そうよ」

ジョンソは、何やら考えにふけっているらしきミンジュンをちらりと見ると、唐突に演劇調の口調で言った。

「Seize the day《シーズ・ザ・デイ》」〔その日をつかめ（今この瞬間を楽しめ）の意。古代ローマの詩人ホラティウスの詩に登場するラテン語の句「カルペ・ディエム」の英訳〕

するとミンジュンはくすりと笑って、それに応えた。

「Carpe diem《カルペ・ディエム》」

「われらがキーティング先生〔アメリカ映画「いまを生きる」の主人公の英語教師。劇中でカルペ・ディエムと口にする〕はおっしゃいましたよね。君らの歩き方を見つけろ。自分だけの歩み、自分だけの方角を。思うがままに！」

その日ミンジュンはジョンソから慰めを得た。ある意味、彼は、遠い未来を描くことができないがゆえに近未来を描こうとしていたのかもしれない。苦肉の策として選択した人生の姿勢かもしれない、ということだ。ところが、そういう人生の姿勢は根源で宗教と通じているとジョンソは言っていた。彼女の言うように、ミンジュンは少し成熟したのかもしれない。そうだとしたら、彼のこれまでの経験は無駄だったわけではない、ということだろうか。それなら幸いだ。これまでしてきたすべての努力が無駄にならなくて。

その日、ジョンソはこんなことも言っていた。「だからコーヒーがおいしくなったのね」彼女は少し前に観た「いまを生きる」を絶賛していたかと思うと、ふと話題を変えて、ミンジュンの淹れるコーヒーがおいしくなったとうれしそうにした。淹れたてのコーヒーを一口飲み、カップを置いてこう言った。

「掃除をするとき、掃除だけに集中したら家の中がどんなにきれいになるか。隅々までピッカピカよね。コーヒーも同じでしょ。コーヒーを淹れるとき、コーヒーだけに集中したら味が良くなるのは当たり前じゃないですか。ミンジュンさんにとってはコーヒー一杯が現在と未来のあいだの人生なんだってお話、今ずっと頭の中をぐるぐる回ってる。いいよね、その考え方。あと、ミンジュンさんのコーヒー、本当においしいですよ」

ジョンソの言葉に大きな力をもらい、自信も生まれた。自分が前ほど揺らがなくなったのは、コーヒーにすがっていたからでもあるけれど、ジョンソのようにヨンジュが、ヨンジュのようにジミが、ジミのようにみんなが、自分のコーヒーをおいしいと言ってくれるからだと気づいた。つまり、さっき淹れたコーヒーの味は、自分とみんなの合作品だ。ここにいるゴートビーンのみんなと書店のみんなと自分が一緒に作り上げたコーヒーの味。優しさが溶け込んだコーヒーの味がおいしくないはずはない、とミンジュンは思った。

今日からは、書店でハンドドリップコーヒーを本格的に販売する。まずは豆の産地別に三種類の味を用意した。可能なら、味を月替わりにしてみてもいいけれど、まずは、最近ヨンジュが口癖のように言っている「根を下ろす」ことが先だろう。ミンジュンは、ヒュナム洞書店でおいしいコーヒーが飲めるという噂が広まることを願った。噂を聞いてきた人たちが噂どおりおいしいと認めてくれることを願った。コーヒーの味が書店の雰囲気を引き立て、コーヒーの香りが人々の心に温かい余韻として残ることを願った。

コーヒーを淹れながら何かを願うのは初めてだった。ミンジュンは、自分が少し変わったと感じていた。

## ヨンジュを訪ねてきた男性は誰なのか？

四人がテーブルを囲んで座っていた。スンウとミンチョルが向かい合って座っていたところにジョンソが加わり、最後に、コーヒーを手にしたミンジュンがジョンソの向かいに腰を下ろした。スンウは添削、ジョンソはかぎ針編みをしていて、ミンジュンはジョンソにコーヒーの味を評価してもらい、ミンチョルはジョンソのかぎ針編みを見物しながら三人に代わる代わる話しかけているところだった。

ジョンソはスンウに、文章を添削したらヨンジュオンニは何かお礼をしてくれるのかと聞き、ミンチョルはミンジュンに、本屋のイモはああやって働いているのにミンジュン兄さんはこうやって座っていて本当にいいのかと言い、スンウはミンチョルに、あのとき書いた作文を一度見せてみろと言い、ミンジュンはジョンソに、今飲んだコーヒーで一番際立っていた味は何か、その味は好きか嫌いかと聞いた。そうやって四人が話をしているなか、サンスはレジ前にのんびり座って客の対応の合間に本を読んでいて、ヨンジュは本の販売部数を点検しつつ、今日注文した本をどのあたりに置くか検討していた。

まさにそのときだ。ジョンソから満足のいく評価をもらいミンジュンが席を立とうと両手をテーブルについたとき、書店のドアが開いて、ある男性が入ってくるのが見えた。店に入るなり注意深く何かを探している様子で、その視線が止まった先にはヨンジュの姿があった。男性はヨンジュをひと目で見分けたようだ。それなのにドアの前にじっと立って、ただ彼女を見ているばかりだ。男性の目に浮かぶ親しげな色やほころんだ口元が、二人の関係性を物語っている。友だちかな。そう思ってミンジュンがヨンジュに目をやる。陳列台を整理していた彼女はそのときようやく男性に気づき、手にしていた本を下ろした。男性とは違い、その表情は明らかにこわばっている。彼女の表情を見たミンジュンは、再び腰を下ろした。

立ち上がりかけたミンジュンがまた腰を下ろして一点を見つめているので、ジョンソとミンチョルも振り向いてヨンジュを見、最後にスンウも、手にボールペンを握ったままヨンジュと男性に目をやった。彼女は、笑っているのでも泣いているのでもない表情で男性と話をしていた。そしてゆっくり身体の向きを変え、四人のほうに歩いてきた。その顔には、これまでなんとか隠してきた疲労感がはっきりと表れていて、血の気まで引いていた。彼女は笑みを浮かべていたが、ミンジュンに話しかけるときには、もはや笑みになっていなかった。それでも落ち着いた声で言った。

「ミンジュンさん、ちょっと出てきます」

「はい、わかりました」

彼の返事を聞いて出ていこうとしていたヨンジュを呼び止めたのはスンウだった。スンウは立ち上がりながら声をかけた。

「代表さん」

ヨンジュはスンウのほうを振り返った。

「代表さん、大丈夫ですか？」

彼の心配そうな顔を見て、自分が感情を隠しきれていなかったことを悟ったヨンジュは、かすかに笑みを浮かべて言った。

「ええ、わたしは大丈夫です」

ヨンジュが出ていったあと、四人はそれぞれしていたことの続きをした。あの男性が誰なのか、どうしてヨンジュの顔があんなに真っ青になっていたのか、どのみち誰も知らないことなので、彼女に関する話はしなかった。ミンジュンはまた持ち場に戻ってコーヒーを淹れ、スンウは深刻な表情で文章に没頭し、ジョンソはかぎ針で編んだエコバッグに持ち手をつけ、ミンチョルは右手で頬杖をついてそんなジョンソの様子を何時間でも見ていられるというようにじっと見つめていた。

そんななか、誰かが店に入ってくる音が聞こえると、四人は顔を上げてヨンジュかどうか確認した。もう二時間も戻ってきていない。いてもたってもいられなくなったジョンソが、コーヒーを淹れているミンジュンのところに行き、一回電話してみたらどうかと言ったが、彼は頭を振ってもう少し待ってみましょうと言った。そしてそのとき、閉店時間の二〇分前、ヨンジュがさっきと同じような顔で戻ってきた。目が少し腫れていることにみんなが気づいた。彼女はなんとか笑顔を作り、四人に順に声をかけた。

「みんなわたしを待ってくれてたの？　ありがとう、本当に。ミンジュンさん、特に変わったことなかったよね？　ジョンソさんはエコバッグ、もう完成したの？　それほんとにわたしにくれるんでしょ？　ミンチョル、あなたどうしてまだ帰ってないの。早く帰って家でゴロゴロしないと。スンウさん、本当にすみません。でもどうしましょう。わたし、今日はちょっと時間が。あらためて必ず、何かごちそうさせてください。今度は絶対にごちそうしますから。ごめんなさい、本当に。

みんな、ありがとう。さっさと片付けて帰らないと！」

四人はそんなヨンジュの様子を不安そうに見守りながら適切に反応し、それぞれさりげなく彼女を手伝った。散らばった本をきれいに並べ、窓を施錠し、テーブルと椅子の列を揃えた。さっさと片付けて帰ろうと言っていたヨンジュは、ぼんやり座ってのろのろと机の上を整理していた。ノートパソコンを閉じ、筆記用具を元の位置に戻し、メモ帳を意味もなく見つめ、そうしているうちに今日の出来事を思い出し、感情がこみ上げてきたのか目をそっと閉じては開け、表情が硬くなり、そしてまた表情を取り繕う。そうやってひとり格闘しているヨンジュのそばにミンジュンがやってきて腰を下ろした。

ミンジュンは彼女に、留守中、特に変わったことはなく、ややこしいことを言ってくる客が一人いたがサンスがうまく対応してくれたと話して聞かせた。ヨンジュがうなずきながら「よかった。何もなくて」と言ったあと、特有のいたずらっぽい口調で「わたし、自分がいなかったら大変なことになると思って毎日ここに張り付いていたけど、もうその必要もなさそうね」と言うと、彼は頭を振ってこう返した。

「店長さんがいなかったら大変なことになりますよ、この本屋は。留守にするのはもちろん構いませんけど、そんなふうに考えないでください」

ヨンジュは彼の言葉に軽く笑みを浮かべた。

ヨンジュがぼんやり座っているあいだに、ジョンソとミンチョル、サンスはそっと店をあとにし、スンウはカフェテーブルで、すでに添削の終わった文章を何度も読み返しつつ、ときどきヨンジュに目をやった。店内の片付けを終えたミンジュンがまた隣にやってきて座ると、彼女は待っていたかのように話を始めた。

「さっき、この店をオープンした日のことを思い出してたの。わたし、いつも余裕のない状態で生きてきたけど、あの日はいつも以上に余裕がなかった。本屋なのに、本棚の半分の半分も埋まってなくて。本屋を開こうって、それしか考えてなくて、店の名前すら決めていない状態で……。オープンしてから慌てて、ヒュナム洞書店って決めたの。やけに地味な名前だったかなって最初はちょっと後悔してたけど、今は気に入ってる。なんか、ずっと前からヒュナム洞にあった本屋みたいで」

彼女は少し口をつぐんだあと、話を続けた。

「オープンしたころはただ、本を読みながらちょっと休もうって思ってたの。好きなことしながら……一年でも、二年でもいいから休みたかった。お金は稼げなくてもいいって思ってた」

「バイトの給料の額を聞いたときから、そういうつもりなんだろうなって思ってました。でもそう言ってた人が、最近忙しくしてるじゃないですか。休んでるようには見えません」ミンジュンが、本棚の半分の半分も埋まっていない書店を想像しながら言った。

「あれ、いつだったかな。日にちまではっきり覚えてないけど、ミンジュンさんがここで働くようになってからのある日だった。その日から、本屋を続けていきたいって思うようになったの。それで気持ちが焦るようになった。どうすれば続けられるか悩んで、夜もあんまり眠れなくなって」

「続けられる方法は見つかったんですか?」

「ううん、まだ。でも、ちょっと怖かったの。いざ忙しくなってきたら、昔のことをしょっちゅう思い出して。わたし、すごく忙しい生活をしてて、そんな生活が嫌になって、全部捨ててきた人間なの。本当に何もかも捨てた。せわしなく生きるのが嫌で嫌でしょうがなくて、ほんとに全部、何もかも。身勝手に捨てたの」

ヨンジュの言葉尻が若干震えているのに気づいたミンジュンは、首をかしげて彼女の表情をうかがった。そのときスンウがバックパックを右肩にかけて、二人のところにやってきた。そして黙ってヨンジュに原稿を差し出した。大丈夫かと聞けば大丈夫だと答えそうなので、何も聞かないことにした。ヨンジュは原稿を受け取って立ち上がり、申し訳なさそうに言った。

「ありがとうございます、スンウさん。でも、わたし今日は……」

「さっきもおっしゃってたじゃないですか。気にしないでください」

受け取った原稿には、スンウの字がびっしり書き込まれていた。

「ありがとうございます、スンウさん。本当に」

そう言うヨンジュはさらに複雑な表情になっていた。目は赤くなり、悲しげに見えた。スンウは彼女の眼差しになぜか見覚えがあるような気がしていたのだが、今ようやくわかった。ヨンジュに会う前、彼女の文章から感じていた悲しみ。明るいヨンジュとは違う、悲しげな文章。スンウは、彼女の悲しみは今日の出来事と関係しているのだろうと思った。さっきのあの男は誰だろうか。スンウは、今日ヨンジュの身に起きたことが彼女にとってどういう意味を持つのか知りたい気持ちを押し殺し、黙って彼女を見つめた。そして、何も言わず二人に会釈して身を翻した。そのときヨンジュがスンウを呼んだ。

「あの、スンウさん」

どこかきっぱりとした口調だった。スンウは振り返った。

「さっきの男の人、あの人が誰だか気になりませんか？」

きっぱりした口調とは裏腹な表情で彼女が聞いた。

「気になります」スンウが感情を抑えて言った。

「わたしの元夫の友だちなんです」

スンウは驚いたが、それが顔に出ないよう注意しながら彼女を見た。

「元夫の様子をわたしに知らせがてら、わたしの様子を見にきたんです」

「あ……。はい」

どういう意味か理解したというように、彼は視線を落とした。

もう一度あいさつをして帰っていくスンウの姿をじっと見ていたヨンジュは、彼がドアを開けて出ていくと、力が抜けたように椅子に座り込んだ。ミンジュンはそんな彼女のそばで、何も言わずに座っていた。

## 過去を解き放つ

　家に戻ったヨンジュは、やっとのことでシャワーを浴び、部屋着を着てベッドに横になった。身も心もひどく疲れていたが、眠れそうになかった。チャンインの顔がぼんやりと浮かんでは消えた。

　彼女は身体を起こし、そばに置いてあった本を持ってリビングに移動した。窓辺に座って、昨日最後に読んでいたページを開いた。一行目から読もうとしたがさっぱり頭に入ってこず、本の最初のページに戻って読むことにした。なんとか一文ずつ読み進めていた彼女は、やがて本を閉じて膝を抱えた。膝の上に両腕を載せ、その上にあごを載せて、窓の外に目をやる。友人同士とおぼしき男女が話をしながら歩いていくのが見えた。二人を見ているうちに、今日の午後テウと交わした会話が思い出された。またもチャンインの顔が浮かびそうになって思考を止めようとした瞬間、もうその必要はないのだと気づいた。思い浮かんだら思い浮かんだままにしておいてもいいと……今日チャンインから許してもらったのだから。

　テウはチャンインの友人で、ヨンジュの友人でもあった。チャンインとは大学の同期、かつ会社の同期でもあったが、ヨンジュと出会ったのは会社に入ってからだ。厳密に言えば、ヨンジュとチャンインをつないだのがテウだ。休憩室でヨンジュとコーヒーを飲んでいたテウが、そこに現れたチャンインに彼女を紹介したのだから。もしもその日チャンインが彼女に目を留めていなかったら、新たにスタートしたプロジェクトで再び顔を合わせたとき、あれほど積極的にアプローチしなかったかもしれない。チャンインは彼女に一歩ずつアプローチするたびに、女の人にこうやって自分から声をかけるのも、電話をかけて食事に誘うのも、交際を申し込むのも、全部初めてだと言った。そう言いながらますます照れる様子がかわいくてヨンジュは彼と付き合い始め、一年の交際期間を経て結婚した。

彼女と彼は同じようなタイプの人間だった。二人の数少ない恋愛も、同じような経緯をたどって、同じような理由で終わりを迎えていた。仕事優先の自分にうんざりして去っていった元恋人の話をしながら笑うことも何度かあった。仕事で忙しいからと相手に申し訳なく思う必要がないという事実に、二人とも喜んだ。約束をキャンセルして会社に戻っていく相手に腹を立てたこともなかった。腹を立てるわけにいかないと思った。自分だってそうしたはずだから。二人は実に気楽に恋愛をし、自然と結婚に至った。互いに、自分を理解してくれるのはこの人しかいないと思いながら。

ヨンジュとチャンインは同じようなペースで出世街道をひた走った。自宅のキッチンで顔を合わせる回数より、社員食堂で顔を合わせる回数のほうが多かった。最近、相手がどんなことを考えているかは知らなくても、どんなプロジェクトをどれくらい順調に進めているかは知っていた。会話は足りなくても、信頼は充分にあった。一人の働く人間として、相手は非常に優れていた。魅力的だった。二人は互いをパートナーとして慕い、尊重した。そんな二人が別れる理由などなかった。ヨンジュが変わってしまうまでは。

ヨンジュは、当時経験したことを自分だけに起こった悲劇とは考えたくなかった。燃え尽き症候群で苦しむ会社員なんて世にあふれているではないか。ある日ふと、文字どおり、ふと、朝起きると、会社に行かねばならないという事実が怖くなる経験をしたのは、彼女一人ではないはずだ。彼女はある日、会議の途中、心臓が締め付けられるような感覚を覚えた。発言しているうちに頭がぼんやりしてきて、脚に力が入らなくなった。その症状はその後も何度か起こり、あるときは、まるで誰かに首を絞められているような感じがして、慌てて会社のビルから抜け出したこともあった。

プロジェクトのせいでストレスが溜《た》まっているのだろう、疲れすぎているのだろうと自己判断しながら、ヨンジュはその症状を抱えたままさらに何カ月か耐えた。そんなある日、家を出ようとすると訳もなく涙があふれてきて、出勤することができなかった。チャンインはその日、彼女の様子を訝しく思いつつも、具合が悪いなら病院に行くようにと言い残して一人で出勤した。その日彼女は久しぶりに有給休暇を取って病院を訪ねた。医者はヨンジュに、最後に休暇を取ったのはいつかと尋ねた。彼女は覚えていないと答えた。休暇の旅行先でも仕事をしていたとは言いたくなかった。

医者は、ひとまず緊張を和らげる薬を出すから様子を見るようにと言った。そして彼女の目をやさしく見つめながら、緊張した状態があまりに長く続いていたのではないか、本人がそのことに気づいていないから身体が知らせてくれたのだろう、休めるなら何日かでも仕事を休みなさいと言った。彼女はそれを聞いて、医者の前で肩を震わせて泣いた。医者の言葉のせいではない。やさしい眼差しのせいだ。彼女はどれほど長いあいだ、やさしさを失くしたまま生きてきたのだろうか。

チャンインからすれば、突如変貌したヨンジュに戸惑ったことだろう。人一倍自信に満ちあふれていた彼女が、ある朝突然、迷子になった子どものように振る舞うのだから、衝撃を受けたはずだ。彼女は彼にそばにいてほしいと頼み、話を聞いてくれと彼を座らせ、今自分の身に起きていることを打ち明けたがった。だがチャンインは忙しかった。今は忙しいからまたあとで時間を作ってみるよ、と言うのが精一杯だった。ヨンジュはそんな彼のことを理解しながらも、恨めしく思った。彼は彼女を大事にしたが、やさしくはなかった。それは彼女も同じだ。二人は、互いに相手にやさしくしようと結婚したのではなかったのだから。

彼が忙しかったので、ヨンジュは一人で考え、一人で決めるしかなかった。徐々に仕事を減らし、可能な範囲で有給休暇を取って、ときどき過去を振り返ってみた。医者の言うとおり、長いあいだ緊張した状態で生きてきた。いつからだろう。たぶん高校一年のころからだ。本を読むのが好きで、友人たちと一緒に遊ぶのが好きだった彼女は、高校に入ってから変わった。両親の事業が一夜にして破綻したのも原因ではあったけれど、それよりは、事業を立て直すまでの三年間、親の不安をまともに吸収していたというのが大きな原因だった。失敗に絶望し、青い顔をして取り乱していた両親の不安はそっくりそのままヨンジュの身体にまとわりつき、彼女自身も常に不安にさいなまれた。下手をすると自分も失敗するかもしれないという思いが彼女を机にかじりつかせ、机の前でも不安に震えさせた。

彼女は高校時代のことを思い返してみた。一緒に遊びたくて友だちの家に駆けていっても、すぐに不安になって読書室〔有料の自習室〕に戻っていたころを。大学時代も同じだ。友人たちと思いきり遊んだことがほとんどなかった。ヨンジュの明るい雰囲気に集まってきた友人たちも、彼女に時間がないことを知ると徐々に距離を置くようになり、やがて疎遠になった。

ヨンジュはいつも一番になろうと努力した。いや、こういう場合、努力したという表現は適切ではない。彼女は、努力しなくても一生懸命勉強し、一生懸命働くことができた。本当に、休むことを知らないかのように生きた。

夫が出勤したあとの家に一人残された彼女は、これからどうやって生きていくべきか考えてみた。まず、仕事を辞めることにした。数日後、彼に自分の決意を伝えた。彼は驚いたようだったが、すぐに受け入れた。だが、彼女はそれだけでは満足しなかった。彼にも仕事を辞めてほしいと望んだのだ。彼がこれからも今のように生きていくなら、彼女は自分の過去と一緒に生きているような気分になりそうだった。彼を見るたび胸が締め付けられそうで、涙が出そうで、心が痛くなりそうだった。彼女は、自分のために彼も仕事を辞めるべきだと主張し、彼は当然その主張を黙殺した。二人の意見は数カ月間、平行線をたどった。そんなある日、ヨンジュはチャンインに別れを切り出した。

ヨンジュは、二人を知るすべての人からさんざんに言われた。そんなとんでもない要求に応じてくれる夫がどこにいるのかと、みんなは言った。仕事は自分一人だけ辞めて、どこか旅行にでも行ってくればいいじゃないかとも言った。彼女は、みんながチャンインの味方をするその状況が理解できた。自分で考えても、自分はいろんな意味で加害者だった。自分自身に対しても、チャンインに対しても。

特に母親の反対が激しかった。母は、娘婿に気を使って毎日家にやってきた。娘婿の朝食をこしらえてやっては気をもみ、ヨンジュには、かつて一度も口にしたことのない罵詈《ばり》雑言《ぞうごん》を浴びせた。母は彼女に目を覚ましなさいと言った。男の人が一生懸命働いているのに、だから別れようなんて言う女がおまえ以外にどこにいる、とどやしつけた。いつまでもそうやって意地を張っているならもう会うつもりはないから、気持ちが変わったら連絡しなさい、と言ったのが母の最後の言葉だ。だからそれ以降、ヨンジュは母に連絡しなかった。

離婚の手続きはスムーズに進んだ。忙しいチャンインに代わってヨンジュがすべてのことを処理した。チャンインは、ヨンジュに書けと言われれば書き、はんこを押せと言われれば押し、来いと言われれば来た。裁判所に向かう最後の日も、今自分の身に起きていることをたちの悪い冗談と受け止めようとしていた。最後まで傍観者でいるつもりらしかった。手続きがすべて終わったあと、ようやく彼は何の感情もこもっていない目でヨンジュに言った。

「つまり、おまえは自分が幸せになるために俺を捨てていくってことだろ。良かったじゃないか。幸せにな。おまえは本当に幸せにならないといけない。その代わり、俺はおまえなしで不幸せに生きるよ。俺と一緒に暮らして不幸になる人もいるってこと、なんで今までわかんなかったんだろ。俺が不幸の原因だってことをさ。おまえは俺を忘れろ。俺と過ごしたすべての瞬間を忘れろ。俺のことを思い出してくれるな。二人で過ごした日々の記憶も消してくれ。俺はおまえを忘れないでおくよ。一生おまえを恨みながら生きるさ。俺を不幸にした女としておまえを記憶しながら生きるよ。二度と俺の前に姿を現すな。もう一生、会うことはない」

チャンインは、話し終わるころにはぽろぽろ涙をこぼしていた。ようやく自分の身に起きたことを理解したというように。

ヨンジュは、チャンインと別れてから初めて、その日のことを思い出しながら思いきり泣いた。これまでずっと、申し訳なくてまともに泣くこともできなかった。わんわん声をあげられず、声を殺して泣いていた。チャンインが忘れろと言ったから忘れなければならないと思って過ごしてきた。あまりに申し訳なくてどうすればいいかわからなかった。あまりに間違ったことをしたので弁解の言葉もなかった。そんなヨンジュに今日、チャンインがテウをよこして、もう好きなだけ思い出してもいいし、好きなだけ泣いてもいいと言ってくれたのだ。

「僕がたまたま君の書いたコラムを読んだんだ」テウが言った。ヒュナム洞書店の近くにあるカフェでのことだ。

「チャンインに読んでみろって言ったら、何も言わずに読んでたよ。別れてからは、ちょっとでも君の話をしたらすごい剣幕で怒ってたんだけどね。時間を見つけては君のコラムを読んだみたいだよ。本屋のSNSとかブログに上げてた記事も全部読んだって。やっとちょっと落ち着いたみたいでホッとしたよ。何日か前には、君に一回会ってみてくれって言うんだ。会って、伝えてくれって。これを言いたかったらしい。自分もいろいろ間違ってたって。あとになって考えたら、君がつらそうにしてるときに、どうしてつらいのか聞いたこともなかったって。すぐに良くなるだろうと思ってたから。実際、ちょっとイラついてたのもあったそうだ。君が会社にも行かずプロジェクトも全部放り出してしまったから、みんな自分にいろいろ言ってくるんだ、って。自分としては、会社でのストレスを君に押し付けないだけでも、君を思いやってるつもりだったらしい。でもそうじゃなかったってことに気づいたんだそうだ」

「わたしが彼の立場だったとしても、きっと同じようにしてたと思う」ヨンジュがカップをいじりながら言った。「わたしがあまりにも突然変わったから。もしチャンインがあのときのわたしみたいに行動してたら、わたしだってイラついたりしたはずだし。わたしが間違ってたの。チャンインは何も間違ってない。そう伝えて」

「君も同じように行動してたかもしれないな。そうじゃない可能性もあるけど」

ヨンジュの言葉を受けてテウが笑みを浮かべて言った。

「チャンインが、君の文章、いいって」

テウは目の前のカップを持ち上げた。コーヒーを一口飲んでカップを置くと、ヨンジュの目を見た。

「でも、文章の中の君が、なんだか悲しそうに見えたって。自分の好きなことしてるんだから幸せなんだろうけど、文章は幸せそうに見えなかったってさ。昔の、堂々として自信に満ちあふれていた君がいなくなった理由がもしかして自分のせいなら、それは嫌なんだって。だから、自分は今、意外とちゃんと生きてるってことを伝えないと、って思ったらしい。たまには君のことを恨めしく思ったりもするけど、だからといってつらいわけじゃないって。実は、こんなこと伝えるべきかどうかわかんないんだけど……」

テウは少し口ごもると、コーヒーをもう一口飲んで言葉を継いだ。

「自分と君は、いいビジネスパートナーだったんだと思うって。ビジネスパートナーは目標が同じだからこそ一緒に歩いていけるんだって。お互い、目標のために一緒にいるんだから、とか言ってたかな。どちらかの目標が変わったなら、もう解散するしかなかったんだって。これ、チャンインが使ってた言葉なんだ。解散。自分が君をもっと愛していたら、君についていってただろうって。そうできなかったのが申し訳ないって。でも、あんなにあっけなく自分のもとを去っていったのを見ると、君も自分のことをそれほど愛してたわけじゃないんだろう、ってさ。二人とも相手をビジネスパートナーとして考えてたから解散が可能だったんだ、って。それを伝えたかったそうだ」

ヨンジュはテウの言葉に何の反応も示さなかった。

「君が離婚を機に、自分とつながってる人との連絡を一切断ったのも、もうそんな必要はないって伝えてくれって。今君の目の前に座っている僕とも連絡を取り合えばいいって。あいつがそう言うのを聞いて、僕、すごく気分悪かったんだけど。僕だって考える頭くらいあるんだから、会えだの会うなだの、あいつに指図される筋合いないだろ」

ヨンジュがかすかに笑みを浮かべると、テウは彼女の名を呼んだ。

「ヨンジュ」

「うん」

「あのときはすまなかった」

ヨンジュは赤くなった目でテウを見た。

「あのとき、君を責めすぎたなって。君があまりにも簡単にチャンインを捨てるように思えて、すごく腹が立ったんだ。夫婦なら何があっても一緒に乗り越えていくべきじゃないのか、なんとなくそう思ってたんだろうな。あとになってから、自分はチャンインのことばかり考えてたって気づいたんだ。君がすごくつらい思いをしてたこと、当時はあんまり考えてやれなかったと思う。ごめんな、遅くなったけど」

ヨンジュはあふれる涙を手のひらで拭いながら頭を振った。

「チャンインが、三年後くらいに一度君と会いたいって。駐在員としてアメリカに行くんだけど、戻ってくるのが三年後なんだ。あいつ、相変わらず成功街道まっしぐらだよ。仕事するのが性に合ってるんだって。君が出ていったあと、健康診断も受けて身体の隅々まで調べてみたけど、異常なしだったらしいよ。精神的にもしっかりしてるし。あ、そうだ、その三年後に会おうって話、一つ条件があるってさ。お互いに付き合ってる人がいるとか、結婚してる状態なら会わないでおこうって。やっぱりそれは良くないからって。で、一番重要なのはこれだそうだ。もし独りでも、自分とまたよりを戻すとか、そんなことは期待しないでほしいって。そういう気持ちは一切ないそうだ。君が最後にとった行動を考えると、今でも呆《あき》れてものが言えないってさ」

ヨンジュはテウの話を聞いて笑みを浮かべた。チャンインが女の人に対してひそかにガードが堅いタイプだったのを思い出して。

彼女がテウに話して聞かせたのは、書店を開くことになった経緯やどうやって切り盛りしているか、といった内容が大半だった。彼女はテウに、書店は子どものころからの夢だったと言った。

「あのときは、本屋を開こうって、とにかくその一心で」

本を読むのが何より好きだった、明るくてよく笑う中学生のころに戻ること。そこからまた始めようという思いだけだったと。

チャンインと別れてすぐ、ヨンジュは書店を構える場所をいろいろ調べてみた。ヒュナム洞という町を選んだのは、ヒュナム洞の「ヒュ」が「休」という字だと偶然知ったからだ。それを知って彼女の気持ちは固まった。一度も訪ねたことのない町だけど、まるで古くからの知り合いがたくさん住んでいる町のように感じられた。もともとはのんびり調べるつもりだったが、目標ができると、以前のようにてきぱきと事を進めていった。急き立てられるように不動産屋を回って物件を確認し、数日もしないうちに今のヒュナム洞書店の建物と出合った。平屋の住宅だったのを前の大家がカフェにしていたが、やがてつぶれ、数年間放置されているという。彼女は建物を目にするなり気に入った。放置されていた建物なので手を入れなければならない部分はたくさんあったけれど、その分、隅々にまで自分の思いを込めることができるはずだ。彼女は、自分の人生を再建するようにこの建物も再建することにした。

翌日すぐに建物を購入した。近所の、見晴らしのいいワンルームマンションも手に入れた。そのくらいの余力があったのは、大学卒業後、休む間もなく働きつづけてきた結果であり、二人で暮らしていたマンションを処分した結果でもあった。インテリアにはまるまる二カ月かかった。業者を選定し、デザインについて話し合い、資材を確認することまで、すべて一人でやった。書店のオープン初日、店内の椅子に座って窓の外を見た瞬間、自分のとった一連の行動の重さがようやく感じられ、ヨンジュは泣いた。そうやってめそめそしながらも本を仕入れ、客を迎え、コーヒーを淹れた。ふと我に返ると、ヒュナム洞書店を訪れる客の数は少しずつ増えていて、彼女は中学生のころのように毎日本を読む人間になっていた。波に呑《の》まれるようにあれよあれよと流されているうちに、幸い、自分の心にかなう場所にたどり着いていたのだ。

ヨンジュは、書店で働きながら徐々に元気を取り戻していく一方で、チャンインに対する罪悪感を少しずつ膨らませていた。一方的で利己的なやり方で関係を断ってしまったこと、ごめんなさいの一言もろくに言えなかったこと、待ってあげなかったこと、その後会いにいかなかったこと。もう一生会うことはないとチャンインには言われたけれど、会いにいって謝るべきなのではないかとずっと悩んでいた。でも怖かった。彼の求めているのが謝罪ではなく別のものだったらどうすればいいのだろう。だが今日、チャンインはテウを通してこんなメッセージを伝えてきたのだ。俺もおまえに謝ったから、おまえも俺に謝ってもいいと。そして、二人の関係はそれで充分だと。

ヨンジュは今、思う存分チャンインのことを考えている。過去を思い出している。ずっと抑えつけてきた気持ちや感情をあふれさせている。過去のイメージや記憶が胸をチクチク刺すけれど、もうそれにも耐えられそうな気がした。もしかしたら、今まで膨大なエネルギーを使って抑えつけていたせいで、まだ彼女の中にいろいろなものが溜まっているのかもしれない。いま、すべてを解き放つ時だ。しばらくはまた泣くことになるかもしれないけれど、それでも仕方ない。そうやって過去を解き放ちつづけて、やがて、もう過去を思い出しても涙は出ないという時がきたら、ヨンジュは軽やかに手を上げて、晴れやかに自分の「現在」をその手につかむのだろう。大切に、大切に握りしめるのだろう。

# なんでもないように

当然ながら、昨日あんなことがあったからといって、今日書店の雰囲気が変わるということはない。全体的に見ると、客が集中するときはいつものように多少バタバタし、そうでないときは果物を食べてひと休みすることができた。ちょっとした出来事もいくつかあった。正午ごろ、ヨンジュが出勤して一人で開店の準備をしていると、ヒジュがドアを開けて入ってきた。ヒジュはかつて開店前に訪ねてきたことはなかった。

ヨンジュが驚いてどうしたのかと聞くと、ヒジュはそれには答えず、流し目でヨンジュの顔をまじまじと見ていた。書店のオープン当初、めそめそするヨンジュの姿を何度も見てきたヒジュだ。しばらく大丈夫そうだったのにまた何事かと、心配して訪ねてきたらしい。ヒジュの執拗《しつよう》な視線を浴びながらヨンジュが元気そうな笑顔を見せると、彼女はようやく安心したように読書会についてあれこれ意見を言ったあと、店をあとにした。何かあったらいつでも電話するのよ、と言いながら。

午後にはジョンソもちらりと顔を出した。外出したついでに、ヨンジュに、彼女の好きなチーズケーキを二切れ買ってきたのだと。ケーキなんてどうして、と言うヨンジュに、彼女は特有のよく通る声で、食べてもらおうと思って、口さみしいときに、と言った。ヨンジュがお礼を言うと、彼女はにっこり笑って書店をあとにした。

ヨンジュ自身は気づいていないが、今日彼女を一番助けてあげた人物はサンスだった。彼は実にさりげなく、ユニークな方法で彼女を自由にしてあげた。何か質問しようとヨンジュに近づいていく客がいると、まずその客を執拗に見つめる。客が視線を感じて彼のほうを見るまで。目の合った客が、戸惑いながらも成り行き上サンスのところに行って質問をすると、彼は文語体の口調を駆使して客の心をがっちりつかんだ。彼に質問した客は必ず、本を一、二冊は買っていった。

サンスの防御のおかげだろうか。ヨンジュは落ち着いて、数日後のトークイベントの質問事項を検討することができた。今回は初めて、映画も上映することにした。午後七時から九時までみんなで映画を観て、一〇時まではその映画や、映画のノベライズ本について話をする。映画評論家が来て話をしてくれる予定なので、ヨンジュも参加者のように聞く立場として参加することになりそうだ。

その日のトークを担当してくれる映画評論家とは電話で一度話をした。話した感じでは、当日は安心して任せていられそうだという印象を受けた。電話越しに聞こえてくる声は明るく、話も上手で、何より、自分の好きなことについて話していると気分が高揚するタイプのようだった。

でも念のため、小説をもとにいくつか質問を用意しておいた。上映中は、映画と小説を比較しての質問も考えてみるつもりだ。ヨンジュはカフェテーブルで質問文を小声で読みながらチェックし、修正すべき点をボールペンで書き込んでいた。そんな彼女のそばにいつの間にかやってきたミンジュンが、何気なく質問用紙に目をやった。そして、はっと驚いたように彼女に聞いた。

「これって、トークイベントの質問用紙ですか？」

「ん？　うん、そう」

いきなり聞こえてきたミンジュンの声に、ヨンジュが顔を上げて答えた。

「小説のタイトルは『海よりもまだ深く』なんですか？」

「ええ、そうですとも」

ミンジュンの驚いている理由を察したように、彼女が笑いながら言った。

「著者がここに来るんですか？」

まだ信じられないというようにミンジュンが目を見開いて聞いた。

「それはハズレ。うちはまだそこまでの力はないから」

「じゃあ？」

自分の机へと向かうヨンジュのあとについて歩きながら、彼が尋ねた。

「映画評論家が来てトークを担当してくれることになったの」

「ああ、ですよね。あの人が来るわけないですよね」

彼はヨンジュの隣に腰を下ろしながら、そっと彼女の顔をうかがった。

「是枝裕和《これえだひろかず》監督の映画、観たことある？」

彼女は、ミンジュンが自分の顔を見ているとも知らず、Ｗｏｒｄファイルを開きながらそう聞いた。

目が腫れてはいたが、それでも昨日よりは顔色が良くなっていた。目の腫れも少しずつ引いているようだ。ミンジュンはホッとした顔で、軽い調子で答えた。

「もちろんですよ。あの人の映画はほとんど観ました。好きなんです」

「ノベライズ本を読んだ感じでは、どうして名作って言われてるのかわからなかったけど」

ヨンジュが、修正すべき文章にカーソルをもっていきながら、理解できないというように言った。

「この監督の映画、一度も観たことないんですか？」

ヨンジュは、ないという意味で頭を振った。

「じゃあ、ミンジュンさんはこの映画も観たのね」

「去年観ました」

「どうだった？」

「うーん、なんというか。いろいろ考えさせられる映画でした。自分は、自分がなりたいと思ってた大人になったのかなって考えてみたり、あと、夢を追う人生についても考えてみたり」

「考えた結果はどうだったの？」

質問用紙の修正内容をＷｏｒｄファイルに機械的に反映させながらヨンジュが聞いた。

「……僕の記憶が正しければ、主人公の男のお母さんはこう言いますよね。幸せっていうのは、何かを諦めないと手にできないものなんだ、って。主人公は長いあいだ小説を書けずにいるんですよね？」

ヨンジュは小さくうなずいた。

「書けずにいるあいだも、小説っていう夢を見つづけてましたよね。だから幸せではなくて。お母さんがこう結論づけたのも、ある意味当然です。夢なんてもののせいで自分の息子は不幸になったんだ、って。僕はその場面で、男が憐《あわ》れに思えたっていうより、お母さんの言葉にうなずいたんです。そうだよな、夢のせいで不幸になることもあるよなって」

彼女はキーボードを叩いていた手を止めた。

「お母さんはこんなことも言いますよね。叶わない夢を追っていたら毎日が楽しくない、って。確かにそうでしょう。でも、夢を追っていて楽しいなら、追ってみる価値はありますよね？」

彼女はミンジュンにちらりと目をやって、また手を動かし始めた。

「人それぞれじゃないかな、って。どこに価値を見いだすかは。夢に自分の人生のすべてをかけられるっていう人も、間違いなくいると思うんです。そうじゃない人のほうが多いでしょうけど」

「ミンジュンさんはどっちなの？」

彼はここ数年間の生活を振り返って答えた。

「やっぱり後者かな。夢を追っていて楽しいってこともあるだろうけど、夢を諦めたほうが楽しく生きられる確率が高いんじゃないかなと。僕は楽しく生きたいんです」

「だからわたしたち、合うのかな」

ヨンジュはキーボードに手を載せたまま、彼を見て微笑んだ。

「店長さんは夢を叶えたじゃないですか」

「まあそうね。今くらいの状態なら楽しいとも思えるし」

「じゃあ僕たち、合わないってことで」

ミンジュンが冗談っぽくそう言うと、彼女はにやりと笑って肩をすくめた。

「楽しさのない夢は、わたしもあんまりかな。夢か、楽しさか。どっちか選べって言われたら、わたしも楽しさ！　でも、夢って言葉を聞くと、今でも心がワクワクするのよね。夢なしで生きる人生。それって、涙なしで生きる人生と同じくらい味気ないと思う。ただ、ヘルマン・ヘッセの『デミアン』にはこういう一節もあるの。『永遠に続く夢はない。どんな夢でも新しい夢に取って代わられる。ゆえに、どんな夢でも執着してはならない』」

「その話を聞くと、こんな人生が許されたらいいなと思いますね」

ミンジュンがゆっくりと立ち上がりながらそう言うと、ヨンジュは顔を上げて「どんな人生？」と聞いた。

「一度目は、ただ流れに任せて生きてみるんです。次は、夢を追って生きる。で、待望の最後の人生は、その二つのうち自分により合っていたと思う生き方をするんです。すごく楽しく」

「それいいわね。あ、ところでミンジュンさん」

一人の客がスマートフォンを操作しながら書店に向かって歩いてくるのを確認したあと、ミンジュンはヨンジュに目をやった。

「今回のトークイベントを担当してくれる映画評論家さん。ミンジュンさんと同じ大学、同じ科、同じ学番〔入学年を表す数字〕なんだって」

ミンジュンは目を見開いて尋ねた。

「そうなんですか？　なんていう名前ですか？」

「ユン・ソンチョルさん」

ミンジュンは一瞬、これはいったいどういうことかと思ったが、すぐに合点のいったような表情を浮かべた。

「でも、大学とか科とか学番とか、どうして知ってるんですか？」

「是枝監督の本でトークイベントをやるのはどうかって、向こうから提案してきてくれたんだけど、その提案書に書いてあったの」

「はー、そんなことまで提案書に書くなんて」

ミンジュンが呆れたように笑った。

「そうね、TMI〔どうでもいい情報、余計な情報を指す俗語。Too Much Informationの略で、韓国の若者のあいだでよく使われる〕ね」

ヨンジュも、提案書に目を通したとき思わず笑ってしまった。こんなことまで書いてあるなんて、と。笑いが収まると、すぐに返事を書いた。良い提案への感謝を伝え、さっそく日程を調整するためだ。ついさっき名前を知ったばかりのユン・ソンチョルという評論家のことが、なぜか信頼できる気がした。是枝監督に対する関心や知識が並大抵ではないように思えたし、何より、どれほど真摯に文章に向き合っているかが、二、三文読んだだけですぐにわかったからだ。提案書ひとつをこれほど心を込めて書く人なら、どんなことでも信頼して任せられるだろうと思った。

「ユン・ソンチョルさんのこと、よく知ってる？」

彼女がそう尋ねると、ミンジュンは、店先にたどり着いた客のほうに足早に歩きながら答えた。

「はい。知りすぎるくらい知ってます」

# ただお互いに好きでいようということ

　ヨンジュは立て看板を店内に入れ、ドアを閉めた。小説の並ぶ本棚の前に立っているスンウの姿をしばらく見ていたが、やがて彼のほうに歩み寄った。スンウは、そばに来たヨンジュに、先ほど本棚から取り出した本のタイトルを見せた。ニコス・カザンザキスの『その男ゾルバ』。二人が初めて会った日、ヨンジュが言及した作家の小説。彼は本を本棚に戻して言った。

「トークイベントをしたとき、カザンザキスの話をしてくれましたよね。あの日、家に帰ってこの本をもう一度読んでみたんです。正直に言うと、前に読んだときはそれほど感動しませんでした。みんながいいって言うから、一応最後までは読みましたけど」

　本棚に目をやっていたスンウが、ヨンジュのほうに顔を向けた。

「今回は、これを再読するきっかけを与えてくれた人のおかげかはわかりませんが、前よりおもしろく感じました。どうしてみんなゾルバという男に魅力を感じるのか、わかったんです。考えてみたら、生まれてから今まで、わたしはただの一度もゾルバだったことはありません。まさにわたしのような人間がゾルバに憧れを抱くんでしょうね」

　二人の目が合った。

「代表さんも、その一人でしょうし」

スンウはそう言うと、客用の二人掛けソファまで歩いていき、腰を下ろした。ヨンジュも彼の隣に座った。照明の光にやさしく包まれたソファに身を沈めると、スンウはここ数日の悩みがいっぺんに解決したような気分になった。

「本を読みながら考えていたんです。はたして代表さんはゾルバという人物を通してどんなふうに変わったのか。あるいは、ただ憧れを抱いただけで、変わりはしなかったのか」

ヨンジュは、彼がどうしてそんなことを言うのかわかる気がした。一見自由に、一見幸せそうに生きている自分が、実は、自分自身で作った殻に閉じ込められて身動きできない人間だということに気づいたのだろう。早く殻を破り、ゾルバのように自由に生きてみろということだろう。これまでとは違う人生を。殻に閉じ込められていない人生、考えに閉じ込められていない人生、そして過去に閉じ込められていない人生。彼女はやや硬い口調で答えた。

「わたしにとってゾルバは自由の一つに過ぎません。この世にはいろいろな自由があるけどわたしの一番好きな自由はゾルバだ、っていうことです。ゾルバみたいに生きたいと思ったことはありません。考えたこともないです。そもそもわたしも、あの小説の中の語り手として生まれた人間なので。ゾルバのような人間に憧れるだけの、そんな人間。それがわたしです」

スンウはゆっくりとうなずきながら言った。

「でも、誰かに憧れたら追いたくなりますよね。その人のごく一部分でいいから真似たくなったり」

「うーん、そうかもしれませんね。わたしも真似ようと思ったことが一つ、あるにはあります。小説の中のあの場面、スンウさんもお好きじゃないかな」

スンウは顔を横に向けて彼女を見た。

「ダンスを踊る場面ですか？」

「ええ、あの場面。あそこを読んで、わたしもこんなふうに生きようって思ったんです。失望してもダンスを踊ろう、失敗してもダンスを踊ろう。深刻にならないようにしよう。笑おう。笑って、また笑おう、って」

「成功しましたか？」

「半分くらいは。でもやっぱりゾルバには生まれなかったので。笑っては泣き、ダンスを踊ってはうずくまり。でも、また立ち上がって、笑って、踊って。そんなふうに生きようとしているところです」

「素敵な人生ですね」

「そうですかね」

「そう聞こえます」

ヨンジュはスンウを見て軽く微笑んだ。

「なんか、わたしって窮屈そうに生きてるように見えますか？　過去に閉じ込められて」

スンウは頭を振った。

「いいえ。誰でも過去に閉じ込められて生きるものです。ただ、代表さんの気持ちが、わたしに有利なほうに変わればいいなと思って」

ヨンジュは少し間を置いて聞いた。

「どんなふうにですか？」

「ゾルバみたいにです」

「ゾルバみたいに？」

「簡単に恋に落ちる彼みたいに」

「恋に、簡単に？」

ヨンジュが笑って聞き返すと、スンウは笑わずに言った。

「わたしにだけ簡単に。わたしの欲張りな気持ちです」

二人のあいだにしばしの沈黙が流れた。沈黙を破って、スンウが口を開いた。

「聞きたいことがあるんですが、聞いてもいいですか」

ヨンジュは、何を聞かれるのかわかっているという表情でうなずいた。

「あの日、元だんなさんの友だちっていうあの人、何か代表さんを傷つけるようなことをしたんじゃないですよね？」

元夫に関する質問だろうとは予想していたがそんな内容とは思っていなかったヨンジュは、軽く吹き出した。

「いえいえ。いい人です。わたしの友だちでもあるんです」

「それなら良かったです。あの日、あまりにもつらそうな顔をしていたので」

「ええ、そう思われるのも無理はなかったと思います」

ヨンジュは明るい声で答えた。するとスンウはしばらく、黙ってソファに背を沈めていた。やがて背筋を伸ばして、再び尋ねた。

「聞きたいことが、もう一つあるんです」

「うーん、またわたしが答えないといけないんですか？」

ヨンジュが、やはり明るい声で返した。スンウは、今彼女は感情を取り繕っているのだろうか、いないのだろうかと考えながら言った。

「どうしてわたしに話したんでしょう。あの男の人が誰なのか」

二人の目が合った。スンウは、彼女の目が、元夫の存在を明かしたときのあの目に変わっていくさまを見ていた。悲しげな、複雑な目。その目を見てスンウは、彼女がさっきまで感情を取り繕っていたのだと確信した。彼女は淡々と言った。

「嘘をつきたくなくて」

「何の嘘ですか？」

「時には、あることを話さなかったこと自体が嘘になる場合もあるじゃないですか。それを話さないことが、普段はまったく問題にならないのに、あるときには問題になる、ということもあるので」

スンウは淡々と尋ねた。

「どういうときですか？」

「相手が特定の気持ちを抱くようになったときです」

ヨンジュがそう言うと、スンウはまたソファに背を沈めた。そして彼女の言った言葉をつぶやいた。

「特定の気持ち」

再び沈黙が流れ、またスンウが口を開いた。

「まだお会いする前に、代表さんの文章を読んだことがあるんです」

そうだったんですね？と問うように、ヨンジュは顔を横に向けて彼を見た。

「文章を読んでどんな人なのかなと思っていたんですが、いざ会ってみると、想像していたイメージとは違ったんです。あの日、わたしに聞きましたよね。わたしの文章とわたし自身は似ているかって」

じっと自分を見つめているヨンジュを見ながら、スンウは言葉を継いだ。

「そう質問されて、わたしも聞いてみたかったんです。代表さんはどうなのかって。わたしには似ていないように思えるけど、自分ではどう思うかって」

「お聞きになってもよかったのに」

「当惑させてしまうかなと。わたしは似ていないと思う、って言ってしまいそうだったから。代表さんの当惑する姿、見たくなかったんです。すでにあのころから特定の気持ちを抱いていたんでしょうね」

黙って彼を見ていたヨンジュは顔を正面に向け、スンウはそんな彼女を見つめた。

「でも」スンウが言った。「考えが変わりました。代表さんの文章と代表さんは似ている気もします。いや、似ています、すごく。代表さんの文章、ちょっと元気がない感じがするんです」

ヨンジュは「元気がない、って」とつぶやいて、小さく笑った。

「悲しくて元気がない。でも顔は笑っている。心の内がわからない。だからますます気になる人」

もう寒さもすっかり和らいだ。冬物の上着だと薄手のものでも暑く感じられ、みんな家にある一番薄いジャケットを羽織ったり、腕に引っかけたりしていた。Tシャツ一枚でも寒いとか、寒そうに見えるとかいうことのない季節だ。ヨンジュとスンウの座っているソファの背後の窓から見える人々も薄着だった。一日を終えて家に帰る人々。彼らは歩きながら、なにげなく書店に目をやった。

スンウは静かに座っているヨンジュに呼びかけた。

「代表さん」

「はい」

「わたしはこれからもただ代表さんのことを好きでいようと思います」

ヨンジュはさっと顔を横に向けてスンウを見た。

「どうして元だんなさんの話をしたのか、わかっています。引っ込んでろってことですよね」

「そんなつもりじゃありません。引っ込んでろだなんて」

ヨンジュが当惑して言った。

「代表さん」

スンウがさっきよりもきっぱりした口調で呼びかけた。そして、ヨンジュをまっすぐ見据えて言った。

「結婚されていたのは何年ですか？」

ヨンジュは今度は驚いてスンウを見た。

「わたしも六年付き合っていた恋人がいました。一番長い恋愛でした。結婚はしなかったというだけで……」

「そういうんじゃないんです」

ヨンジュが複雑な気持ちをそのまま顔に出して言った。

「わたしが元夫の話をしたのは、ただ……そうすればスンウさんが諦めやすくなるかなと思ったからです」

「わたし、諦めていません。結婚歴があるからって、別に」

スンウが淡々と言った。

「わたしも、自分は結婚歴があるからスンウさんとはダメだとか……そんなこと思ってるわけじゃないんです。そうですよ。離婚くらい、別に。離婚することだってありますよ。でもね、スンウさん」

スンウは表情を変えずに彼女を見ていた。

「離婚したっていう事実よりも離婚の理由が重要なんです。なぜ離婚したのかっていう」

何も言わずに自分を見ている彼に、ヨンジュは上気した顔で話を続けた。早口になった。

「わたしが結婚生活を破綻させた張本人なんです。だからなんです。相手をすごく傷つけたんです。身勝手に、相手のことも考えずに関係を終わらせたんです。あの人のことは愛していました。間違いなく、わたしなりには。でも、ある瞬間、あの人より自分のほうが大事になったんです。あの人を愛することで自分の人生を手放すより、愛を手放して自分の人生を生きたいと思ったんです。わたしは自分が一番大事な人間で、今の生き方を維持するのが大事な人間なんです。自分自身のために、自分の生き方のために、いつなんどき、また誰かを捨てるかもしれない人間なんです。人生を共にするにはふさわしくない人間だっていうことです」

話し終えたヨンジュの顔はさらに紅潮していて、そんな彼女をスンウはじっと見つめていた。

ヨンジュは、離婚に関する全責任は自分にあると考えているようだった。自分は非常に利己的で自己中心的な人間だと決めつけてしまっていた。だからまた誰かを傷つけてしまうかもしれない、まさにそれが、彼女が人を愛することをためらっている理由だ。だがスンウはこれまで、一度も人を傷つけたことのない人間や、常に利他的で他者中心的な人間を見たことがない。スンウ自身もそうだ。恋愛をするたびに相手を傷つけていた。毎回、利己的だと言われた。彼もやはり相手から傷つけられたし、相手のことを利己的だと思っていた。誰でもそうやって生きていくものだ。そしておそらくヨンジュもそのことを知っているはずだ。

それなのに彼女はまだ、当時のことを克服できずにいるようだった。自分は誰かを捨てた人間だということ、自分のせいで誰かが傷ついたということを忘れられないようだった。もしかしたら、自分がどんな人間なのかを知って彼女自身も傷ついたのかもしれない。彼女の気持ちもわからなくはない。もし同じようなことがあったら、自分もこうやって誰かを遠ざけようとするかもしれないとスンウは思った。

「なるほど。お気持ち、わかるような気がします」スンウが、言いたい言葉をぐっと飲み込んで言った。

「理解してくださってありがとうございます」ヨンジュが気持ちを落ち着かせながら答えた。

「でも……もしかして、わたしが代表さんを好きだという気持ち、ご迷惑ですか？」

スンウのやさしい眼差しがヨンジュに向けられた。彼女は、そんなわけないというように頭を振った。

「まさか、そんなわけが。でも……」

「今日はここまでにしましょう」

スンウはヨンジュのほうを見ずに立ち上がった。そのままドアに向かって歩いていく。彼女もあとに続いた。ドアの前で少し立ち止まっていたスンウは、振り返ってヨンジュを見た。自分は彼女を見つめているのが好きなのだという事実が切なかった。このまま抱きしめて、背中をやさしく撫でてあげたかった。そして、人は誰でも傷つけ、傷つけられるものだと、誰でも出会い、別れるものだと、ヨンジュも当時そうだったたに過ぎないと、彼女自身もすでに知っているはずの事実を伝えてあげたかった。だが、彼は感情を抑えて言った。

「講座はこの先も続けたいと思っていますが、嫌ですか」

ヨンジュは頭を振って言った。

「いえ、嫌なわけが。ただ、わたしは……」

あなたは平気なのかというように自分を見ているヨンジュに、スンウは言った。

「すみません」

彼女は、どうしてそんなことを言うのかというように彼を見た。

「わたしの気持ちが代表さんを困らせているようですね」

何とも答えられずにいるヨンジュを、スンウはじっと見つめていた。立ち去り難いのか、しばらくそうやって立っていた彼は、沈黙の末、最後にこう言った。

「代表さん、わたしは今、結婚しようって言ってるわけじゃないんです。ただお互いに好きでいましょうということです」

スンウはそう言うと頭を下げてあいさつし、ドアを開けて出ていった。店先に灯《とも》る明かりが彼の行く道を照らしていた。ヨンジュは、彼が出ていったドアの前でしばらくたたずんでいた。

ミンジュンは、あんなに大笑いしているジミは初めて見るような気がした。ソンチョルはジミとヨンジュの反応に気を良くしたのか、二人の前でひたすら話しつづけていた。旧友はあんなに話し好きなヤツだったかと、ミンジュンは昔の記憶をたどろうとして、やめた。昔もああだったなら人間はやっぱり変わらないものだと思うはずで、昔はああでなかったなら人間はやはり変わるものだと思うに決まっていた。

一時間前、今日は出勤しなかったのだとジミは言った。かといって一人でどこかに行くのも、家にいるのもなんだからここに来たのだと話す彼女は、普段とまったく変わらない顔をしていた。だからミンジュンは彼女がこう言ったとき、予想外の一撃を食らったように衝撃を受けた。

「あたし、離婚しようと思って」

ジミはコーヒーを一口飲み、さらにもう一口飲んだ。飲めば飲むほど味が深まるわね、という褒め言葉も添えた。そんなジミの前でミンジュンはどんな顔をすればいいかわからず、結局、怒ったような硬い表情で立っていた。彼女はそんなミンジュンをちらりと見ると、また一口飲んで言った。

「今のその顔、絶妙ね。どんな顔したらいいのかわかんないんでしょ？　あたしもよ。どんな感情を覚えればいいのかわかんない。だから何の感情も持たずにいるところ」

結局ミンジュンはジミに何の言葉もかけられなかった。空になったカップにそっとコーヒーを注いであげるのがやっとだ。ありがとうと言う彼女の声は、表情と同じく、普段と何も変わらない。声だけ聞いていると、彼女に何かあったようには思えなかった。ヨンジュの隣で笑っているその様子を見ても、やはり何事もなかったかのようだ。

映画の上映が始まった。トークイベントに参加した三〇人が、是枝裕和監督の映画「海よりもまだ深く」を鑑賞した。ミンジュンもカフェの片付けを終えたあと、最後列の左端に座って映画を観た。主人公、良多の情けない姿が繰り返し描かれた末にラストを迎えるこの作品は、観る人に問いを投げかけた。わたしたちは自分の望んでいた姿になったのか。

一度観たことのある映画だが、再び観るとあらためて、良多という人物は生きるのに不器用な人間のようにミンジュンには見えた。一人暮らしの男というのはどうしてああもだらしなく描かれるのかと、ため息が出た。だが、そういう姿がステレオタイプに感じられなかったのは、その描写が、良多が部屋を片付けることのみならず生きること全般に不器用な人間であることを示す装置になっていると気づいたからだ。そればかりか良多は、自分が人生で唯一大切にしている小説を書くことにさえ不器用だった。

映画が終わったあと、ヨンジュとソンチョルが前に出て椅子に腰掛ける様子を見ながら、ミンジュンは考えつづけていた。良多があんなにも生きることに不器用な理由。それはもちろん、良多にとって初めての人生だからだろう。小説家を夢見たのも初めてで、愛する妻に捨てられたのも初めてで、愛する息子にとってしがない父親になったのも初めてなのだ。だからあんなに不器用に行動し、あんなに不器用に話し、あんなに哀しく見えるのだろう。

ヨンジュが質問し、ソンチョルが答える様子を見ながら、ミンジュンはふと、今のこの人生も自分にとっては初めてなのだと思い至った。映画を観ていると、ごく当たり前のことに気づかされることがときどきある。今日もミンジュンは、その当たり前の気づきに軽い衝撃を覚えた。初めての人生だから、あんなにも悩んで当然だったのだ。初めての人生だから、あんなにも不安で当然だったのだ。初めての人生だから、あんなにも大切に思えて当然だったのだ。初めての人生だから、わたしたちはこの人生がどう終わりを迎えるのかもわからない。初めての人生だから、五分後にどんなことに出くわすかもわからない。

ソンチョルは、プロンプターを読むアナウンサーのようによどみなく話していた。参加者たちに、是枝監督の世界観やそれがどのように映画に反映されているかを、わかりやすい言葉で説明していた。ミンジュンは、友人の二つの瞳がきらきら輝いているのを見て胸が熱くなった。好きなことを楽しんでやっている人を見ると心が動かされるが、それが友人となれば、心がしびれるほどうれしかった。

ミンジュンがソンチョルと再会したのは、ヨンジュから彼の名前を聞いたその日だった。トークイベントを担当する映画評論家の名前がユン・ソンチョルだと聞いたその日、ミンジュンは家に帰る道すがら彼に電話をかけた。まるでつい昨日もかけたかのように携帯電話から彼の名前をすんなり探し出し、通話ボタンを押した。ソンチョルが電話に出て「おい！　今どこだ？」と言った瞬間、二人は同時に笑った。その日のうちにソンチョルはミンジュンのもとを訪ねてきた。

二人はミンジュンの部屋で明け方まで話をした。ソンチョルの買ってきた焼酎を差しつ差されつしながら、会わずにいた空白の時間が生むぎこちなさを振り払った。ソンチョルは、就職がうまくいかなかったのはむしろ良かったのだと、自分が映画関係の仕事をするようになった経緯を説明した。ミンジュンが「どこかに所属してるわけでもないおまえが、なんで映画評論家なんだよ」と聞くと、「映画の評論をしてるんだから映画評論家だろ」とクールに答えた。そして、昔のように詭弁を並べ始めた。

「おい、いいか。どこそこで認められたっていう映画評論家の書いたものと、俺の書いたものと、なーんも変わらんぞ？」

「またか？」

「仲間内で肩書つけて、書かせてやってるだけなんだって」

「まさか」

「伝統と歴史のある映画雑誌の評論家だからって、俺より映画をちゃんと観てるのか、俺よりいいものを書くのか、それはどうだかわからんさ。みんなただ、あの雑誌の評論家だからいいもの書くんだろうって信じちゃうんだ。そこへもってきて、何人かの知り合いから『この評論家はいいもの書くよ』なんて聞かされると、もうその人はいい評論を書く人ってことになっちゃう。噂が先にあって評論は二の次なんてこと、ざらにあるんだぜ？」

「おまえ、まだそんなこと言ってるのか。一千万映画が一千万映画になったのはそれが三百万映画だったからだって、あそこから一歩も進んでないのか」

「だから、この世に絶対的な基準なんてないってことだよ。そりゃ、誰が見てもずば抜けていい文章とずば抜けてダメな文章はあるさ。だけどな、似たりよったりの文章ってのは、書いた人の名前で値打ちが決まるんだって。俺の書いたの見てみろよ。これ、いい文章だぜ」

「誰がそう言ってるんだよ」

「俺がだよ！　あまたの評論文を読み尽くしてきた俺がだよ！　いい文章ってのはどれも大差ないんだって。いいか、おまえ。俺が何かの拍子に有名になるとするだろ？　そしたらみんなそれまで以上に、俺の書いたものをいい文章だって言うはずだぜ？」

「おい、僕らはいったいなんだってこんな話をしてるんだ？」

「とにかく、俺は映画を評論する映画評論家なんだって。肩書なんてつけてもらう必要はない。俺が自分でそう思ってたらいいってことさ。それでいいんじゃないのか、生きるってのは」

ソンチョルはそこまで話すと、何が可笑しいのかケラケラ笑い始めた。ひとしきり一人で笑ったあと、ミンジュンをポンポンと叩きながら言った。

「おまえとこうやってグダグダしゃべってたのがどんなに恋しかったか、わかるか。おまえはどうやって生きてたんだ？　ほんとにバリスタの仕事、続けるのか？」

「たぶんな」

ミンジュンが焼酎グラスを空けながら言った。

「やりたかったことなのか？」

「いや？」

「それでもいいのか？」

「僕のやりたかったことが就職以外にあったか？　いい会社に入って、しっかり金稼いで、安定して暮らす。でもダメだったじゃないか。いつまでも希望を抱きつづけるわけにもいかないし」

「今からじゃもう遅いか？」

ミンジュンはしばらく何かを考えているような顔をして、こう言った。

「さあな。それこそわかんないよ。でももう、就職したいって思うのが嫌になった。今が楽しいんだ。それでいいんじゃないのか、生きるってのは」

ミンジュンがソンチョルの腕をポンと叩いて、話を続けた。

「コーヒーを淹れるのだって芸術さ。創造的な仕事なんだ。同じコーヒー豆使っても、今日と明日じゃ味が違う。気温、湿度、僕の気分、店内の雰囲気によって変わってくるんだ。それを調整するのが楽しくて」

「賢者のお出ましー」

「うるさい」

久しぶりに会った友人を眺めていたソンチョルは、こう聞いた。

「……つらくはなかったか？」

「なんでもないってことはなかったさ。それでも、なんでもないように振る舞ってた気がする。自分の望んでた瞬間は僕にはやってこなかったけど、でも実際、だからって人生に失敗したって思ってたわけじゃないんだ」

「失敗したわけじゃないよ、おまえは」

ミンジュンはソンチョルを見てニッと笑った。

「なんか、あのときは、自分に起きたことが自分にとってどういう意味を持つのか、急いで結論を出さないでおこうって思ったんだ。だから自分の人生について深く考えないことにした。その代わり、ご飯もおいしく食べて、映画も観て、ヨガもやって、コーヒーも淹れて、そんなふうに過ごしてた。そうやって自分以外のものに関心を持つようになって、ふと自分を振り返ってみて思ったんだ。やっぱり僕の人生は、ほんとに、失敗したわけじゃないんだって」

「そうさ」

「今思うと、いろんな人にたくさん助けてもらった」

「誰？」

ミンジュンは壁にもたれてソンチョルを見た。

「周りの人たち。僕がなんでもないように振る舞ってるとき、周りの人たちも本当になんでもないように振る舞ってくれたんだ。僕が何も話さなくても察してくれたのか、わざとらしい心配とか慰めの言葉をかけてくる人はいなかった。ありのままの僕を受け入れてくれる感じで。だからわざわざ言い訳がましく説明する必要もなかったし、今の自分を否定しないでいられるようになったんだと思う。で、歳をとったら、こんなことも考えるようになったんだ」

ソンチョルは鼻を大きくフンと鳴らして、にやりと笑った。

「まーた、カッコつけて。なんだよ、聞いてやるよ。どんなことを考えるようになったって？」

「いい人が周りにたくさんいる人生が、成功した人生なんだって。社会的には成功できなかったとしても、一日一日、充実した毎日を送ることができるんだ、その人たちのおかげで」

「おお……」

ソンチョルが、感動したように嘆声を漏らした。

「今の、いい言葉だな。いつか俺の論評に使っても文句言うなよ」

「頭の悪いヤツがどうせ覚えてもいられないくせに」

「はあ……キム・ミンジュンには会うと、ほんとろくなこと言われないな。とにかく、おまえは俺のこと、よーく知ってるよ」

ケラケラ笑っていたソンチョルは、名言を吐いた友人に焼酎グラスを差し出した。

「じゃあ、俺たちもお互いにとっていい人なのか？」

ミンジュンはグラスを軽くぶつけながら言った。

「おまえが問題なんだろ。僕は前からいい人なのに」

「じゃあＯＫだな。俺も生まれたときからいい人だったのさ」

数日前、酔っぱらって何度も何度も同じ話を繰り返していたソンチョルは、今はいない。彼の口から飛び出してくる言葉はすべて単純、明瞭、正確だ。表情にはゆとりがあり、楽しそうに見えた。ミンジュンは、彼に出会って初めて彼のことをかっこいいと思った。容姿がいいからではない。光を放っていたからだ。

ミンジュンはソンチョルから視線を外し、ヨンジュとジミに目をやった。ヨンジュはソンチョルの隣で、ジミは観客席で、ソンチョルがおもしろい話をすれば笑い、真剣な話をすればうなずいていた。彼女たちの口元に浮かぶ笑みが、ソンチョルの話を引き出しているようだった。あの微笑みがミンジュンに時間を与えてくれたのだ。ゆっくりと人生を受け入れていく時間、不器用でも、失敗しても、前に進んでいけるはずだと自分を信じさせてくれた時間。

これからはミンジュンが、二人にそんな微笑みを投げかけてあげたいと思った。なんでもないはずはないのに、なんでもないように笑っている二人に。そして周りの人たちにも。彼はここ何日か、とても気分が良かった。少しずつ芽を出していたある考えが、ついに自分の力で満開の花を咲かせたような気分だった。過去のミンジュンと現在のミンジュンが久しぶりに再会したようにも感じられた。過去のミンジュンが現在のミンジュンを受け入れ、現在のミンジュンが過去のミンジュンを受け入れた気がした。ようやく、今のこの人生を完全に受け入れられるようになった気がした。

再会のあくる朝、早く目を覚ましたソンチョルは、寝ているミンジュンを揺り起こした。ミンジュンの目が開くのを待ち、開くなりこう言った。

「これだけ聞いてから行こうと思って」

ミンジュンは身体を起こしながら聞いた。

「何を」

「ボタンの穴はどうなったんだ？」

「ボタンの穴？」

「うん、おまえ昔、ボタンばっかり作ってしくじったって言ってただろ。今はどうなんだ」

ミンジュンは眠気を覚まそうと頭を振りながらソンチョルを見た。そして、しばし考えているような表情を浮かべたあと、こう答えた。

「簡単さ。服を着替えたんだ。そしたらその服には最初から穴が開いてた。穴に合わせてボタンを作ったら、うまくかけられたよ」

「なんだよ。それだけか？」

「この世のどこかには、先に大きな穴を開けて、誰かが訪ねてくるのを待ってる人たちもいるってことだよ。訪ねてきた人がうまくボタンを作れるように手助けまでしてくれてさ。おまえのその顔、何考えてるのか、よーくわかるよ。システムはそのままなのに、いい人たち何人かで助け合いながら生きて何の意味があるんだ、って言うんだろ？　確かにそれもそうだ。でも昨日も言ったろ。時間が必要なんだって」

「時間？」

「しばらく休む時間、考える時間、のんびりする時間、振り返る時間」

ソンチョルは納得したようにうなずきながら立ち上がると、ドアのほうへ歩いていった。そのとき、今度はミンジュンがソンチョルに尋ねた。

「おまえは？　おまえはどうやってたんだ？」

「何を？」

「おまえ、成績もけっこう良かったじゃないか。なのにどうやって、映画が公開されるたびにああやって観にいけたんだ？　あんなに忙しかったのにどうやって、好きなものを手放さずにいられたのかって」

「バカなヤツだな」

ソンチョルはシンクを爪の先でトントンと叩きながら言った。

「好きだからに決まってんだろ。ほかに理由なんてあるか？」

「それだけ？　たったそれだけか？」

ミンジュンがまた布団に寝転びながらそう言うと、ソンチョルはふっと笑って、いいから早く寝ろよというように手を振った。靴を履いたソンチョルは、目を閉じて寝転んでいるミンジュンに言った。

「仕事終わったら本屋に行くよ。これからはそこが俺のアジトさ」

ミンジュンは目を閉じたまま手を振った。

## 気持ちを確認するテスト

　ミンジュンがいつもより早くゴートビーンに着いたとき、ジミは一人で座って豆をいじっていた。彼女は、ドアを開けて入ってくるミンジュンを見ると、隣のテーブルに置いてあった粉砕済みの豆を差し出した。「今日はこれで淹れてみて」ミンジュンは従順な子犬のように、言われたとおりにコーヒーを淹れてきた。ジミは何も言わずにコーヒーをゆっくり味わったあと、カップを隣のテーブルに置いた。ミンジュンも黙ってコーヒーをすすりながら、ジミの行動をじっと見ていた。彼女は、特に目的があるようには見えないけれど、まったく意味がないわけでもなさそうな行動をしていた。豆のブレンドだ。

「あの豆、この豆を適当に混ぜてみたら……もしかしたら今までに味わったことのないような、本当においしいコーヒーができるんじゃないかな」

　ジミが顔も上げず、つぶやくように言った。そして、今日に限ってやけに大人しく座っているミンジュンを意識して言った。

「言いたいことがあるなら言いなさい」

「いえ」

「言いなさいって」

「……もしかして僕のせいで……」

ジミは、いったい何の話?というような表情でミンジュンを見た。

「何の話?」

「僕があの日あんなこと言ったから」

「ああ」

ジミが呆れたというように頭を振った。

「それで、あの日も今日も、そんなしょんぼり顔なわけね」

ミンジュンはあらためて申し訳ない気持ちになり、表情が硬くなった。

「あたしはね、こう言いたい。ミンジュンさんのおかげで、つらい結婚生活を客観的な目で見られるようになった、って。だから感謝してる。長いあいだずるずる引きずってた関係を、おかげで整理できた」

ジミがそう言っても、彼の表情は晴れなかった。

「抱えていけないものを抱えていこうとしてたのが間違いだったのよ。ちゃんと生きるっていうのは、ちゃんと整理しながら生きることだって、今回わかった。不安だから、とか、気を使って、とか、後悔しそうで、とか言って、整理しないままやり過ごしちゃうことってけっこう多いでしょ。わたしもそうだったけど。でも、もうすっきりした」

ジミはそこまで言うと、ミンジュンのほうに向き直った。椅子の背もたれに身体の左側をもたせかけ、いつもと変わらぬ笑みも浮かべてみせた。そして、息を深く吸い込んで吐き出し、それまでの事情を話し始めた。

「あのときミンジュンさんの話を聞いて、時間が必要だってことに気づいたの。あたしたち夫婦の関係をあらためて振り返る時間。だから、あの人に毎日のようにぶちまけてた不満とか悪口とか小言とか、一切やめた。あの人が夜中の三時に帰ってきても朝には笑顔で接して、あの人の服から怪しい香水の匂いがしてもなんでもないふりして笑って、あの人が家の中をぐっちゃぐちゃにしても次の日には微笑んで。あの人のことを観察してみることにしたの。ついでに、あたしたちの関係も客観的に見てみようと思って。それがさ、そうやって行動しただけなのに、あの人、あるときから変わり始めた。午前様をしなくなったし、自分は一度も浮気したことはない、それだけは誓う、なんて言いだすし、あたしが仕事終わって帰ったら家の中がきれいに掃除されてるし。いったいどういうことだろうって思った。毎晩、あの人の作った料理を食べながら、なんだか妙な感じもして。これからはこうやって暮らしていくのかな、なんて思ったわよ。あたしがあの質問をしてなかったら、たぶん今も一緒に暮らしてたと思う」

ジミは口をつぐむと焙煎機のほうに顔を向け、その向こうの窓の外に目をやった。彼女の一番好きな季節が窓の外に広がっていた。春だった。

「あの人の作った晩ご飯を食べながら、聞いたの。最近どうしてそんなにやさしくしてくれるのかって。そしたらこう答えるの。君がやさしくしてくれるからって。君がやさしくしてくれるから、自分もやさしくしてるんだって。もう一度聞いたの。じゃあ、前はあたしがやさしくしないから、あんな行動とってたのかって。そしたらそうだって。じゃあ、今までの姿は、あたしがやさしくしないからわざと作り出した姿だったのかって、そう聞いたら、しばらく言いにくそうにしてから、実はそうだって。いつのころからか、演技してたんだって言うの。どうしてそこまでしないといけなかったのかって聞いたら、あたしがプライドを傷つけたんだって。自分が怠け者で能なしの人間だってことを、あたしがいつか露骨に指摘したって言うの。それで腹が立ってますますあたしの嫌がることをしてたんだって。それ聞いた瞬間、離婚しようって決心した。一瞬で、ああ終わったなって」

ジミはぬるくなったコーヒーを飲み干した。その目は赤くなっていた。

「あたし、もともと独身主義だったって、前に話したわよね？　子どものころ、親戚が集まるといっつも、みんなだんなさんの悪口言ってた。話を総合すると、こんな感じ。夫ヅラした息子の世話をさせられて、えらい目に遭っている。結婚してみたら、あのカッコよかった男がいきなり子どもになっていた。なんでもはいはいってご機嫌とって、なだめすかしてやらないといけない人だった。プライドの高いことといったら、ちょっとでも気に入らないこと言われたらすぐ落ち込んだり、カーッと腹を立てたりする。もううんざりだって。そしたら、ほかの人たちがこう返すの。そうじゃない男がどこにいる。どこもみんなそうだ。女が合わせてやるもんだ。あたし、そんなの嫌だと思った。なんで息子と結婚するの。なんで何もかも合わせてやらないといけないの。だから、結婚なんてしないって決心した。それが、あの人と出会って恋に落ちて。前に言ったわよね？　あたしから せがんで結婚したって。でも、あの夜気づいた。あー、あたしも、夫ヅラした息子と結婚したんだなって。子どもと暮らしてたんだなって。その瞬間、あることがはっきりわかった。あの人と暮らしてて、あたしはほんとに、ほんとに苦しかったんだ、ってこと。あの人のことで本当に苦しかった。胸が締め付けられるほど苦しかった。でも、それ全部、あの人がわざとやってた行動のせいだってわかったのに、それでも一緒に暮らしていけると思う？　だから、あくる朝言ったの、離婚しようって」

ジミはさっきより穏やかになった目でミンジュンを見て言った。

「あなたにあの人の悪口あんなに言っておいて、実は自分自身がその親戚たちと何も変わらないなんて夢にも思ってなかった。申し訳ないわね、ミンジュンさん。あたしのせいで結婚が怖くなったんじゃない？」

ミンジュンは頭を振った。

「社長さんはだんなさんの悪口ばかり言ってたわけじゃないです。悪口を言いながらも、でもあの人そんなに悪い人じゃないのって、いつもおっしゃってました」

彼が静かにそう言うと、ジミはさっきより明るくなった顔で返した。

「あのころ、親戚の人たちもそう言ってた。さんざん悪口言ってけなしたあとでも、話の最後にはいつも、でもあの人ほどの男はいない、って」

二人は同時に声もなく笑った。

「よく話を聞いてくれてありがとう。いつも嫌な顔しないわね、ミンジュンさんは」

「これからもお聞きしますよ。話したくなったら連絡してください」

ミンジュンが電話のジェスチャーをして雰囲気を変えると、ジミは右手でＯＫのサインをしてみせた。


ヨンジュが家の前に着くと、二人の女がしゃがみ込んでいた。手にしている袋の形を見るだけで、ジミがつまみを、ジョンソはビールを担当したことがわかった。三人は一緒に部屋に入り、誰からともなく一心不乱に場所を作って皿を並べ、つまみを広げた。そして合図でも聞いたかのように一斉に大の字になり、しばし目を閉じた。ヨンジュが「あー幸せ」と言うと、二人は「ほんと」、「ほんとに」と返した。気力を回復した三人は身体を起こし、前に並んだ食べ物をおいしそうに食べ始めた。

ジミは柚子味のプリンを一口食べながらジョンソを見た。

「最近あんまり顔見せてないんだって？　忙しいの？」

ジョンソはバニラ味のプリンをすくいながら言った。

「面接受けにいってるんです」

ヨンジュはチーズ味のプリンの包装をはがしながら、目を丸くした。

「面接？　また働くの？」

「働かないと」ジョンソは当然だというようにまばたきをして、「金、金、金が問題なのだ！」と演劇調の口調で言ったあと、壁に頭をもたせかけた。

「いつだってお金が問題よね」

ジミが言った。

「充分休んだの？」

ヨンジュが、壁にもたれて気が抜けたようにプリンを食べているジョンソに聞いた。するとジョンソは壁からさっと背中を離し、いつものように聡明《そうめい》な目をしてうなずいた。

「休みましたよ。休みながら、気持ちをコントロールする方法をしっかり身につけました。もうどんなことがあっても、何のこれしきって、やり過ごせると思います」

「お、いいね。もっと話してよ」

ジミが、プリンのついたスプーンを振りながら言った。

「もう、腹が立っても前ほどつらくはならないと思うんです。腹が立ったら編み物したり瞑想したりすればいいんだから。まったくつらくないってことはないですよね。でも乗り越えられる気がします。この先も、会社で働いてたらそりゃ、ろくでもないヤツは一人や二人じゃないでしょ？　私はずっと契約職のままだろうし、私を見くだす人だって何人も出てくると思う。でもそんな人たちは私にとって全然重要じゃないんです。内なる平和《インナーピース》。自分の平和は自分で見つけるんです。好きな趣味を続けながら、そしてオンニたちみたいにいい人にも会いながら、このろくでもない社会に打ち勝ってみようと思って」

ジョンソの話に二人のオンニは拍手してエールを送った。彼女の話を聞いて、三人はそれぞれのストレス解消法を披露した。ヨンジュは散歩したり本を読んだりすると言い、ジミはおしゃべりしたり一日じゅう眠ったりすると言い、ジョンソは実は歌がすごく得意でよくカラオケに行くと言った。ヨンジュが、最後にカラオケに行ったのは一〇年以上前だと思うと言うと、ジョンソは大きな衝撃を受けたような表情で、今週末に一緒に行こうとオンニたちをせっついた。三人は週末にまた集まろうと言って缶ビールで乾杯した。

「ところで、あの作家さんとはどうなったんですか？」

ジョンソがビール缶を床に置きながら聞いた。ヨンジュは目をしばたたかせながら、何の話かわからない、というようにとぼけた。いや、とぼけたというより、ジョンソは「そのこと」をどうして知っているのだろう、聞き間違いかもしれない、と思って知らんぷりをした、というほうが正しいだろう。ジョンソはめげずにもう一度聞いた。

「あの作家さん、オンニのこと好きなんじゃないんですか？」

ヨンジュが何も答えられずにいると、今度はジミが割り込んできた。

「誰？　どの作家さん？　ここの本屋に出入りしてる作家って一人や二人じゃないでしょ？　その中の誰？　その人がヨンジュのこと好きだって？」

「そう見えましたけど？　オンニが真っ青な顔して戻ってきた日、あの作家さん、オンニより真っ青な顔してたんだから」

ジミはヨンジュの表情をうかがいながら聞いた。

「元だんなの友だちが訪ねてきたっていう、あの日のこと？」

ヨンジュは、目ではリビングの床を見つめ、手ではビール缶をいじりつつ、二人の問いには答えなかった。ヨンジュの様子がどこかおかしくなったのを見て、ジョンソとジミは視線を交わした。二人は、この話はここまでにしよう、と目で合図し合った。

雰囲気を変えようと、ジョンソは、先週面接であった出来事を話し始めた。一年間何をしていたのかという質問に、胸を張って、編み物と瞑想をしていたと答えた、という話だ。ジョンソが面接官の気まずそうな表情を再現すると、二人のオンニは同時に吹き出した。三人はたらふく食べたあと、みんなで寝転がった。寝転んでいろんな話をしている途中、ジミが腕を伸ばしてヨンジュの手をトントンと叩いた。

「今日はありがとう。あたしの気晴らしにと思って誘ってくれたの、わかってる。二人がつらいときも、あたしが一緒に遊んであげるから」

ヨンジュもジミの手を軽く握って言った。

「毎日来てもいいわよ。今日泊まっていってもいいし」

「私も時間はたっぷりあります」

ジョンソも、天井を見つめながら言った。

「うん、それから、あの作家さんは」ヨンジュは少し間を置いてからジミを見た。

「こんな話をすることになるなんて、ほんとに思ってなかったんだけど。あの人には、わたしよりもっといい人に出会ってほしいなって。だからダメだったの」

「は？」

ジミは、がばっと起き上がると、ヨンジュのことも引っ張り起こした。

「あたしもそんなこと目の前で聞くことになるなんて思ってなかったわよ。最近はドラマでもそんなセリフ出てきやしない。古くさいわね。自分よりいい人に出会ってほしい？　なんでそんなこと思うの？　その人、全部知ったうえで好きだって言ってくれてんじゃないの？」

「わたしはいい相手じゃないでしょ、恋愛するには」

ヨンジュがさらっとそう言ってまた寝転ぼうとすると、ジミはまた彼女を座らせた。

「なんで恋愛するのにいい相手じゃないの？　頭いいでしょ、冗談うまいでしょ、人の気持ちをほぐしてくれるでしょ、あと、カッコつけるのもうまいし。こんなことも知らないの、そんなことも知らないの、なんて言う人よりずっと魅力的なんだから！」

またジミの手を軽く握ったヨンジュは、手を離しながら言った。

「それに、自分の気持ちが自分でもよくわからないし」

何週か前の土曜日、講義を終えたスンウが帰りがけに差し出した本のことを、ヨンジュは思い浮かべた。ケント・ハルフの『夜のふたりの魂』。彼は本を渡しながら「これくらいの関係ならどうかなと思って」と言った。ヨンジュはその夜、迷った末に、その薄くて美しい本を開き、明け方までかけて一気に読んだ。老年の孤独や寂しさ、そしてそのなかで始まる男女の切ない愛を描いた小説だった。老年の物語なのにスンウはどうしてこの本を渡したのだろうと、最初は不思議に思った。だが、下線の引かれている文章を読み返しているうちに、彼が何を言おうとしているのか理解できた。

ヨンジュと共に過ごす時間が好きだということ、ヨンジュと話をするのが好きだということ、だから、あまり愛に臆病にならず、寂しいとき、一人でいたくないとき、自分のところに来ればいいということ、ヨンジュがドアを叩けばいつでも開けてあげるということ。

スンウはヨンジュに、自分は待っていると言っているのだった。

ジミが床をトントンと叩きながら、ぼそっと言った。

「気持ちがわからない、か……」

答えを見つけられないジミに代わって、ジョンソが話し始めた。

「そういうときはテストをしてみたらいいんじゃないですか？　自分の気持ちが自分でもよくわからないときは、気持ちを確認するテストをしてみるんです」

「どうやって？　教えて」ジミが言った。

「オンニ、考えてみてください。あの作家さんに、あの日みたいにオンニのために真っ青な顔をしてほしいですか、それとも赤の他人みたいに知らんぷりしてほしいですか？　オンニが泣きたい気分のときに、同じように泣きたい気分になってほしいですか、それとも知らんぷりしてほしいですか？　オンニにいいことがあったときに、一緒に喜んでほしいですか、それとも知らんぷりしてほしいですか？　そんなふうに一回、思考実験してみるんです。自分のことに知らんぷりしてほしくないと思うなら、オンニもその人に気持ちがあるってことでしょ」

ヨンジュはジョンソの言うことをかわいいと思ったのか、軽く微笑んだ。するとジミが、今そうやって笑ってる場合じゃないでしょ、というように、ヨンジュの腕をポンと叩いた。

「あたしはね、あんたが考える人間だってこと、すごくいいと思ってる。でもその、考えってのも善し悪しよ。あんたみたいな子たちはすぐ、気持ちよりも考えを優先しようとするから。それでもって気持ちがわからない、なんて言うんでしょ。ほんとはわかってるくせに」

ヨンジュはジミの話にも軽く微笑んだ。自分の気持ちを自分でもわかっているのだろうか。彼女は、スンウが自分に告白してきたときの、あの目を思い浮かべた。そして、ただお互いに好きでいましょうという言葉も。自分はそれを聞いてうれしかったか、うれしくなかったか。あの日、胸がときめいたか、ときめかなかったか。もしかしたらジミの言うことが正しいのかもしれない。自分はすでにわかっているのかもしれない。自分の気持ちを。でもそれが重要なのだろうか。自分の気持ちが本当に重要なのだろうか。彼女は答えを出せなかった。どうすればいいのか。スンウのことをどうすべきなのか、わからなかった。

自分をもっといい人間にする空間

ミンジュンさん、初めて会った日にわたしが言ったこと、覚えてますか？ この店を二年しか続けられないかもしれないって言いましたよね。初日からそんなことを言ったのは、あらかじめ伝えておけば、ミンジュンさんも自分の未来を計画しやすいだろうと思ったから。そしていつの間にか、わたしたちが共に過ごした時間も二年になろうとしていますね。

店をオープンして最初の一年は無我夢中のうちに過ぎていきました。ミンジュンさんが来る前のヒュナム洞書店は、ほんとにひどい状態だったの。幸いそのころは、わたしがなんやかんや失敗しても、そう目立ちはしなかったんだけど。お客さんがほとんどいなかったから。当時のヒュナム洞書店のことを知りたかったら、ミンチョルのお母さんに聞いてみるといいです。あの人は、この店について知らないことはないから。

実際、最初の何カ月かは、お客さんに来てもらおうという努力もしていませんでした。まるで自分がお客さんみたいに毎日おずおずと店にやってきて。出勤と退勤の時間だけはきっちり守って、じーっと座って考えて、本を読んで、また考えては、本を読んで。まるで失くしてしまったものを一つずつ取り戻していくような気分で一日を過ごして、また一日を過ごして。店をオープンしたときは自分自身が空っぽな感じがしてたけど、徐々にそういう感じもなくなっていきました。そうこうしているうちにあるとき、自分がすごく健康になっていることに気づいたの。たぶんオープンして半年くらい経ったころだったと思います。

そのころから事業家の目で店を見るようになりました。「夢のように手に入れた時間と空間だから、夢のように運営してみよう」っていう思いは心の片隅に残しつつ、でも、この空間をまた別の視線で見てみる必要があるってことに気づいたの。ここをどれくらい運営することになるかはわからないけど、それが二年になるか三年になるかわからないけど、本屋を維持するには交換が活発でなければならないってことに、あらためて気づいたんです。本屋は、本に関するあらゆるものとお金を交換する空間だから。そういう交換活動が活発におこなわれるようにすることが店主の役目なんだって、日記を書くみたいに毎日頭に刻んでいました。店を市場に売り込み始めました。ヒュナム洞書店らしさをなくさないための努力も続けながら。その努力は今も続いているし、「これからも」続いていくでしょう。

ミンジュンさんがここで働き始めてから、店では、また別の交換がおこなわれるようになりましたね。ミンジュンさんの労働力とわたしのお金の交換が始まったのだから。こういう言い方をすると、なんだか堅苦しいですか？　わたしたち二人の関係がよそよそしく感じられますか？　とんでもない！　まさにこの交換によって、わたしたちは縁を結び、共に時間を過ごし、お互いの人生に影響を与えるようになったわけですよね。本屋という空間で二種類の交換が同時におこなわれるようになって、わたしはさらに責任を感じ始めました。お金を稼ぐために努力しながら、お金を払うためにも努力しないといけないから。ミンジュンさんと一緒に働くようになってから、一つ願いが生まれました。ミンジュンさんの労働力の価値がきちんと認められてほしいと。だからわたしは

「これからも」お金をもっと稼ぐために努力するつもりだし、お金をもっと払うために努力するつもり。わたしがどうしてさっきから「これからのこと」について話しているか、ピンときましたか？

誰かがわたしのために働いてくれることを、いつもありがたいと思っています。ミンジュンさんがいなかったら、ヒュナム洞書店は今のような姿にはなっていなかったでしょう。本を読みにきてコーヒーの味に魅了されるお客さんもいなかったはず。一人、二人と増えているミンジュンさんの常連客も存在していなかったはずだし。ヒュナム洞書店がミンジュンさんの登場で変わったのは、単にコーヒーの味だけが理由ではないんです。ミンジュンさんの冷静沈着で誠実な態度はわたしのお手本になってるって話、前にしましたっけ？　本当なんですよ。同じ空間で一緒に働いている仲間が、自分のすべきことを黙々と、丁寧にやっている姿。その姿を見ているだけでも力が湧いてきました。働いている姿を何日か見ているうちに、ミンジュンさんのことを完全に信頼するようになったんです。この世知辛い世の中（！）自分ではない誰かのことを信じられるというのがどんなにうれしいことか、ありがたいことか、ミンジュンさんもよく知ってますよね？

ミンジュンさんがわたしのために働いてくれて本当にありがたいと思いつつ、一方では、ミンジュンさん自身は自分のために働いていると考えていてほしいなと、よく思っていました。そう考えてこそ、ミンジュンさんも仕事に意味を見いだせるはずだから。過去の経験はわたしにこう教えてくれました。「わたしは、誰かのために働いているときでも、自分のために働かなければならない。自分のために働くのだから、適当にやってはいけない。でももっと大事なことがある。働いているときも、働いていないときも、自分自身を失わないようにしなければならない。忘れてはならないこともある。仕事をしている生活に満足感も幸せも見いだせないなら、毎日毎日が無意味で苦痛だと感じるなら、ほかの仕事を探すべきだ。なぜなら、わたしは自分に与えられた一度きりの人生を生きているのだから」。ミンジュンさんはヒュナム洞書店でどんな一日を過ごしていますか？　もしかして、自分自身を失った状態で働いてはいませんか？　わたしはそれが少し心配です。

わたしが心配している理由、なんとなく想像がつきますよね？　わたしが、自分自身を失った状態で働いていた張本人だからです。健康な状態で働けなかった過去を、とても後悔しています。仕事って、階段のようなものだと思っていたんです。てっぺんにたどり着くために上っていく階段。でも実際には、ご飯のようなものだった。毎日食べるご飯。自分の身体と心と精神と魂に影響を与えるご飯。この世には、急いでかき込むご飯もあれば、心を込めて丁寧に食べるご飯もある。これからは、素朴なご飯を丁寧に食べる人になりたいと思っています。わたしのために。

ここで働いているうちに自分が前より少しいい人間になった気がします。本から学んだことを、想像の中であれこれ考えるだけじゃなくてこの空間で実際に生かしてみようと努力してきました。わたしは足りないことも多いし利己的な人間だけど、ここで働きながら、もっと分かち合おう、もっと分け与えようと心がけてきました。そうです、わたしは、分かち合おう、分け与えようと固く誓わないことには、分かち合ったり分け与えたりできない人間なんです。生まれつき心の広い、おおらかな人間だったら良かったのだけど、そうではないので。ここで過ごしながら「これからも」もっといい人間になれるよう努力しつづけます。本で読んだいい話を、本の中だけにとどまらせたくはありません。わたしの身近で生まれる物語も、誰かに聞かせてあげたくなるような良い物語であってほしいです。そういう意味で、ミンジュンさんに一つお願いしたいことがあります。

初日に言ったことを撤回して、わたし、この本屋をこれからも運営してみようと思います。これまでは、どうしても消極的な面が多かった。がんばりすぎて、また昔みたいになるんじゃないかと怖かった。この場所を、仕事「だけ」する空間だと認識するようになりそうで怖かった。それと正直、今もまだ、最初の半年のように、ここにお客さんみたいに出入りしたいっていう気持ちもあるんです。そういう思いや感情が入り乱れて、これまで、ぐずぐずすることが多かった。本屋をずっと続けていくべきか迷うことも多かった。でも、もう迷うのはやめにします。わたしはこの本屋が好きだし、ここで出会った人たちが好きだし、ここに来ること自体が好きなんです。だからヒュナム洞書店をこれからも続けていきたいんです。

これからも続けていきながら、いろんな思いや感情のバランスを上手にとってみようと思います。できそうな気がします。資本主義市場の中にある本屋であり、わたしの夢の空間でもあるこの本屋を、長く存続させたい。本屋や本について、これからも悩んでいきたい。そして、そうやって悩むわたしの隣にミンジュンさんがいてほしい。どうですか、ミンジュンさん。わたしたち、これからも一緒に働いてみませんか？　ヒュナム洞書店の社員として働いてみる気はありませんか？

# ベルリンで会いましょう

　ミンジュンは、待ってましたとばかりに社員の提案を受け入れた。二人はテーブルを挟んで座り、新たな契約書を作成した。ヨンジュは組んだ両腕をテーブルの上に載せ、ミンジュンがサインする様子を見ながら言った。

「もうこれで簡単には辞められないと思うけど」

サインを終えたミンジュンは、契約書をヨンジュのほうに押しやって言った。

「ご存じないみたいですね。最近は退職するのが流行《はや》りなんですよ」

二人は顔を見合わせて笑った。

テウが訪ねてきたあとからだろう。ヨンジュの気持ちが急速に、前に向かって走りだすようになったのは。習慣のようにヒュナム洞書店の最後を想像するのを止めようと思ったのは。代わりに、ヒュナム洞書店の未来に責任を持とうと思ったのは。

　ひとたび走りだした気持ちは、計画その一、その二、その三を実行するよう彼女の背中を押した。計画その一は信頼できる人をそばに置くこと、計画その二は旅行だ。ヨンジュは一カ月間、店を空けるつもりだった。海外の独立書店を探訪しながら、ヒュナム洞書店をどのように整備しなおすか考えてみることにした。長く続いている書店を中心に回ってみるつもりだ。何が書店を存続させているのか知りたかった。

いくらがんばっても、望むような結果は得られないかもしれない。一カ月どころか一年かけて海外を探訪してきても、その翌年には店を畳むことになるかもしれない。それは誰にもわからないことだ。けれどヨンジュは、たとえあと一カ月しか書店を運営できないとしても、うまくいかないほうではなく、うまくいくほうに希望をかけてみたかった。もし、この先のヒュナム洞書店に少しでも変化が見られるとしたら、それは、書店を運営する人たちの気持ちが変化したのが理由であるはずだ。ゆえに、まず何よりも、ヨンジュ自身の気持ちが変わらなければならない。希望、希望のほうへと。

出発のひと月前、旅の計画をミンジュンとサンスに伝えた。六月のヒュナム洞書店はごく最低限の簡素化した運営とすることで話がまとまった。「ミンジュンとサンスの週五日、八時間フルタイム勤務。講演、イベント、講座なし」ジョンソとウシクも時間のあるときに店を手伝うことになった。ジョンソはオンラインの業務を担当し、ウシクは会社帰りに店に寄ってなんなりと手伝うことにした。

インスタグラムとブログに旅行のことを載せ、六月のスケジュールを告知し、何人かの人には電話であいさつしてから、ヨンジュは本を何冊か選んだ。できれば旅行中も本のレビューを続けたいと思っていた。旅先が舞台となっている小説やエッセイを持っていくことにした。もっともぜいたくな読書の方法。本の舞台を実際に訪ね、そこで読むこと。アメリカのニューヨークで、チェコのプラハで、ドイツのベルリンで、その都市を舞台とした本を読みながら何時間でも過ごすこと。これ以上にロマンチックな読書の方法があるだろうか。

ヨンジュは書店の仕事の合間に、もうすぐ始まる旅を思い描いてみた。見知らぬ都市でグーグルマップを頼りに本屋を訪ね、その本屋ならではの魅力を見つけ、その魅力をヒュナム洞書店でどのように具現できるか想像しつつ、また次の本屋を探して歩き回り、カフェで一休みし、また歩き、本屋を訪ね、そんなふうに一カ月。今回の旅の一番の目的はもちろん本屋巡りだが、実は、ほかの理由でも少しワクワクしていた。初めての一人旅だ。初めての旅行らしい旅行でもある。

空港に向かうバスの中。窓の外にはソウルの夏の夜の風景が流れていた。ふと母親の顔が思い浮かんだが、すぐに目を閉じてかき消した。実はヨンジュは、母がなぜあれほど自分に腹を立てていたのか、わかっていた。母は失敗が怖くて、嫌だったのだ。母にとって離婚は女としての最大の失敗であり、母は娘が失敗するのが怖くて、嫌だったから、娘を捨てたのだ。母は失敗を前にすると弱くなる人間で、弱い人間のとる行動を娘に対してとったに過ぎない。ヨンジュは母に対して、母の考えは間違っていることを、世の中は変わったことを、そして何より母の娘はけっして失敗したのではないことを、説明したいとは思わなかった。今はまだ、自分のほうから母に歩み寄りたいとは思わなかった。

シートに頭を預けて窓の外を眺めていたヨンジュの携帯電話が振動した。ミンチョルだった。彼は照れくさそうな声で、どうしても言いたいことがあって電話したと言った。ヨンジュが窓の外に目をやったまま、どうしたのかと聞くと、彼は大学には行かないことに決めたと言った。ヨンジュは少し間を置いてからこう言った。

「そう、そう決めたのね。よく決めた」

時間はたっぷりあるからこの先何だってできるはずだ、という言葉も付け加えた。月並みな言葉ではあるけれど自分の本心でもあると思いながら。ミンチョルは「はい」と答えたあと、こう続けた。

「僕、『ライ麦畑でつかまえて』も読みました」

ヨンジュは、まるで目の前にミンチョルがいるかのように顔をほころばせて、どうだったかと聞いたが、彼がおもしろくなかったと答えると小さく笑った。

「なに、おもしろくなかったって言うために、読んだって言ったの？」

「そうじゃなくて」

ミンチョルは電話の向こうで、ちょっと緊張したような声で言った。

「おもしろくはなかったんですけど。なんか、主人公が僕と似てるような気がして。実際には全然違うんです。性格も違うし、行動とかも違うし。でも、僕と似てると思ったんです。世の中に冷めてるところ？　何に対しても興味がないところ？　だからあの主人公見てて、僕だけじゃないんだって、ちょっと安心したんです。特に、彼が後半で、子どもたちのつかまえ役になりたいって言うところ。覚えてますか？」

「うん、覚えてる」

「あそこを読んで決めたんです。大学には行かなくてもいいって。なんでだかわかんないけど、そう思ったんです。論理的じゃないけど……あの主人公が僕に、行かなくてもいいって言ってくれてる気がして」

「うん。わかる」

ヨンジュが今度も、目の前に彼がいるかのようにうなずきながら言った。

「本当に？　本当にわかるんですか？　僕は自分でもわからないのに」

ミンチョルが驚いたような声で言った。

「ほんとよ。わかる。わたしも本を読んでそんなふうに決心したこと多いもの。だからよくわかる。

その、非論理的だっていう気持ち」

「ああ……じゃあ僕、大丈夫ですよね？」

「何が？」

「非論理的に……選択したこと」

「もちろん。非論理的でも、心が応援してくれた選択のはず。わたしはそう思う」

「心が？」

「そう」

「僕の心が選択したんですか？　僕の未来を？」

「うん」

「ああ、心が選択したって聞いたら……ちょっと安心しました」

「うん、心配することない」

ヨンジュの耳にミンチョルの息遣いが聞こえた。続いて、彼の明るい声が聞こえてきた。

「じゃあ、イモ。気をつけて。帰ってきたら本屋で会いましょう」

「うん、元気でね」

「はい。それと、ありがとうございます」

「ん？　何が？」

「本屋に行くのはすごくいい経験でした。あそこで話をするの、楽しかったです、イモ」

「ああ、それなら良かった」

電話を切って、携帯電話をかばんに入れようとした瞬間、また振動を感じた。ミンチョルかなと発信者を確認すると、スンウだった。ヨンジュは複雑な表情で彼の名前を見つめた。旅行の計画を伝えた日、彼は何も聞かなかった。スンウの担当していた講座はすでに五月に終わっていたので、彼のスケジュールを気にかける必要もなかった。それからひと月近く、二人は会っていない。ヨンジュがスンウの様子を知るのはコラムを通してのみで、もしかしたら彼もそうだったかもしれない。

スンウのことを考えているあいだに電話は切れ、もう一度かかってくるとヨンジュはすぐに出た。

彼の声が久しぶりに聞こえてきた。

「代表さん、ヒョン・スンウです」

「はい、スンウさん」

「今向かっているところですか？」

「ええ、向かっているところです」

しばし沈黙が流れたあと、スンウがヨンジュを呼んだ。

「代表さん」

「はい？」

「六月の最後の週は、ヨーロッパのどのあたりにいらっしゃる予定ですか？」

「六月の最後の週ですか？」

「はい」

「……ドイツです」

「ドイツのどこですか？」

「ベルリンです」

「ベルリンは行かれたことありますか？」

「いいえ」

「以前、ベルリンに二カ月滞在したことがあるんです。出張で」

「あ……はい」

「わたしがその週にベルリンに行ってもいいですか？」

「え？」

そう聞かれて、ヨンジュの頭の中は真っ白になった。

「その週に休暇を取ったんです。だから代表さんの旅のお供ができるんじゃないかなと思って。いかがですか？」

「あ……スンウさん」

ヨンジュがためらうような声を出すと、彼は淡々と返した。

「やっぱり歓迎ではないですか、わたしが行くこと」

「あまりに急なので」

緊張する気持ちを隠してヨンジュが言った。

「ええ……そうですよね。そうだろうと思っていました。それでも一度聞いてみたかったんです」

ヨンジュが何も答えずにいると、スンウは電話を切る前のあいさつを口にした。

「じゃあ、身体に気をつけて行ってきてください。失礼します」

ヨンジュはなぜか、彼の声を聞くのはこれが最後になるかもしれないと思いながら、窓の外に視線を移した。遠くに空港の明かりが見えていた。

「代表さん？」

「はい」

「黙っていらっしゃるので。大丈夫ですか？」

「はい、大丈夫です」

「そうですか、……じゃあ切りますね」

「あの、スンウさん」

ヨンジュが慌ててスンウを呼んだ。

「はい」

この電話が終わるともう会えなくなるかもしれないと思うと、電話を切りたくなかった。でも、かといって何を話せばいいのだろう。ヨンジュは、よくわからないときは正直になるのが一番だという信念に従って、こう言った。

「ベルリンに来てもらうのがいいのかどうか、わたしもよくわかりません。この前、ある人が言ってたんです。気持ちがわからないときは思考実験をしてみるといいって。でも今はそれもうまくいかなくて。こういうとき、どうすればいいのか」

「じゃあわたしがお手伝いしますよ」

「どうやって？」

「想像してみてください。ベルリンでわたしと一緒に歩いているところを。一緒に本屋も回って、ご飯も食べて、ビールを一杯やっているところを。ちょっとだけ、そう、三〇秒だけ想像してみてください。三〇秒差し上げます」

ヨンジュは本当に切実な思いで、スンウの言うとおりに想像し始めた。彼とお茶を飲み、ご飯を食べ、お酒を飲んでいるところを、そして彼と並んで街を歩いているところを。初めての本屋に一緒に入り、本について、本屋について彼と話しているところを。自分が質問し彼が答え、彼が質問し自分が答えるところを。二人で一緒に本を読み、語り合っているところを。彼が執筆しているときにふざけて邪魔するところを。自分が本を読んでいるときに彼が冗談を言って笑わせるところを。そういうところを想像してみたのだが……嫌ではなかった。スンウと一緒にいるのが嫌ではなかった。彼と一緒にいたいと、彼と話をしたいと思った。

「どうですか？　わたしと一緒にいるところ、想像するだけでも嫌でしたか？」

「いいえ」

ヨンジュは正直に答えた。

「じゃあ……わたし、行ってもいいですか？」

スンウがためらいがちに聞いた。

「はい、スンウさん。ベルリンで会いましょう」

ヨンジュは穏やかな表情で言った。

「ええ、そうしましょう」彼が答えた。

ヨンジュの乗ったバスが空港に到着しようとしていた。

# 何が書店を存続させるのか？

一年後。

ヨンジュは、ミンジュンの淹れてくれたコーヒーを飲みながらも、目では本の中の文章を追っていた。知っている作家といえばＪ・Ｄ・サリンジャーしかいないというミンチョルが、薄いという理由だけで選んだ本だ。彼女はサリンジャーの『フラニーとゾーイー』を読みながら、この本を選んだ彼に「ほら、言わんこっちゃない！」と心の中で叫んでいた。薄いけれど内容の深いこの本を、はたしてアイツは楽しんで読めるのだろうか。

今出勤しているのはヨンジュとミンジュンだけだが、あと一五分もすればサンスも出勤してくるはずだ。サンスは半年前からヒュナム洞書店の社員として働くようになった。アルバイトではなく社員として働いてほしいとヨンジュが提案したとき、彼は真っ先に、髪の長さについて質問した。髪を切らないといけないなら社員にはなれないと言う彼に、ヨンジュは、じゃあ社員になれますね、と答えてあげた。淡々と、を通り越して、ぶっきらぼうな態度で提案を受け入れたサンスだが、社員としての初出勤の日、その顔は少し上気していた。数日後、彼はヨンジュにそっと打ち明けた。社員になるのは生まれて初めてだと。

サンスが社員になった翌月、ヒュナム洞書店には本棚がもう一つできた。サンスの読んだ本だけを集めた本棚だ。一番上の棚には「ロン毛の本の虫、サンスさんが読んだ本たち」と記しておいた。その横には「みなさんも一緒に読んで、サンスさんとお話ししてみてください」とも。仕事のせいで一日に一冊しか読めなくなったという彼は、それでも変わらず本の虫としての本分をまっとうし、客の心をつかんで離さなかった。店によく来る客たちは、今では自然とヨンジュよりもまずサンスにおすすめの本を聞いている。なかには彼がどんな本を読んでいるのか知りたがる人もけっこういた。それに目をつけ、ヨンジュがサンス専用のコーナーを作ったのだ。

ミンチョルがアルバイトとして雇われたのは三カ月前だ。大学に進学しなかった彼は、三カ月間のヨーロッパ旅行を終えて、この春、家に戻ってきた。ヨーロッパ旅行は、大学に行かないならとヒジュが行かせたものだ。部屋に閉じこもって時間を浪費するくらいなら、知らない世界でも見てきたほうが本人のためになるだろうと考えてのことだ。彼の旅行中、ヒジュはヨンジュに、わくわく半分、ほろ苦さ半分といった顔で言った。ミンチョルのために貯《た》めておいた大学の学費はもう必要なくなったので、家族が順番に旅行に行くことにしたと。ミンチョルが戻ってきたら、そのバトンはヒジュ夫婦が受け取ることになっていた。ヒジュの夫はそのために休職届まで出したという。夫婦は目下、世界旅行中だ。

ミンチョルは、旅行から戻って一週間もしないうちにヨンジュを訪ねてきた。ほどよく日焼けした肌、ぐっと大人びた表情で、自分をヒュナム洞書店のアルバイトとして使ってほしいと言った。ヨンジュはその場で承諾し、彼は翌日から週二日、一日三時間働くアルバイトになった。働くにあたっては一つ条件もつけた。ヒュナム洞書店のイベントに必ず参加すること。スタッフ四人が毎月一冊の本を一緒に読むというものだ。

四人だけでなく、ヒュナム洞書店のことを知るすべての人と一緒におこなうイベントだった。毎月一日に「今月、書店のスタッフたちが読む本」を選定し、SNSやブログで公開する。最終週の木曜日、その本を読んだ人たちと読書会を開く。当初はスタッフ以外には三、四人しかいなかったが、今ではかなり人数が増え、先月は一五人が参加した。今月の読書会ではサリンジャーの『フラニーとゾーイー』について感じたことを共有する予定だ。

この一年間、ヒュナム洞書店でもっとも大きく変わった点というと、何があるだろうか。ヨンジュは、旅行から戻ってしばらくは以前と同じように書店を運営していたが、二カ月前からは、それまで頭の中で考えるだけだった作業をついに実行に移し始めた。ヒュナム洞書店ならではの個性を、深さと多様性に求めることにしたのだ。客には少々難しいと思われても深みのある本を中心にキュレーションし、多様性のためにベストセラーは排除した。

書店を運営しながらヨンジュは、ベストセラーをどう扱うべきかに、いつも頭を悩ませていた。一度ベストセラーになった本を目にすると気持ちがモヤモヤした。その本自体の問題ではない。一度ベストセラーになったらずっとベストセラーであり続ける現象が問題だった。いつしか彼女は「ベストセラーという存在が、多様性の消えた出版文化を物語っている」との思いを強めていった。

ヨンジュは大型書店のベストセラーコーナーに行くと、出版市場のゆがんだ自画像を見る思いがした。数冊のベストセラーに依存する悲しい現実。これは誰のせいだろうか。誰のせいでもなかった。本を読まない文化のあらゆる側面が反映された結果に過ぎない。このような現実のなか書店を運営する者がなすべきは、それでも、小さな努力を積み重ね、読者に多様な本を紹介することであるはずだ。この世にはベストセラーになった数冊の本だけがあるのではなく、その本を書いた数人の作家だけがいるのではなく、実にすばらしい数多くの本、数多くの作家が存在するのだと知らせることであるはずだ。

そのためにできる行動が、ヒュナム洞書店からベストセラーを排除することだった。昨日までベストセラーではなかった本が、数日前に有名人がテレビで言及したことでいきなり今日ベストセラーになったとしたら、その本は再注文しなかった。それが良い本でないからではなく、あくまでも多様性のためだ。その代わり、その本と同じテーマを扱っている本を選んで仕入れた。もしベストセラーの本を買いにきた客がいたら代わりに紹介するためだ。

ヨンジュのそういう運営方針が客の目にどれほど斬新に映ったかはわからないが、一つ確かなのは、ソンチョルにはとても魅力的に感じられたということだ。彼は「その本がベストセラーなのは、すでにその本がベストセラーだからでしょう」と言い、映画界も出版界も同じ問題で頭を悩ませている、ヨンジュとは同志意識を感じる、と打ち明けた。そして、もっといい映画や本をもっと多くの人に知ってほしい、と口癖のように言っていた。実は、ヨンジュがヒュナム洞書店の未来のために、旅行前から立てていた計画その三はこれだった。ベストセラーを置かないこと。

そのほかにもこの一年、ヒュナム洞書店には大小さまざまな変化があったけれど、実際、大きく変わった点はないとも言える。過去のヒュナム洞書店にも、現在のヒュナム洞書店にも、ヨンジュの理想と思いが反映されているという意味では。ヨンジュが海外の独立書店を巡って気づいたのは、どの店も独自の個性を持っているということだった。その個性は、書店を運営する店主から生まれていた。そして個性を作り上げていくのに必要なのは勇気だった。店主の勇気を客に届けるのに必要なのは真心だった。つまり、勇気と真心。

ヨンジュは、勇気を持って思いを形にしていき、真心を失わなければ、もしかしたらヒュナム洞書店もそれらの店のように持続可能な書店になれるかもしれないと思った。それに加えて、常に反省し、変わることができれば、ヒュナム洞書店の未来は思ったより長くなるかもしれないと期待した。それらすべての根底には、本を愛する自分自身の変わらぬ思いがなければならないはずだ。自分が本を愛し、書店のスタッフが本を愛するなら、その愛は客にも伝わるのではないだろうか。自分たち四人が本でコミュニケーションし、本で冗談を言い、本で友情を深め、本で愛をつないでいくなら、客も自分たちの思いをわかってくれるのではないだろうか。本を読む人だけが生み出せる「空気」がヒュナム洞書店から感じられれば、そして、本を読む人だけが生み出せる物語がヒュナム洞書店からあふれ出せば、人々も一度くらいは本を開いてみるのではないだろうか。日々を生きるなかでふと物語が必要になったときに人々が本を見つけられるように、ヨンジュはこれからも本を読み、本を紹介しながら生きていきたいと思った。

ヨンジュの今日は、昨日と同じような一日になるだろう。本に囲まれて、おもに本に関する話をし、本に関する仕事をし、本に関する文章を書くのだろう。その合間に食べ、考え、おしゃべりもし、落ち込んでは喜び、閉店の時間になると、今日もまずまずな一日だったとおおむね満足して店をあとにするのだろう。家まで歩く一〇分はスンウと電話で話をし、家に着いたらもう少し彼と話をしたあと、シャワーを浴びてくつろぐのだろう。そのうち、上の階に引っ越してきたジミがやってくるかもしれないし、ジミのあとについて入ってきたジョンソと久しぶりにビールを飲むかもしれない。さもなければ、スタッフが増えたのを機に越してきた家の見晴らしが前の家ほど良くないことにちょっと落ち込むのかもしれない。けれど結局は、ゆうべの本の続きを読んで気持ちを慰めるのだろうし、やがて本を閉じてベッドに横たわるのだろう。ヨンジュは、一日を豊かに過ごすことは人生を豊かに過ごすことだと、どこかで読んだ一節について考えながら眠りにつくのだろう。

## 作家のことば

二〇一八年。春から夏へと移り変わるころ、わたしはいつものように机の前に座って、白い画面を見つめていた。長年の夢だった自分の本を出して半年ほど経ったころで、良い文章を書くエッセイストになりたいという希望がなぜか叶わぬ願いに思えてすっかり意気消沈していたころで、それでも何も書かないわけにはいかないと毎日机に向かっていたころだった。

小説を書いてみようか。

正確に何月何日の何時何分にそう思いついたのかは覚えていないが、それから何日かあと、わたしは本当に小説を書いていた。書店の名前の最初の文字は「休《ヒュ》」にしよう、店主はヨンジュで、バリスタはミンジュンだ。その三つのアイデアだけをもとに、最初の文章を書き始めた。それ以外のことは書きながら決めていった。突然新たな人物が登場したらそのつど名前や特徴を決め、どういう展開にすればいいかわからないときは、すでに登場していた人物と新たに登場した人物に会話をさせてみた。すると、二人がおのずと物語を進めてくれ、不思議なことに次のエピソードが頭の中に浮かんだ。

小説を書いている時間は驚くほど楽しかった。それまでの執筆作業はわたしを机に縛りつけようとする過酷な闘争に近かったが、今回は違った。前日に書いていた対話の続きを早く書きたくて、朝ぱっと目が開いた。夜には、乾燥した目と、ガチガチになった腰と、一日の労働量を超過してはならないという自分なりのルールのために、後ろ髪を引かれつつ机から離れた。小説を書いているあいだは、実際に自分が経験していることより、小説の中の人物たちが経験していることのほうが気になった。わたしの生活は、自分の作っている物語を中心に流れていった。

具体的な筋書きは決めていなかったが、思い描いていた雰囲気はあった。映画「かもめ食堂」や「リトル・フォレスト」のような雰囲気の小説を書きたかった。息つく間もなく流れていく怒濤《どとう》の日常から抜け出した空間。もっと有能になれ、もっとスピードを上げろと急き立てる社会の声から逃れた空間。その空間で穏やかにたゆたう一日。それはわたしたちからエネルギーを奪っていく一日ではなく、満たしてくれる一日だ。期待感で始まり、充足感で終わる一日だ。わたしを成長させる仕事があり、成長から生まれる希望があり、いい人たちとの有意義な対話がある一日だ。何より、身体が満足する、心が受け入れる一日だ。わたしはそういう一日を描いてみたかった。そういう一日を送っている人たちを描いてみたかった。

つまりわたしは、自分が読みたいと思う物語を書きたかった。自分だけのペースや方向を見つけていく人たちの物語を。悩み、揺らぎ、挫折しながらも、自分自身を信じて待ってあげる人たちの物語を。ともすれば自分や自分に関係する多くのものを卑下しがちな世の中で、自分のささやかな努力や労働や地道さを擁護してくれる物語を。もっとがんばらねばと自分を追い詰めて日常の楽しさを失くしてしまったわたしの肩を、温かく包んでくれる物語を。

はたしてこの小説が当初の願いどおりに書けたのかはわからないけれど、やさしく慰められるような小説だったと言ってくれる読者がたくさんいた。読者のみなさんの温かいレビューに、わたしは慰められた。島と島のように離れて存在していたわたしたちが出会えた気がした。

『ようこそ、ヒュナム洞書店へ』に登場する人物たちは、注意して見ないとわかりにくいけれど、ずっと何かを続けている。細かい部分を少しずつ変えながら、新たに学び、磨いていく。世にいう大成功につながる行動ではないかもしれないが、彼らは何かを続けながら変化し、成長していく。その結果、いつの間にかスタート地点から何歩か離れたところに立っている。彼らの立っているその場所が、他人の目に高く見えるか低く見えるか、良く見えるか見えないかはどうでもいい。彼らがみずから動いたということ、そして今立っているその場所を気に入っているということ、それだけで充分だ。自分の人生を評価する基準が自分の中にあれば、それでいいのだ。

毎日ではなくても、しょっちゅうではなくても、今の自分の人生が「これでいい」のだと気づく瞬間がわたしたちにも訪れる。不安や焦りが消えたその瞬間には、これまで最善を尽くしてここまでやってきた自分がただただ誇らしく思え、実はけっこう気に入ったりもする。そういう大切な瞬間の集まった場所がヒュナム洞書店であるなら、もっと多くの人が、もっと頻繁に、自分だけのヒュナム洞書店を心に描くことができたらいいなと思う。

そこで今日一日を送っているあなたを応援したい。

二〇二二年一月

ファン・ボルム

# 訳者あとがき

本書は、電子書籍として二〇二一年に刊行され、好評につき翌年に紙の書籍でも刊行された長編小説だ。電子書籍が出たあと紙の書籍が出るケースは最近韓国で相次いでおり、新たなトレンドとして注目されている。本書の電子書籍刊行のきっかけは、電子書籍プラットフォーム「密里《ミルリ》の書斎」と小説投稿サイト「ブランチ」による電子書籍出版プロジェクトで入選作品二〇点の一つに選ばれたことだ。入選後、電子書籍が配信されるやいなや、会員数三〇〇万人（当時）の「密里の書斎」でトップ10入りするほどの人気を博した。二〇二二年に紙の書籍が刊行されるとわずか一カ月で四刷となり、現在までに二〇万部、電子書籍と合わせると二五万部の売上を記録している。同年には、全国の書店員の推薦した本を審査委員会で討論、選定する「書店員が選ぶ今年の本」小説部門に選ばれたほか、大型書店「教保文庫」の年間総合ベストセラーで一〇位につけるなど大きな話題を集めた。本書の版権はイギリスやフランスなど世界二〇カ国以上の国に輸出され、韓国ではオーディオドラマも制作された。

著者のファン・ボルムは大学でコンピューター工学を専攻し、大手電気機器メーカーでソフトウェア開発者として勤務していた。ものを読んだり書いたりするのが好きで、仕事のかたわら日々続けていたという。本書五二ページ、トークイベントのシーンで『毎日読みます』という本に言及されているが、これは著者が実際に二〇一七年に刊行した初エッセイのタイトルでもある。エッセイを刊行したことで、自分の本を出すという長年の夢は叶ったものの、その後は思うように筆が進まずにいた。そんなある日、ふと「小説を書いてみようか」と思い立ち、二〇一八年に書き始めたのが本作品だ。二〇二〇年にもエッセイを二冊刊行しているが、本書は彼女にとって初の小説となった。

舞台は、ソウルの架空の町「ヒュナム洞」の静かな住宅街にオープンした「ヒュナム洞書店」。三〇代の女性店主ヨンジュやバリスタの青年ミンジュン、個性あふれる常連客など、書店に集う人々の交流を描く群像劇であり、「お仕事小説」でもある。一話につき三〜一六ページのエピソードが四〇話あり、各人物にスポットを当てながら物語は進んでいく。一番の中心人物はヨンジュだが、登場人物全員が主人公とも言える。

当初ヨンジュは、書店をオープンしたばかりだというのに力なく座ってぼんやりし、時には涙までこぼして客を当惑させていた。その訳は物語の終盤で明らかになるわけだが、そんな書店にもやがて一人、二人と常連客ができる。多くは、仕事や就職、家族との関係、将来への不安などの悩みを抱え、立ち止まったりうずくまったりしている人物だ。悩みの背景には、燃え尽き症候群や不安定な非正規雇用、劣悪な労働環境、就職難、過度な競争、世代間の認識の違いなど、日本と韓国で共通する社会問題が見え隠れする。読んでいるうちに自然と、多様な働き方や生き方、働くことの意味についても考えさせられる。

彼らは、書店での人との関わりを通して気づきを得たり、慰められたりしつつ、最終的には自分の足で再び立ち上がる勇気を手にする。互いに付かず離れずのほどよい距離感や、関心は寄せつつも押し付けがましくない、その絶妙な関係性は読んでいて心地よい。いつしか自分もヒュナム洞書店にいて彼らをそばで見守り、応援しているような気分になる。最終的にすべての悩みが解決するわけではなく、一部は今後も向き合っていく課題として残されているところも現実味がある。この先も彼らの人生は続いていくのだ。

全体的には物語の背景を日本に置き換えてもさほど違和感のない内容だが、一つ、日本とは明らかな違いが感じられるのは「呼称」だ。なかでも、年上の相手をどう呼ぶかについてああでもないこうでもないと考えるシーンは、読んでいて不思議に思う人もいるだろう。単に「キムさん」のように名前で呼べば済む話ではないのか、と。だが韓国ではごく特殊な場面を除いて、相手を「姓＋シ（さん）」で呼ぶ習慣はない。ではどうするかというと、相手が同年代か年下であれば多くは「下の名前」や「下の名前＋シ」で呼ぶ。ところが相手が年上となるとそうはいかない。そこで登場するのがさまざまな呼称だ。女性が年長者を呼ぶときに使う「オンニ（お姉さん）」や「オッパ（お兄さん）」、男性が年長者に使う「ヌナ（お姉さん）」や「ヒョン（お兄さん）」などは、すでに日本でもおなじみかもしれない。本書ではそれらのほか、年上の女性に使う「イモ（おばさん）」や「アジュンマ（おばさん）」（ちなみにイモとアジュンマではニュアンスが異なる）、子どもを持つ女性に使う「子の名＋オンマ（お母さん）」なども登場する。本来は親族間で用いるそれらの呼称を使うのは、相手への親しみや礼儀をこめて、あるいは相手との距離を縮めようとする気持ちの表れとも聞く。ぜひ、これら呼称の醸し出す温かな「情」も感じながら読んでみてほしい。

本書には一〇代の男子高校生から自営業の五〇代女性まで、さまざまな人物が登場する。仕事をしている人、辞めた人、探している人、既婚者、未婚者、離婚した人、子どものいる人、いない人。似た人物に自身を投影しながら読むもよし、それぞれのキャラクターの個性を楽しみながら読むもよし。本好きの人や本屋が好きな人、本屋を運営している人にも楽しんで読んでもらえるだろう。韓国では、実際にこういう本屋があれば行ってみたい、という読者からの感想が多かったという。本や本屋の持つ力にもあらためて気づかされる一冊だ。

人生のある時点で立ち止まり、しばし休み、再び歩きだす登場人物たちのように、本書が読者のみなさんにとって、時には立ち止まって休むためのきっかけとなれば幸いだ。著者はあえて「休《ヒュ》」の字の入った店名「ヒュナム洞書店」にしたという。本書を通してみなさんがひとときの休息や安らぎを得られればと願う。

最後に、訳文を丁寧に点検してくれたキム・ジヨンさん、刊行までの道のりを導いてくれた編集者の佐藤香さんをはじめ、本書の刊行に尽力してくださったすべての方に心から感謝申し上げる。

牧野美加

二〇二三年　初夏

## ファン・ボルム
황보름

小説家、エッセイスト。大学でコンピューター工学を専攻し、LG電子にソフトウェア開発者として勤務した。

転職を繰り返しながらも、「毎日読み、書く人間」としてのアイデンティティーを保っている。

著書に『毎日読みます』、『生まれて初めてのキックボクシング』、『このくらいの距離がちょうどいい』がある(いずれもエッセイ、未邦訳)。

本書が初の長編小説となる。

## 牧野美加
まきの・みか

1968年、大阪生まれ。釜慶大学言語教育院で韓国語を学んだ後、新聞記事や広報誌の翻訳に携わる。

第1回「日本語で読みたい韓国の本 翻訳コンクール」最優秀賞受賞。

チェ・ウニョン『ショウコの微笑』(共訳、クオン)、チャン・リュジン『仕事の喜びと哀しみ』(クオン)、ジェヨン『書籍修繕という仕事:刻まれた記憶、思い出、物語の守り手として生きる』(原書房)など訳書多数。



装画＊バン・ジス(banzisu)

装丁＊アルビレオ

This book is published with the support of
the Literature Translation Institute of Korea (LTI Korea).

# ようこそ、ヒュナム洞書店《どうしよてん》へ

2023年 9月30日 第1刷発行
2024年 4月15日 第6刷発行

著 者 ファン・ボルム

訳 者 牧野美加《まきのみか》

発行者 樋口尚也

発行所 株式会社集英社
〒101-8050 東京都千代田区一ツ橋2-5-10
電話 03-3230-6100(編集部)
03-3230-6080(読者係)
03-3230-6393(販売部)書店専用

印刷所 TOPPAN株式会社

製本所 株式会社ブックアート


ISBN978-4-08-773524-6 C0097